Kapitel 1

Freitag, 5.50 Uhr

Das monotone Brummen seines VW Corrado harmonierte mit dem Gefühl der Leere in Heinz Sablatnigs Kopf, als er auf der Villacher Straße stadtauswärts fuhr. Die Sonne ging gerade auf, die Himmelsbläue wurde intensiver. Heinz fragte sich, wann er das letzte Mal so wenig Verkehr auf dieser Straße erlebt hatte. Und er fragte sich, was Direktor Oberhofer dazu bewogen haben mochte, ihn um diese frühe Uhrzeit treffen zu wollen. Natürlich würde es um einen neuen Auftrag gehen, aber warum sollte Heinz ihn so früh am Morgen erhalten und dann noch dazu im Europapark? Konspirativer ging's ja nun wirklich nicht mehr.

„Wo genau?", hatte Heinz gefragt und der Direktor hatte geantwortet: „Sie werden mich schon finden, immerhin sind Sie Detektiv, oder nicht?"

Blöder Kerl!

Die Ampel an der Minimundus-Kreuzung stand auf Rot. Heinz rieb sich den Schlaf aus den Augen, gähnte und ließ den Blick über die Baumkronen des Europaparks schweifen, der links hinter der Kreuzung begann. Ein Lächeln kräuselte seine Lippen, denn jetzt wusste er, wo er Oberhofer finden würde. Über die Wipfel der Bäume wuchs nämlich gerade in diesem Augenblick die mächtige Hülle eines pastellgelben Heißluftballons hinaus, auf der in riesigen blauen Lettern die Aufschrift „Fiducia" prangte.

Die Fiducia AG war jene Versicherungsgesellschaft, deren Landesdirektion für Kärnten und Osttirol von Magister Armin Oberhofer geleitet wurde. Wann immer es Unstimmigkeiten bei der Auszahlung von Versicherungssummen gab, beauftragte Oberhofer Berufsdetektiv Heinz Sablatnig mit den Nachforschungen. Das war oft monotone, zumindest aber gut bezahlte Arbeit, doch ab und zu war auch ein interessanter Fall dabei, der Heinz vor besondere Herausforderungen stellte.

Nachdem er sein Auto geparkt hatte, schlenderte Heinz über die Wiese des Europaparks und sog genussvoll die frische Luft ein, die der nächtliche Regen gebracht hatte. Nicht mehr lange, und die morgendliche Kühle würde der tropischen Julihitze weichen, die seit Tagen in Kärnten vorherrschte. Der Ballon mit der Fiducia-Aufschrift war nur einer von vielen, die hier gerade befüllt und zum Start bereitgemacht wurden. Dabei lief das geschäftige Hantieren mit diversen Ausrüstungs- und Transportgegenständen in einer Ruhe ab, die der frühen Morgenstunde angemessen war, wie Heinz fand. Der Fiducia-Ballon war bereits prall gefüllt, im Korb stand ein Mann, der mit einem Gerät an der Innenwand beschäftigt war, und ein weiterer rollte auf der Wiese daneben eine Plane ein. Direktor Oberhofer wuchtete gerade eine Sporttasche in den Korb; er trug einen modernen Trainingsanzug.

„Guten Morgen, Sablatnig, grüße Sie." Heinz fragte sich, ob er die ungewohnte Freundlichkeit, die in der Stimme mitschwang, darauf zurückführen sollte, dass der Versicherungsmann noch nicht ganz wach war. Doch gerade, als er sich bei dem Gedanken ertappte, dies könnte Oberhofers unverfälschte Natur sein und seine sonstige, grobe Arroganz nur gespielt, rückte dieser Heinz' Vorstellung auch schon wieder zurecht: „War doch keine unlösbare Aufgabe, mich zu finden, wie ich sehe." Er drückte Heinz fest die Hand, dann wies er auf den schmächtigen Enddreißiger im Ballonkorb, der jetzt überkopf am Brenner hantierte. „Das ist Herr Salcher, unser Fahrer."

Als Salcher seinen Namen hörte, zuckte er zusammen und blickte zu ihnen herüber. Dann setzte er ein Grinsen auf und kletterte mit hektischen Bewegungen aus dem Korb, um Heinz ebenso hektisch die Hand zu schütteln. Heinz fand, dass Salchers Oberlippenbart seinen ausgeprägten Vorbiss unvorteilhaft betonte und sein Grinsen, bei dem der Unterkiefer zurückwich, diese Wirkung noch zusätzlich verstärkte.

„Was meinen Sie mit ‚unser Fahrer'?", fragte Heinz Oberhofer, nachdem er sich Salcher gegenüber vorgestellt hatte.

„Sablatnig, ich habe mit Ihnen zu reden." Der Landesdirektor griff beidhändig an den oberen Rand des Ballonkorbs und sprang ansatzlos über die brusthohe Kante. Heinz staunte immer wieder darüber, wie fit der Mann war. „Was ist?", fragte Oberhofer ungeduldig, wodurch Heinz erst bemerkte, dass er erstarrt war, „steigen Sie ein."

Heinz kannte den Direktor gut genug, um zu wissen, dass jede Diskussion überflüssig war. Dass er nun mitfahren musste, war nicht verhandelbar, außer er würde schon im Vorhinein auf den Auftrag verzichten, der nun wohl anstand. Und abgesehen davon, dass er sich als Profi eine solche Blöße nicht geben wollte, war er viel zu neugierig darauf. Also kletterte er über eine Strickleiter auf den Rand des Korbes und sprang hinein. Der Korb war innen durch drei in Ypsilon-Form angeordnete Wände aus Rattan in drei Bereiche unterteilt. In einem stand nun wieder Salcher, im zweiten Oberhofer und im dritten Heinz.

„Geben Sie Gas, Salcher“, befahl der Landesdirektor, kaum dass Heinz eingestiegen war. Der Ballonfahrer nickte hastig und begann zu hantieren. Er löste die Halteleine und ließ den Brenner laut und anhaltend aufpfauchen. Heinz wandte sein Gesicht ab, um es vor der Hitze zu schützen. Mit einem leichten Wackeln begann die Reise. Der Mann auf der Wiese, der vorhin die Plane eingerollt hatte, schloss nun ein paar große, metallene Koffer. Er war offenbar eine Hilfskraft, für Oberhofer unwichtig genug, um ihn und Heinz nicht miteinander bekannt zu machen.

Nach den ersten paar Höhenmetern stieg der Ballon immer schneller in den Kärntner Himmel. Heinz fuhr nicht zum ersten Mal in einem Heißluftballon, doch offensichtlich war er noch nicht oft genug gefahren, um sich an das leichte Schwanken des Korbes und an die knirschenden und schabenden Geräusche des Seilwerks am Korb und an der Hülle gewöhnt zu haben. Er fühlte sich unsicher, schutzlos – ausgeliefert.

Als Salcher die Hände vom Brenner nahm, kehrte schlagartig eine angenehme Ruhe ein. Die Bäume des Europaparks lagen unter ihnen und Heinz hatte freie Sicht auf den noch ruhig daliegenden Wörthersee im Westen und auf die Stadt Klagenfurt im Osten, die von der aufgehenden Sonne in ein atemberaubendes Licht getaucht wurde. Seine Unsicherheit schwand mit jedem Meter, den der Ballon nach oben stieg.

Es dauerte noch etliche Minuten, bis Oberhofer irgendwelche Gegenstände am Boden seines Korbdrittels zurechtgelegt hatte, dann klingelte sein Telefon und er begann ein Gespräch, das schier endlos anzudauern schien. Auch wenn Heinz sich fragte, wer um kurz nach sechs Uhr morgens anrief, hatte er nichts dagegen. So konnte er ungestört den Aufstieg des Ballons genießen, der die Aussicht in alle Himmelsrichtungen immer weitläufiger werden ließ. Die Luft war so klar, dass sich die Gipfel der Karawanken im Süden scharf vom azurblauen Himmel abhoben, als wäre das Gebirge eine riesige, unregelmäßig gezackte Säge.

Irgendwann, nach einer halben Stunde oder mehr, war das Telefonat des Direktors doch zu Ende und Oberhofer wandte sich Heinz zu: „Sablatnig, in medias res." Während er sprach, zog er seinen Trainingsanzug aus. „Vor dreizehn Jahren sind ein gewisser Guido Raunjak und ein gewisser Markus Meißler, beide Berufskriminelle, in die Villa Schilling in Krumpendorf eingedrungen. Dort haben sie den Inhaber, einen ausgesprochen wohlhabenden Fabrikanten namens Thomas Schilling, sowie dessen Gattin als Geiseln genommen. Die Geiselnehmer haben die Herausgabe eines bestimmten Gegenstands gefordert, andernfalls würden sie Frau Schilling foltern. Daraufhin hat ihnen Herr Schilling den geforderten Gegenstand übergeben. Raunjak und Meißler haben das Ehepaar gefesselt und sind mit der Beute geflohen. Dass die Polizei quasi sofort die Verfolgung hat aufnehmen können, war zwei glücklichen Umständen zu verdanken. Zum einen einer Nachbarin, der es verdächtig vorgekommen ist, dass zwei fremde Männer im Laufschritt die Villa Schilling verlassen, und die deshalb die Polizei alarmiert hat. Sie war geistesgegenwärtig genug, um sich den Fahrzeugtyp und das Kennzeichen des Fluchtautos zu notieren. Zum anderen war in unmittelbarer Nähe zufällig ein Streifenwagen unterwegs. Der hat keine zweihundert Meter vom Tatort entfernt Sichtkontakt zum Fluchtfahrzeug aufgenommen, sich auf die Fährte gesetzt und die nachkommende Verstärkung auf den richtigen Weg geführt. Nach einer Verfolgungsjagd über mehrere Kilometer hat die Polizei Raunjak und Meißler mithilfe einer Straßensperre stoppen können. Dort ist es dann zu einer Schießerei gekommen, bei der Raunjak einen Polizisten erschossen und einen weiteren schwer verletzt hat. Meißler hat einen Kopfschuss abbekommen, er hat zwar überlebt, ist aber bis zu seinem Tod vier Jahre später nicht mehr aus dem Koma erwacht. Raunjak hat man festgenommen und nach einem kurzen Gerichtsverfahren wegen schweren Raubes mit Todesfolge zu achtzehn Jahren Haft verurteilt. Sowohl die Polizei als auch das Gericht sind davon ausgegangen, dass der Raub eine Auftragsarbeit war, weshalb man Raunjak dazu bringen wollte, den Namen seiner Auftraggeber zu nennen. Doch der hat sich darüber genauso ausgeschwiegen wie über den Verbleib des geraubten Gegenstands."

Als Oberhofer seinen Monolog beendet hatte, hockte er sich auf den Ballonboden und Heinz hörte das Geräusch eines Reißverschlusses, der aufgezogen wurde.

„Das heißt, er hat die Beute versteckt? Aber wie ist das möglich, wenn er gleich nach der Tat geschnappt worden ist?" Auch wenn Heinz das hasste, so machte er dem Direktor doch die Freude, nach den Informationen zu fragen, die dieser offengelassen hatte, um die Spannung seiner Erzählung zu erhöhen.

Der Versicherungsmann richtete sich wieder auf und erklärte: „Nicht er hat die Beute versteckt, sondern seine Freundin, eine junge Frau namens Simone Bretgeber, Tochter eines wohlhabenden Hauses in Pörtschach. Sie hat vor der Villa Schilling gewartet und den geraubten Gegenstand von Raunjak und Meißler übernommen, bevor die beiden geflohen sind." Oberhofer stieg in die Hosenbeine eines rot-schwarzen Overalls. „Auch das hat die Nachbarin beobachtet und deshalb von Simone Bretgebers Wagen ebenfalls Typ und Kennzeichen an die Polizei weitergegeben.“ Er zog den Reißverschluss bis zur Hälfte nach oben, so dass das Hosenteil des Overalls auf seinen Hüften saß, das Oberteil aber hinten hinunter hing. Dann setzte er eine Sonnenbrille auf und gewährte sich zum ersten Mal einen Rundumblick, der aber eher den Charakter des Sondierens, als den des Genießens hatte. „Salcher, wie hoch sind wir?“

Der Angesprochene kam hektisch in Bewegung und meldete schließlich: „Fünfhundert Meter, Herr Direktor.“

Oberhofer nickte und fuhr, an Heinz gerichtet, fort: „Die Polizei hat eine Durchsuchung des Elternhauses der Bretgeber veranlasst; damals ein Skandal, denn die Familie war sehr angesehen.“

Heinz erinnerte sich daran. Als gebürtiger Pörtschacher kannte er die Bretgebers seit seiner Geburt; er erinnerte sich auch an den tragischen Krebstod von Herrn Bretgeber. Simone war damals sieben Jahre alt gewesen und ihre Mutter, eine zart besaitete, überaus sensible Person, war daran zerbrochen. Bis heute lebte sie zurückgezogen und vereinsamt in der Familienvilla in Alt-Pörtschach, die seither immer mehr verfiel.

„Um es kurz zu machen, der geraubte Gegenstand ist nie gefunden worden und Simone hat bis zu ihrem Tod abgestritten, auch nur irgendetwas mit dem Raub zu tun gehabt zu haben.“

„Sie ist tot?“

Für seinen spontanen Einwurf erntete Heinz einen überraschten Blick des Direktors. Er fragte: „Sie haben die Frau gekannt?“, um sich gleich darauf selbst die Antwort zu geben: „Ja, stimmt, Sie sind ja ein Pörtschacher.“ Es klang abfällig, wie er das sagte, aber bei Oberhofer klang alles abfällig, das irgendwie ins Persönliche ging. „Die Indizienlage war erdrückend, deshalb hat man sie wegen Beihilfe zu einer Gefängnisstrafe verurteilt. Bei der Haftantrittsuntersuchung in der Justizanstalt Klagenfurt ist bei ihr Lungenkrebs diagnostiziert worden, in sehr fortgeschrittenem Stadium. Ein paar Wochen später war sie tot."

Heinz wusste nicht warum, doch diese Information traf ihn hart. Er hatte mit Simone nie etwas zu tun gehabt. Vielleicht hatte er sie ein- oder zweimal mit ihrer Mutter gesehen, als sie noch ein Kind gewesen war. Doch als gebürtiger Pörtschacher fühlte man sich allen anderen alteingesessenen Pörtschachern familiär verbunden, und dass er erst jetzt, mehr als ein Jahrzehnt danach, von Simones Tod erfuhr, zeigte ihm, wie fern er seiner Heimatgemeinde geworden war – auch wenn er gerade einmal fünfzehn Kilometer entfernt wohnte und regelmäßig seine Eltern besuchte.

„Und sie hat niemandem verraten, wo sie ... den Gegenstand versteckt hat? Hat sie nichts hinterlassen?"

„Wie gesagt, sie hat bis zum Schluss abgestritten, von dem Raubüberfall auch nur gewusst zu haben", erwiderte der Landesdirektor. Gedankenverloren sah Heinz nach unten und wunderte sich mit einem Mal, dass er mitten über dem Wörthersee schwebte. Er hatte den Wind nicht gespürt, der den Ballon offenbar hierher getrieben hatte. „Na gut, weiter", fuhr Oberhofer fort, „der geraubte Gegenstand war bei der Fiducia für fünfhundertneunzigtausend Euro versichert, eine Summe, die auch zur Auszahlung gekommen ist." Heinz pfiff durch die Zähne. Der Versicherungsmann hingegen richtete den Blick in die Ferne, atmete tief durch und hielt inne. Es schien, als müsse er über diesen Verlust hinwegkommen, wann immer er an ihn dachte. „Vor ein paar Monaten“, sprach er schließlich langsam weiter, „ist Herr Thomas Schilling junior – er besteht darauf, ‚Tom‘ genannt zu werden – an mich herangetreten und hat mir einen interessanten Vorschlag unterbreitet. Er hat gesagt, er sei bereit, der Fiducia die komplette Summe zurückzuzahlen, wenn es uns gelingt, den verschollenen Gegenstand aufzuspüren und ihm zu übergeben.“ Oberhofer schlüpfte in die Ärmel des Overalls, ließ den Reißverschluss aber noch offen.

Heinz nickte. „Verstehe. Ich soll Ihnen den Gegenstand beschaffen.“ Ihm war bewusst, dass Oberhofer bisher mit Absicht verschwiegen hatte, worum es sich bei dem „Gegenstand“ handelte, damit Heinz danach fragte, doch vorerst wollte er ihm diesen Gefallen noch nicht tun. „Ich nehme an, es gibt neue Hinweise?“

„Keine neuen Hinweise, Sablatnig.“

„Warum kommt der Auftrag dann zu diesem Zeitpunkt?“

„Punkt eins, weil Tom Schilling vor einem halben Jahr die Geschäfte seines Vaters übernommen und dadurch jetzt das alleinige Sagen im Familienunternehmen hat. Und Punkt zwei, weil Guido Raunjak heute wegen guter Führung vorzeitig aus der Haft entlassen wird.“ Der Direktor bückte sich.

„Was?“ Heinz spürte, wie sich Empörung und Wut in ihm mischten. „Warum sagen Sie mir das nicht früher? Wenn ich ein paar Wochen Zeit gehabt hätte, mich in den Fall einzuarbeiten ...“

„Hätten Sie mir haufenweise Stunden und Spesen verrechnen können, ich weiß“, schnitt Oberhofer ihm das Wort ab.

Heinz biss sich auf die Zunge. Es gab Muster zwischen ihm und Oberhofer, die jedes Mal gleich abliefen, gerade so, als wären es unbewusste Rituale. Heinz’

Wunsch nach mehr Einarbeitungszeit und Oberhofers Abneigung gegen eine, seiner Meinung nach zu hohe, Honorarforderung zählten dazu. Aber deswegen jetzt einen Streit anzufangen hatte keinen Sinn, der Zug war ja schon abgefahren.

Der Landesdirektor hatte sich wieder aufgerichtet und schnallte nun ein rucksackähnliches Stoffpaket auf seinen Rücken, in dem Heinz einen Fallschirm erkannte. Wollte Oberhofer etwa aus dieser geringen Höhe abspringen?

„Raunjak wird heute im Laufe des Vormittags aus der Justizanstalt Stein in Krems an der Donau entlassen", fuhr Oberhofer fort. „Die Polizei geht davon aus, dass er die Beute aus ihrem Versteck holen wird."

„Das heißt, er weiß, wo die Beute steckt?"

„Vielleicht – wahrscheinlich aber nicht. Die Polizei glaubt, dass Simone Bretgeber ihm einen Hinweis hinterlassen hat, wo der Gegenstand zu finden ist. Sie brauchen sich also nur an Raunjaks Fersen zu heften und im entscheidenden Moment schneller zu sein als er."

Heinz hörte sich selbst hysterisch auflachen.

Nur an seine Fersen heften ... schneller sein als er!

Der Versicherungsmann war noch nicht fertig: „Die Angelegenheit soll Ihr Schaden nicht sein, Sablatnig. Zunächst einmal arbeiten Sie zu den zwischen uns üblichen Konditionen. Darüber hinaus sollen Sie wissen, dass die Fiducia damals eine Belohnung für sachdienliche Hinweise ausgesetzt hat, die zum Auffinden der Beute führen, eine Belohnung, die bis heute noch niemand abgeholt hat und die sich auf ein Prozent des Versicherungswerts beläuft. Können Sie kopfrechnen, Sablatnig? Das sind fünftausendneunhundert Euro. Fünftausendneunhundert Euro, die ich Ihnen im Erfolgsfall als Bonus drauflege. Ist das nichts, Sablatnig?"

Heinz schluckte. „Was ... aber Krems ... ich meine, bis ich dort bin, ist Raunjak doch längst über alle Berge."

„Jeder Häftling muss bei seiner Entlassung einen Wohnsitz bekannt geben, an dem er in der Zeit danach gemeldet sein wird. Ich schlage vor, Sie passen ihn dort ab."

„Wo ist dieser Wohnsitz?"

„Soll ich jetzt auch noch Ihre Arbeit machen?", fuhr der Direktor hoch und unterstrich seine Worte mit einem energischen Hochziehen des Reißverschlusses. „Ihre Schwester – wie heißt sie? Oleschko? – die arbeitet doch für die Polizei; fragen Sie die. Salcher, wie hoch?"

„Über siebenhundert, Herr Direktor."

„Legen Sie ein Scheiterl nach, ich habe nicht den ganzen Tag Zeit."

Heinz hörte und spürte das nach oben lodernde Feuer und blickte zurück auf seine Heimatstadt Klagenfurt, vor deren Kulisse nun zahlreiche Heißluftballons in unterschiedlichsten Farben wie riesige umgedrehte Tropfen in den Himmel stiegen – doch er bekam nichts davon wirklich mit. Der Auftrag beeindruckte ihn. Nicht nur, dass es dabei um die Schicksale von Personen ging, die ihm zum Teil persönlich bekannt waren, und darum, ein Kapitel zu beenden, das vor dreizehn Jahren begonnen worden war, nein, es stand noch dazu ein enormes Honorar in Aussicht.

„Ich kriege den Auftrag noch schriftlich, nehme ich an?", fragte er der Form halber.

„Frau Wildhaber wird sich darum kümmern."

Heinz nickte. Herrn Oberhofers Sekretärin hatte zwar einen ähnlichen Charakter wie ihr Chef, dafür war sie aber auch genauso zuverlässig wie dieser.

Der Landesdirektor setzte sich eine rot-schwarze Lederkappe auf und überprüfte alle Verschlüsse seines Fallschirms.

„Eine Frage habe ich noch“, meinte Heinz. „Um welchen Gegenstand geht es?“

Oberhofer sah ihn mit unbewegtem Gesicht an, als hätte er ihm das schon hundertmal gesagt. Dann antwortete er: „Um eine Kiste Zigarren.“

„Um eine Kiste Zigarren?“

„Ja. Und?“

„Was sind das für Zigarren? Zigarren aus Gold?“

„Die Details wird Ihnen Tom Schilling erläutern. Ich habe ihm schon angekündigt, dass Sie sich mit ihm treffen werden. Frau Wildhaber wird sich auch darum kümmern. Salcher, wie hoch?“

„Knapp siebenhundertsechzig, Herr Direktor.“

„Das genügt mir. Waidmannsheil, Sablatnig.“

Oberhofer stemmte sich mit beiden Armen am Korbrand hoch und ließ sich vornüber ins Bodenlose kippen. Heinz beugte sich über den Rand, um ihm nachzusehen. Direkt unter dem Ballon öffnete sich der Schirm und Oberhofer segelte in einer langgezogenen Kurve über den Wörthersee davon.

Kapitel 2

Freitag, 10.30 Uhr

Heinz blieb vor dem Haupteingang des Sicherheitszentrums in Klagenfurt stehen und schüttelte sich; er wollte seinen Ärger loswerden, bevor er sich mit seiner Schwester Sabine traf. Die Ballonfahrt hatte fast vier Stunden gedauert, eine Zeit, die nach Direktor Oberhofers Absprung sinnlos vergeudet war, da Heinz nichts weiter tun konnte, als in die Gegend zu schauen. Nicht einmal telefonieren konnte er, da er dort oben keinen Handyempfang hatte. Schlimmer noch, er musste sich während der gesamten Zeit das geistlose Geplapper des Ballonfahrers Salcher anhören, der, kaum dass Oberhofer weg war, seine Stimme entdeckt zu haben schien und dann offenbar nicht mehr damit aufhören wollte, sie zu benutzen.

Nach der Landung auf einer Wiese nahe Velden ging Heinz zu Fuß zum Bahnhof und fuhr von dort mit dem City-Shuttle der Bahn zurück nach Klagenfurt. Er kündigte Sabine sein Kommen an, die sich, entgegen seiner Befürchtung, erfreut darüber zeigte, dass er sich mit seinem neuen Fall an sie wandte; auch sie sei mit dem Fall Raunjak betraut.

Heinz atmete noch einmal tief durch, dann betrat er das Sicherheitszentrum und ging zu dem Büro, das seine Schwester sich mit zwei Kollegen teilte, klopfte an und trat ein. Die Geschwister begrüßten einander und Sabine bot ihrem Bruder einen freien Bürostuhl an, den sie neben ihren eigenen an den Schreibtisch rollte. Chefinspektorin Sabine Oleschko war vierundvierzig Jahre alt, wirkte jedoch um einiges jünger, was daran lag, dass ihr Körper berufsbedingt gut trainiert und ihre Bewegungen daher geschmeidig waren. Ihr Beruf brachte auch ein taffes Auftreten mit sich, das der Polizistin, trotz ihrer geringen Körpergröße von einem Meter zweiundsechzig, zu einer eindrucksvollen Erscheinung verhalf. Wie meistens trug sie auch heute Bluejeans, ein eng anliegendes schwarzes T-Shirt und Cowboystiefel, bei denen Heinz sich fragte, wie Sabine es darin bei der vorherrschenden Hitze aushalten konnte.

„Wie ich dir schon am Telefon erzählt habe", begann sie, „bin auch ich mit dem Fall ‚Raunjak und die verschwundenen Zigarren' betraut. Ich war bei den Ermittlungen damals zwar nicht dabei, aber ich habe mich gründlich in den Akt eingelesen und mit ein paar Ermittlern von damals gesprochen."

Sie blätterte einen Aktendeckel auf und zeigte auf ein Haftfoto von Guido Raunjak. Heinz musterte dessen bulliges, aber dennoch scharfkantiges Gesicht und meinte: „Sieht bedrohlich aus."

Das Telefon von Sabines Tischnachbarn schrillte, dieser hob ab und begann laut zu sprechen, was es Heinz erschwerte, sich auf Sabine zu konzentrieren.

„Ich glaube", sprach sie weiter, „dass wir uns diesmal in unserer Arbeit gut ergänzen können, vorausgesetzt, du hältst dich an die Regeln."

Heinz setzte ein schiefes Lächeln auf. „An deine Regeln, meinst du?"

„Ich meine die Gesetze der Bundesrepublik Österreich." Sie blickte genervt zu ihrem Kollegen, der jedoch zu sehr in sein Telefonat vertieft war, um das zu bemerken. „Komm, ich lade dich auf einen Kaffee ein, vielleicht ist es im Aufenthaltsraum ruhiger." Heinz folgte ihr ein paar Türen weiter. Zwar saßen auch im Aufenthaltsraum zwei von Sabines Kollegen, doch diese unterhielten sich in normaler Zimmerlautstärke. „Der Fall ist ja nie zur Gänze geklärt worden", fuhr sie fort, während sie eine Chipkarte in die Kaffeemaschine steckte und zwei Becher volllaufen ließ. „Castros Zigarren sind nach wie vor verschwunden und wir wissen noch immer nicht, wer der Auftraggeber des Raubes war."

„Was, Castros Zigarren?"

Heinz' Frage provozierte eine überraschte Reaktion seiner Schwester. „Davon weißt du gar nichts?"

„Dass die Beute aus einer Kiste Zigarren besteht, habe ich gewusst", gab er zurück, „aber mehr nicht."

„Die Zigarren sind Sammlerstücke. Sie stammen direkt aus der Residenz des kubanischen Revolutionsführers Fidel Castro in Havanna. Im Polizeibericht steht, dass sie ursprünglich sogar speziell für ihn angefertigt worden sind. Thomas Schilling senior hat sie erst wenige Monate vor dem Raub bei einer Versteigerung in London erstanden. Für die sagenhafte Summe von fünfhundertneunzigtausend Euro."

Heinz begann zu verstehen. „Das entspricht der Versicherungssumme. Aber warum seid ihr euch so sicher, dass der Raub eine Auftragsarbeit war?"

„Weil er zu speziell war. Raunjak und Meißler sind nicht in die Villa Schilling gestürmt und haben geschrien: ‚Geld her!' Sie haben genau diese Zigarren verlangt, und zwar nur diese Zigarren. So etwas macht kein Gewohnheitsdieb."

„Raunjak war ein Gewohnheitsdieb?"

„Berufskrimineller trifft es besser. Allerdings hat er sich bis zu diesem Überfall auf Kleinkriminalität beschränkt; Diebstähle, Einbrüche, Betrügereien – dabei ist er recht geschickt vorgegangen. Meine Kollegen haben erzählt, sie hätten in mehreren Fällen deutliche

Hinweise auf seine Täterschaft oder Mittäterschaft gehabt, ihm aber nie etwas Konkretes nachweisen können. Allerdings hat Raunjak bis zu dem Raub kein Gewaltverbrechen begangen, vermutlich hat er deshalb bei seinem Prozess nur achtzehn Jahre ausgefasst und nicht lebenslänglich."

„Aber er hat doch in voller Absicht auf die Polizisten geschossen, oder nicht?"

„In der Hitze des Gefechts, ja. – Wenn du Genaueres über sein Strafmaß wissen willst, musst du einen Juristen fragen, aber jetzt zurück zum Thema: Dass der Raub eine Auftragsarbeit war, ist immer außer Zweifel gestanden. Aber niemand, weder die Ermittler der Exekutive noch die der Justiz, hat je auch nur eine Ahnung gehabt, wer der Drahtzieher sein könnte. Deshalb hat die Fiducia auch eine Belohnung für sachdienliche Hinweise ausgesetzt, die zur Ergreifung des Drahtziehers führen; immerhin fünftausendneunhundert Euro."

Heinz unterdrückte ein spontanes Auflachen. Stattdessen fragte er: „Weißt du, ob dieses Angebot noch gilt?"

Sabine zuckte mit den Achseln. „Ich wüsste nicht, warum die Fiducia die Belohnung zurückziehen hätte sollen. Seit dem Überfall und dem Prozess hat sich ja nichts geändert."

Heinz schüttelte den Kopf und meinte knapp: „Schöne Summe." Dass die Fiducia demjenigen, der sie zum Auftraggeber führte, ein weiteres Prozent des Versicherungswerts bezahlen würde, hatte der Landesdirektor ihm gegenüber verschwiegen.

Oberhofer, du Geizkragen!

„Eine Summe, die in den kommenden Tagen möglicherweise ihren Besitzer wechseln wird", fuhr Sabine indes fort.

„Wie meinst du das?“

„Raunjak hat nicht dreizehn Jahre lang geschwiegen, um nach seiner Haftentlassung ein braves Leben zu führen. Der will seine Beute finden, sie seinem Auftraggeber von damals bringen und das versprochene Geld kassieren. Mit Zins und Zinseszins für die im Gefängnis verbüßten Jahre, nehme ich einmal an.“

Heinz trank aus seinem Kaffeebecher und überlegte. Dann meinte er: „Wenn ich das richtig verstehe, haben wir beide denselben Auftrag, nur eben von unterschiedlichen Auftraggebern.“

Seine Schwester lächelte verhalten. „Ja, wenn du es so siehst.“

„Dann kann es dir im Grunde ja egal sein, wenn ich die Zigarren finde, oder?“

„Nicht, wenn du sie einem Mittelsmann übergibst, der dafür Geld vom rechtmäßigen Eigentümer verlangt.“

„Der Eigentümer ist der Auftraggeber meines Auftraggebers.“

„Es ist eine seltsame Konstellation, ich weiß. Aber wenn die Polizei die Zigarren findet, übergibt sie sie dem rechtmäßigen Eigentümer gratis.“

Einmal mehr lächelte Heinz schief. „Das heißt, es wird ein Wettrennen? Ist das nicht ein bisserle kontraproduktiv?“

Sabine seufzte und legte das Gesicht in ihre Hände. Nach ein paar Sekunden sah sie wieder auf und meinte: „Gehen wir die Sache einmal gemeinsam an und warten ab, wie sie sich entwickelt. Wer weiß, ob es die Zigarren überhaupt noch gibt? Vielleicht hat Simone Bretgeber sie damals ja verbuddelt und sie sind mittlerweile verrottet? Oder sie hat sie einem alten Onkel anvertraut, der sie inzwischen weggeraucht hat, weil er an Alzheimer leidet?“

Heinz schenkte seiner Schwester einen misstrauischen Blick. „Was meinst du mit: ‚Wir gehen die Sache gemeinsam an?‘“

„Dass du mir deine Informationen gibst und ich dir meine.“

Sein Blick milderte sich ins Skeptische ab. „Echt jetzt?“

„Natürlich.“ Ihre Stimme klang, als hätten sie das immer schon so gemacht.

„Na gut, dann ... dann gib mir gleich einmal Raunjaks Wohnadresse. Ich meine seine Entlassungsadresse, die, an der er ab heute wohnt.“

„Gebe ich dir dann in meinem Büro, auswendig weiß ich sie nicht. Ich weiß nur, dass er bei einem ehemaligen Kumpan unterkommt. Ich lasse das Wohnhaus schon von einer zivilen Einheit überwachen.“

„Was, Raunjak ist hier in Klagenfurt?“

„Noch nicht, aber sobald er auftaucht, kriege ich Bescheid.“ Heinz schenkte Sabine so lange einen treuen Hundeblick, bis sie erklärte: „Ja, und dann gebe ich die Information gleich an dich weiter. Aber du musst mir eines versprechen: Sei vorsichtig. Raunjak mag eine gewaltlose Vergangenheit haben, aber die ist seit dem Überfall vorbei. Er hat zwei Geiseln genommen, einen Polizeibeamten getötet, einen weiteren schwer verletzt und ist danach dreizehn Jahre lang in Stein eingesessen. Wer sich jetzt zwischen ihn und seine Beute stellt, mit dem macht er kurzen Prozess, soviel ist sicher.“

„Keine Sorge, ich pass schon auf mich auf. Wie sieht es mit der Faktenlage bei Simone Bretgeber aus?“

Sabine sah ihren Bruder an, offensichtlich daran zweifelnd, dass er ihrer Warnung den nötigen Ernst entgegenbrachte. Dann seufzte sie und antwortete: „Die arme Simone. An ihrem Beispiel siehst du, wohin ein falscher Umgang führen kann. Sie war damals Raunjaks Freundin, was sie auch zugegeben hat. Aber sie hat bis zuletzt abgestritten, bei dem Raubüberfall mit ihm und Meißler gemeinsame Sache gemacht zu haben."

„Und wenn Sie die Wahrheit gesagt hat?"

„Hat sie nicht, glaub mir. Sie ist von einer Augenzeugin eindeutig identifiziert worden. Außerdem passt sie so perfekt in das Gesamtbild – die würde ein Loch in der Größe eines Drittels hinterlassen, wenn man sie daraus entfernen würde."

„Was ist mit ihrer Mutter? Kann die wissen, wo Simone die Beute versteckt hat?"

„Fehlanzeige. Du kannst dich ja noch daran erinnern, als ihr Mann gestorben ist? Seither lebt sie völlig zurückgezogen und, man könnte fast sagen, hilflos, in ihrer Villa. Seit Simone inhaftiert worden ist noch dazu allein. Sie ist damals mehrere Male ausführlich befragt worden, hat aber zu den Ermittlungen nichts beitragen können. Wenn ich die Protokolle lese, sehe ich sie richtig vor mir, aufgelöst und hysterisch. Sie hat gebetsmühlenartig erzählt, wie talentiert und lebendig ihre Simone doch gewesen ist und wie sehr sie den Tag verflucht, an dem Raunjak in ihr Leben getreten ist. Simone ist ihm demnach völlig verfallen gewesen und hat sich in dem Punkt von niemandem etwas dreinreden lassen, nicht einmal von ihr, der eigenen Mutter. Aber an dem Verbrechen, da hätte sie nicht teilgenommen, ihre Simone doch nicht."

„Ich verstehe schon, was du meinst. Die einsame und jetzt auch noch gedemütigte Mutter krallt sich verzweifelt am Wunschbild einer unschuldigen Tochter fest."

„So ungefähr."

„Hat Frau Bretschneider eigentlich noch Verwandte? Wenn ich mich recht erinnere, hat es damals, als ihr Mann gestorben ist, geheißen, Simone sei jetzt ihre ganze Familie."

„Das stimmt leider. Seit Simones Tod hat sich die alte Bretschneider noch weiter abgekapselt. Ein tragisches Schicksal."

„Hat Simone ihrer Mutter irgendetwas hinterlassen?"

„Ich weiß, worauf du hinauswillst." Sabine grinste. „Du willst wissen, ob es einen Hinweis auf das Versteck des Schatzes gibt." Heinz lächelte scheinbar unschuldig und hob die Schultern. Seine Schwester fuhr fort: „Tatsächlich ist Frau Bretschneider genau deswegen noch einmal befragt worden, als Simone gestorben ist. Sie hat ausgesagt, ihre Tochter hätte sie am Sterbebett gebeten, sie solle eine bestimmte Statuette auf ihr Grab stellen."

„Hä? Eine Statuette?"

„Ja, eine kleine Skulptur, die Simone offenbar im Gefängnis modelliert hat. Sie hat sie ... warte einmal, ich glaube ... ‚Dein Engel, Mama' genannt, oder so ähnlich."

„Eine schöne Geste. Oder eine Spur?"

„Wenn es eine ist, dann versteht sie nur jemand, der mehr weiß, als durch bloße Beobachtung erkennbar ist."

„Vielleicht Raunjak?"

„Ja, vielleicht, wir werden sehen."

„Sonst hat Simone nichts hinterlassen?"

„Du meinst, abgesehen von den Dingen, die sie schon vor dem Überfall besessen hat? Nur noch ein goldenes Medaillon – klein, flach, oval – das sie von ihrer Großtante XY, Gott hab sie selig, zu ihrer Geburt bekommen und ihr Leben lang um den Hals getragen hat. Aber dieses Medaillon hat Frau Bretschneider Simone ins Grab mitgegeben, damit es sie auch im nächsten Leben begleiten kann, sozusagen."

„Ein Medaillon", meinte Heinz tonlos.

Sabine lachte wieder. „Versuch gar nicht erst, geheimnisvoll zu wirken, ich kenne dich viel zu gut. Nein, auch das Medaillon hat keinen erkennbaren Hinweis enthalten, auch das ist überprüft worden. Auf den Außenseiten waren ein Zierrat und Simones Initialen eingraviert, auf den Innenseiten ein Foto von ihrem verstorbenen Vater und eines von Raunjak eingesetzt. Steht alles im Untersuchungsbericht."

„Bleibt als Ansatzpunkt also nur die Statuette, die Simone im Gefängnis angefertigt hat. Ich glaube, ich werde dort mit meinen Recherchen beginnen, vielleicht gibt es Justizwachebeamte, die damals mit ihr zu tun gehabt haben und denen etwas aufgefallen ist?"

Sabine zuckte mit den Schultern. „Kaum anzunehmen, denn das hätten die wohl gemeldet, aber mach nur. Wenn du willst, lege ich dir eine Schiene zu Brigadier Peter Bevc, dem Anstaltsleiter."

„Zum Gefängnisdirektor? Cool!"

Sabine zog ihr Handy hervor und verkündete nach einem kurzen Telefonat: „Du hast Glück, Peter ist morgen im Dienst. Um neun Uhr hast du einen Termin bei ihm im Gefängnis."

Heinz starrte seine Schwester an. „Das geht einfach so, ohne Dienstweg?"

„Peter ist ein lässiger Kerl, da brauchst du nicht kompliziert herumtun."

„Na, dann sage ich herzlichen Dank!"

„Danke mir, indem du deinen Teil der Abmachung einhältst."

„Keine Sorge, Schwesterherz, sobald ich neue Informationen habe, bist du die Erste, der ich davon erzähle."

Sabine sah ihn nachdenklich an, rümpfte die Nase und meinte: „Es ist seltsam, aber ich glaube dir."

Freitag, 13 Uhr

Nach seinem Gespräch mit Sabine fuhr Heinz nach Pörtschach. Er wollte die Grabstätte der Bretgebers besuchen und sich die Statuette ansehen. Um vom jüngeren, am See gelegenen Ortsteil in den älteren zu gelangen, musste er eine Bahnkreuzung überqueren, deren Schranke sich gerade geschlossen hatte. Aus Erfahrung wusste Heinz, dass das nun geraume Zeit dauern würde, denn obwohl die Österreichischen Bundesbahnen in den vergangenen Jahrzehnten zahlreiche Reformen und Modernisierungen in die Wege geleitet hatten, schienen gewisse Altlasten nicht beseitigbar zu sein. Eine davon war, dass sich – zumindest in Pörtschach – die Schranken viel zu früh senkten, wodurch sich die Wartezeit für die querenden Verkehrsteilnehmer um mehrere Minuten verlängerte. Nachdem ein City-Shuttle-Zug, einer wie der, mit dem er heute Vormittag gefahren war, vorbeigebraust war und sich die Schranke wieder geöffnet hatte, fuhr Heinz die schmale Straße rechts den Hügel hinauf und gelangte so zwischen alten Einfamilienhäusern hindurch zum Friedhof. Er parkte den Wagen und ging über den Vorplatz der Aufbahrungshalle zum Gittertor des Eingangs hinunter. Dabei beschlich ihn ein vertrautes Gefühl, das er jedes Mal hatte, wenn er auf diesem Weg ging; eine Empfindung von Pietätlosigkeit, gepaart mit unpassendem Sarkasmus. Denn obwohl die schmiedeeisernen Buchstaben über dem Eingangsportal einen „Garten der Ruhe“ versprachen, donnerte gegenüber, hinter der meterhohen Lärmschutzwand, die die hintere Friedhofsmauer bildete, der Schwerverkehr auf der Südautobahn vorbei.

Heinz betrat das Areal und folgte dem breiten Kiesweg, der schnurgerade durch den Friedhof hindurch bis zu einem großen Holzkreuz und dahinter weiter zur Lärmschutzwand führte. Dort, an der hinteren Mauer und etwas rechts abseits des Hauptweges, befand sich die letzte Ruhestätte der Familie Bretgeber. Heinz wusste das deshalb so genau, weil er schon als Kind von dieser wuchtigen und schmuckvollen Grabstätte beeindruckt gewesen war. Den Grabstein zierten die Namen und Lebensdaten von Simone und ihrem Vater sowie, etwas verblasst, die seiner Eltern und Großeltern. Simone war gerade einmal zweiundzwanzig Jahre alt geworden. Heinz fand die Statuette auf dem linken hinteren Teil der marmornen Grabplatte. Sie hatte die Form einer Engelsbüste und wirkte im Verhältnis zum mächtigen Grabmal sehr klein.

Heinz sah sich um. Am Friedhof befanden sich außer ihm nur noch zwei alte Frauen und ein Mann mittleren Alters; letzterer war wohl der für die Friedhofspflege zuständige Gemeindebedienstete. Als er sicher war, nicht beobachtet zu werden, trat Heinz auf die Grabplatte und nahm die Statuette. Er drehte sie in den Händen; sie war etwa zwanzig Zentimeter breit und jeweils zehn Zentimeter dick und hoch und bestand, soweit Heinz das beurteilen konnte, aus ungebranntem Ton. Simone hatte sie mit einem Mosaik aus bunt bemalten Rauten überzogen. Die Lackfarben wirkten verblasst, so wie die Statuette allgemein etwas verwittert anmutete. Die Gestaltung war unbeholfen, ungeübt – aber vielleicht war das ja auch Simones Absicht gewesen. Heinz wog die Statuette prüfend in den Händen, konnte aber nicht feststellen, ob sie hohl oder massiv war. Auch als er mit dem Fingerknöchel dagegen klopfte, konnten seine Ohren keine der beiden Varianten ausschließen. Er fotografierte das Kunstwerk mit seinem Handy von allen Seiten, stellte es wieder an seinen Platz zurück und nahm es aus unterschiedlichen Distanzen auf, um sowohl Groß- als auch Totalaufnahmen davon zu haben. Als er sich zum Gehen abwandte, hielt er noch einmal inne und blickte auf die Statuette, die auf der Grabplatte so klein und verloren wirkte. „Dein Engel, Mama", dachte er traurig.

Freitag, 21 Uhr

Seit dem Nachmittag wartete er, beobachtete er, lauerte er. Vor drei Stunden war eine ihm unbekannte Frau aus dem Haus gekommen, seither war alles ruhig. Gleich nach seiner Ankunft war er an einer von Bäumen sichtgeschützten Stelle über die Mauer geklettert und hatte seitdem die Villa im Stundentakt umrundet; war von Baum zu Strauch gehuscht, hatte verharrt, die Umgebung sondiert. Nur in einem einzigen Zimmer war das Licht eingeschaltet worden und brannte seither.

Das genügte ihm, er musste es riskieren, wollte nicht mehr länger warten. Er schlich zur Haustür und klingelte. Lange Zeit geschah nichts, dann hörte er, wie der Schlüssel zaghaft im Schloss gedreht wurde. Die Tür wurde einen Spalt weit geöffnet und eine gebrechliche Frauenstimme sagte: „Hallo?"

Da stieß er mit beiden Händen so wuchtig zu, dass die Sicherheitskette regelrecht gesprengt wurde. Die Tür flog auf und die Frau taumelte nach hinten. Als sie ihn erkannte, füllten sich ihre Augen mit purer Angst.

„Guido! Was ... was willst du noch von mir? Du hast mir doch schon alles genommen!"

Sie wirkte alt, sehr alt. Es schien, als wäre sie eingetrocknet, ihre Glieder dürr und spröde geworden. Guido warf die Tür hinter sich ins Schloss, sperrte zu und zog den Schlüssel ab.

„Reg dich ab", sagte er und seine Stimme klang sogar für seine eigenen Ohren rau, „ich halte mich nicht lange auf mit dir."

Kapitel 3

Samstag, 9 Uhr

„Haben Sie einen Termin?“ Die Stimme des tintenblau uniformierten Mannes im kugelsicheren Glaskasten kam verfremdet und schwer verständlich aus einem im Glas integrierten Lautsprecher.

„Ja, mit Herrn Brigadier Bevc, um neun Uhr“, erwiderte Heinz.

Der Uniformierte betätigte eine Taste auf dem Pult vor sich und sprach in ein Mikrofon. Heinz hörte es nicht, er sah nur, wie sich die Lippen des Mannes bewegten. Dann schien er zu lauschen. „Bitte um einen Moment Geduld“, sagte er schließlich durch den Lautsprecher.

Kurz darauf erschien ein weiterer Uniformierter hinter dem Glas und besprach sich kurz mit dem Sitzenden. Heinz wurde aufgefordert, alle Gegenstände, die er bei sich trug, auf das Förderband neben dem Glaskasten zu legen und durch den Ganzkörperscanner zu gehen. Nach dem Securitycheck öffnete sich schnarrend eine Sicherheitstür, hinter der der zweite Uniformierte wartete. Über der rechten Brusttasche seines Hemdes war mit gelbem Garn das Wort „Justizwache“ gestickt. Der Mann forderte Heinz schroff auf, ihm zu folgen.

Der Weg zum Gefängnisdirektor gestaltete sich als langwierig, weil Heinz’ Begleiter alle paar Meter eine Gittertür, die mitten im Gang eingelassen war, auf- und hinter ihnen wieder verschließen musste.

Menschen sicher wegzusperren scheint kein einfacher Job zu sein.

Schließlich waren sie angekommen. Der Justizwachebeamte öffnete eine an der Wand befindliche Tür und bedeutete Heinz hineinzugehen; er selbst blieb im Gang stehen. Als Heinz das Zimmer betrat, spürte er ein beklemmendes Gefühl der Angst in sich aufsteigen. Auch wenn er nicht verstand, warum, so wurde ihm doch schlagartig klar, dass man ihn in eine Falle gelockt hatte. Der Raum glich einem Lehrsaal, nur ohne Tische und Sessel. Hier tummelten sich etwa fünfzig Häftlinge unterschiedlicher Hautfarben, Körpergrößen und -umfänge. Sie redeten laut durcheinander, einige gestikulierten aufgeregt, andere starrten mit großen Augen in die Menge. Heinz drehte sich um und wollte seinen Begleiter fragen, was das sollte, doch der hatte die Tür schon zugeschlagen und sperrte von außen wieder ab.

Heinz spürte, wie sich ein Knödel in seinem Hals bildete, den er auch nach mehreren Versuchen nicht hinunterzuschlucken vermochte. Er sah sich im Raum um, versuchte zu verstehen, was hier los war. War das ein Scherz des Justizwachepersonals? Wenn ja, was sollte daran witzig sein? Ein paar der Häftlinge wurden auf ihn aufmerksam, zwei begannen, über ihn zu tuscheln. Heinz spürte, wie sich seine Nackenhaare aufstellten.

Immer mehr Gespräche ebbten ab, umso schneller, je ruhiger es im Raum wurde. Dann trat zwischen den Häftlingen ein einzelner Mann hervor. Er hatte kurz geschorene graue Haare, einen schmalen Bart, der von der Unterlippe bis zum Kinn hinab reichte, und trug eine Justizwache-Uniform. Er war zwar von kleiner Statur, strahlte jedoch eine Autorität aus, die ihn besser erkennbar machte, als es der beeindruckendste Ausweis je gekonnt hätte.

„Herr Brigadier Bevc?“, fragte Heinz vorsichtig.

Der Mann reichte ihm die Hand. „Sie müssen der Bruder von Sabine sein", meinte er mit ruhiger Stimme und lächelte freundlich.

Heinz fiel ein Stein vom Herzen. Er bemerkte, dass Bewegung in die Häftlinge hinter dem Gefängnisdirektor kam. Zwei weitere Justizwachebeamte traten aus der Menge heraus. Bevc fuhr indessen fort: „Entschuldigen Sie, dass wir uns hier treffen, aber wir haben ein kleines Problem."

Ein kleines Problem – mit fünfzig Häftlingen?

„Aha", sagte Heinz. Er sah, wie sich die Häftlinge in vier Reihen gruppierten und vor ihnen ein Zivilist Aufstellung nahm.

Was zum Teufel geht denn da vor?

„Wir haben heute eine Vorführung", erklärte Bevc, „und die Jungs sind noch immer nicht sattelfest."

Eine Vorführung? Wer wird da vorgeführt und welche Jungs müssen dafür sattelfest sein?

Als alle Häftlinge plötzlich gemeinsam ihre Stimmen erhoben, zuckte Heinz zusammen. Erst nach ein paar Sekunden und nachdem er gesehen hatte, dass der Mann in Zivil Dirigierbewegungen vollführte, verstand er, was da vor sich ging.

Bevc erkannte, was sich in Heinz abspielte und lachte. „Kommen Sie", sagte er, nahm ihn an der Schulter und begleitete ihn zur Tür. Er zog einen Schlüsselbund hervor, der am Rollseil seines Gürtels hing, und sperrte auf. Draußen auf dem Gang war der Gesang der Häftlinge nur noch gedämpft durch die wieder geschlossene Tür zu hören.

„Das ist unser Gefangenenchor", erklärte der Brigadier, „er gibt heute Abend sein Sommerkonzert, deshalb sind alle nervös."

„Wegen der Sicherheit?", fragte Heinz.

Bevc stutzte, dann lachte er wieder. „Nein, die Sänger sind nervös."

„Wie kann ein Gefangenenchor überhaupt funktionieren? Ich meine, bei so vielen Häftlingen auf so engem Raum ..."

„Das ist überhaupt kein Problem", entgegnete der Gefängnisdirektor. „Durch die regelmäßigen gemeinsamen Proben entsteht eine derart intensive Gruppendynamik, wenn da einer aggressiv wird, dann bringen ihn die anderen zur Räson."

„Und die verschiedenen Nationalitäten?"

„Auch kein Problem, im Gegenteil: Durch die gemeinsame Aktivität entwickelt sich eine Toleranz, die sonst gar nicht möglich wäre. Zum Beispiel ist einer der Sänger ein junger Neonazi, der wegen Wiederbetätigung sitzt. Es hat einige Zeit gedauert, aber jetzt versteht er sich mit seinen schwarzafrikanischen Sangesbrüdern bestens."

Heinz schüttelte den Kopf. „Das ist einfach unglaublich!"

„Ja, wir sind recht stolz auf unseren Chor. Aber jetzt zu Ihnen, was kann ich für Sie tun?"

Heinz atmete tief durch. Er spürte seinen beschleunigten Herzschlag und das Zittern seiner Hände. „Es geht um Simone Bretgeber. Sie ist vor dreizehn Jahren zu einer Haftstrafe verurteilt worden und wenig später an Krebs gestorben."

„Ich kann mich erinnern. Die Komplizin von dem Zigarrenräuber, richtig?"

„Genau die." Heinz fasste in kurzen Worten zusammen, dass Raunjak gestern aus der Haft entlassen worden war und dass die Polizei vermutete, Simone hätte ihm einen Hinweis auf das Versteck seiner Beute hinterlassen.

„Ich weiß nicht, ob ich Ihnen da helfen kann", bekannte Brigadier Bevc, als Heinz fertig war. „Ich kann Ihnen nur sagen, woran ich mich erinnere. Frau Bretgeber war eine ausgesprochen selbstbewusste, lebendige und intelligente junge Frau. Sie war temperamentvoll und sympathisch und hat es binnen weniger Tage geschafft, alle anderen Häftlinge für sich zu gewinnen. Sie ist auch mit dem Wachpersonal gut ausgekommen, sogar so gut, dass meine Leute misstrauisch geworden sind. Dass sie Krebs hat, hat sie durch die Routineuntersuchung erfahren, die bei jedem neuen Häftling bei Haftantritt vorgenommen wird. In der ersten Zeit hat man sie noch ambulant behandelt, da hat sie sich ganz der Kunst gewidmet."

„Hier im Gefängnis?"

„Ja, wir bieten hier in der Justizanstalt verschiedene Workshops an, darunter auch solche mit künstlerischen Inhalten. Frau Bretgeber hat sich für Malerei und Töpferei interessiert. Damit hat sie sich beschäftigt, bis die Befunde gezeigt haben, dass ihre Erkrankung tatsächlich so ernst war, wie die Ärzte es befürchtet haben. Ihre letzten Wochen hat sie im Krankenhaus verbracht."

„Halten Sie es für möglich, dass sie in diese Kunstwerke irgendwelche Botschaften verpackt hat?"

„Da fragen Sie den Falschen, ich habe mir ihre Sachen nicht angesehen."

„Gibt es Fotos von diesen Kunstwerken?"

„Bei uns nicht. Aber fragen Sie einmal die Lehrgangsleiterin, Frau Hornbanger, vielleicht kann die Ihnen weiterhelfen." Bevc zog sein Handy hervor, suchte kurz und nannte dann die Kontaktdaten von Frau Hornbanger, die Heinz in sein Telefon einspeicherte.

„Danke, das werde ich tun. Haben Sie eine Ahnung, wer diese Kunstgegenstände nach Simone Bretgebers Tod bekommen hat?“

„Sofern sie nicht testamentarisch einen anderen Erben eingesetzt hat, war wohl ihre Mutter die Universalerbin. Soweit ich mich erinnere, war sie ja ihre einzige Verwandte.“

„Ist es den Häftlingen erlaubt, persönliches Eigentum an Verwandte oder Bekannte hinauszugeben?“

„Natürlich. Sie stellen einen Antrag, dann wird geprüft, ob der Gegenstand gefährlich oder verdächtig ist, und wenn nicht, wird der Antrag genehmigt.“

„Wie steht es mit Informationen?“, fragte Heinz. „Angenommen, Simone Bretgeber und Guido Raunjak hätten einander Briefe schreiben wollen, von einem Gefängnis ins andere. Wäre das möglich gewesen?“

„Selbstverständlich. Sie hätten allerdings damit rechnen müssen, dass ihre Post kontrolliert wird. Ich weiß nicht, ob sie sich geschrieben haben, aber gerade in einem Fall wie diesem hätte sich die Polizei eingeschaltet und jedes Poststück nach allen Regeln der Kunst untersucht.“

Nachdem Heinz das Gefängnis verlassen hatte, kontrollierte er sein stummgestelltes Handy und sah, dass Sabine mehrmals angerufen hatte. Eine SMS von ihr forderte ihn außerdem dazu auf, sie möglichst schnell zurückzurufen.

Bevor er das tun wollte, rief er aber Frau Hornbanger an, erklärte ihr in raschen Worten sein Anliegen und bat um ein Treffen. Frau Hornbanger erklärte sich gerne dazu bereit und die beiden vereinbarten als Treffpunkt ein Café in den City Arkaden – in zehn Minuten. Das war möglich, weil Frau Hornbanger gerade ein paar Besorgungen in dem Einkaufszentrum machte und dieses nur einen halben Block vom Gefängnis entfernt war.

Frau Hornbanger war eine sympathische Frau Mitte vierzig. Sie erinnerte sich sofort an Simone Bretgeber und deren tragisches Schicksal. Heinz' Vermutung, Simone hätte Raunjak eine geheime Nachricht zukommen lassen, und das möglicherweise über ihre Kunstwerke, quittierte sie mit einem kategorischen Kopfschütteln. Im Malkurs hätte Simone abstrakte Malereien angefertigt und im Kunstkeramikenkurs kleine Skulpturen mit einfachen Formen. Die Lehrgangsleiterin wusste zwar nicht, was mit den Sachen nach Simones Tod geschehen war, bot aber an, Heinz Fotos von den Werken zu übermitteln. Er bejahte freudig und auf seine Nachfrage hin erklärte sie, alle Schüler ihrer Kurse mit den dort entstandenen Werken zu fotografieren; als Erinnerung. Sie versprach, Heinz die Fotos per E-Mail zu schicken.

Nach dem Treffen fiel Heinz ein, dass er ja schon vorhin Sabine zurückrufen wollte. Als sie ihn am Telefon begrüßte, erkannte er schon am Klang ihrer Stimme, dass etwas passiert war. „Guido Raunjak ist aufgetaucht", erklärte sie, „Frau Bretgeber ist tot."

Kapitel 4

Samstag, 11 Uhr

Als Heinz auf den Vorplatz seines Elternhauses in Pörtschach fuhr, stieg seine Schwester gerade aus ihrem Auto. Sie deutete mit dem Kinn auf seinen mattschwarzen, tiefergelegten Corrado und meinte: „Ich werde mich nie an deine Proletenschüssel gewöhnen. Und an das deutsche Kennzeichen auch nicht."

Heinz stellte sich zu ihr, musterte den Wagen, fuhr sich mit der Hand über das Kinn und meinte: „Ich weiß nicht, was du hast, ich finde das Gerät geil."

„Naja."

Die beiden gingen zur Haustür, wobei Sabines Blick auf den dreißig Jahre alten, cremefarbenen, rostigen Opel Kadett fiel, der in der offenen Garage stand. „Andererseits, wenn ich mir so das Auto von unserem Herrn Papa anschaue ..."

Heinz lachte. „Wenn man bedenkt, wie eitel unser alter Herr ist, möchte man meinen, dass er sich irgendwann in all seinen Jahren als Bürgermeister ein standesgemäßes Auto zugelegt hätte."

Sabine blieb abrupt stehen und fuhr ihren Bruder in gespielter Entrüstung an: „Sag einmal, spinnst du?" Und dann sagten beide wie aus einem Mund den oft von ihrem Vater gehörten Satz: „Ein Auto ist nix weiter als ein Auto."

Sie lachten und bemerkten erst jetzt, dass ihre Mutter in der Haustür stand.

„Seid nicht so respektlos gegenüber eurem alten Vater", sagte sie mit Lachfalten in den Mundwinkeln. Maria Sablatnig war mit ihren siebenundsechzig Jahren eine elegante Erscheinung. Sie trug ihr graues Haar wie üblich zu einem Pferdeschwanz gebunden, wohingegen ihre kurze Hose und ihr Trägertop legerer waren als sonst. Wahrscheinlich hatte sie gerade im Garten gearbeitet, dachte Heinz. Sie küsste ihn und Sabine herzlich und meinte: „Schön, dass ich euch wieder einmal beide bei mir habe. Kommt herein, Papa kommt auch gleich."

„Papa?" Sabine war Heinz mit ihrer überraschten Frage zuvorgekommen. Ihr Vater kam unter der Woche zu Mittag nie nachhause, denn meistens verband er das Mittagessen mit einem geschäftlichen Gespräch.

„Ja, wenn es Kasnudeln von Irmis Schwester gibt, ist er wie ein Bär vor einem Fass Honig", sagte die Mutter versonnen.

Irmi war eine Nachbarin, deren Schwester eine Landwirtschaft betrieb und – darin war sich die gesamte Familie Sablatnig einig – die besten Kärntner Nudeln überhaupt zubereitete, obwohl sie sie mit Semmeln füllte und nicht mit Topfen, wie Heinz sie sonst lieber hatte.

„Kann ich dir helfen, Mama?", fragte Sabine.

„Nein danke, lieb von dir. Ich war gerade im Garten und habe Salat geholt. Der ist momentan ziemlich mickrig, wahrscheinlich ist es ihm zu heiß."

In der schmalen Wohnküche angekommen, setzten sich die Kinder an den kleinen Resopaltisch, während die Mutter begann, den Salat zu zupfen und zu waschen. Heinz lief das Wasser im Mund zusammen: Kärntner Nudeln mit grünem Salat – das war kaum zu überbieten!

Das Haus seiner Eltern hatten diese in den 1970ern gebaut und seither nicht mehr renoviert. Zumindest konnte sich Heinz nicht erinnern, dass sich an der Innenausstattung oder an der Hausfassade je etwas verändert hätte, außer, dass immer wieder einmal neue technische Geräte angeschafft wurden. Das machte aber nichts, denn alles war tadellos gepflegt, von ein paar Abnutzungsspuren einmal abgesehen.

„Ich fürchte, ich habe schlimme Neuigkeiten, Mama." Sabines Stimme war anzuhören, dass ihr die Worte nur schwer über die Lippen kamen.

„Das mit der Bretgeberin meinst du? Das weiß ich schon."

Heinz sah, wie sich die Kinnlade seiner Schwester langsam öffnete. „Wie kannst du das ... woher ..."

Mit einer Mischung aus Faszination und Belustigung verfolgte Heinz den nun folgenden Auftritt seiner Mutter. Sie wandte sich vom Waschbecken weg und ihnen zu und setzte ihnen dann auseinander, in welchem Verwandtschaftsverhältnis die Pflegerin von Frau Bretschneider zum alten Bäcker stand, bei dem sie selbst Stammkundin war, solange Heinz denken konnte. Die Pflegerin, so die Mutter weiter, wobei sie das Abtropfsieb mit dem Salat als Artikulationshilfe verwendete, war heute Morgen wie üblich in die Villa Bretschneider gekommen und hatte die Hausherrin nach längerem Suchen erhängt in Simones Zimmer vorgefunden, welches seit deren Tod nicht mehr verändert worden war.

„Die Arme hat einen Nervenzusammenbruch erlitten", beendete sie ihren Bericht.

„Ja, aber Gott sei Dank hat sie uns vorher angerufen, so haben wir die Rettung alarmieren können", erklärte Sabine. Sie hatte Heinz vorhin am Telefon schon die Kurzfassung der Geschichte erzählt, nun schilderte sie die Langfassung: „Guido Raunjak hat sie gestern Abend aufgesucht und schwer bedroht. Er wollte wissen, was Simone ihr hinterlassen hat und hat sie anscheinend schwer bedroht, als Frau Bretschneider gesagt hat, Simone hätte gar nichts hinterlassen. Sie hat ihn beschimpft und wollte ihn aus dem Haus treiben, doch er ist handgreiflich geworden, hat sie in einen Sessel gezwungen und sie gefragt, wo das Medaillon sei, das Simone immer um den Hals getragen hat."

„Und, hat sie es ihm gesagt?", fragte Heinz.

„Ja."

„Und wo?", bohrte die Mutter ungeduldig nach.

„In Simones Grab. In dem Medaillon hat Simone zeitlebens die Fotos ihrer Liebsten an der Brust getragen. Zuerst waren das ihre Eltern, dann hat ein Bild von ihrem jeweiligen Freund das von ihrer Mutter ersetzt, wogegen ihr verstorbener Vater immer einen Stammplatz im Medaillon gehabt hat. Ihr letzter Freund war Guido Raunjak, aber sein Bild hat Frau Bretschneider aus dem Medaillon entfernt, bevor sie es Simone zur Beisetzung um den Hals gehängt hat."

„Was war dann?", fragte Heinz. Sabine antwortete achselzuckend:

„Nichts. Nachdem für ihn nichts zu holen war, ist Raunjak wieder abgedampft und Frau Bretschneider hat uns verständigt."

„Du warst gestern Abend noch bei ihr?", fragte die Mutter.

„Nein, Kollegen von mir. Sie haben erzählt, die Frau sei außer sich gewesen, hysterisch und nicht zu beruhigen. Aber sie hat jede Hilfe abgelehnt, die sie ihr angeboten haben."

„Mein Gott, sie hat schon gewusst, dass sie sich das Leben nehmen wird." Die Mutter legte sich die freie Hand an die Brust. „Wahrscheinlich ist es ihr zu viel geworden."

„Das würde mich nicht wundern", meinte Sabine düster, „nach all dem, was sie durchgemacht hat, taucht auch noch der Mann bei ihr auf, dem sie die Schuld an Simones Untergang gibt, und bedroht sie."

„Wo sie doch immer so eine zarte Seele gehabt hat", ergänzte Mutter Sablatnig voller Mitgefühl. „Mein Gott, warum müssen manche Menschen so viel Leid ertragen?"

„Und Raunjak?" Heinz erkannte an der Art, wie seine Mutter den Mund verzog und sich wieder dem Abwaschbecken zuwandte, für wie unpassend sie seine Frage hielt.

Sabine war da weniger sensibel. „Raunjak ist wieder untergetaucht. Er ist bis jetzt nicht bei Berti aufgetaucht."

„Bei wem?"

„Berti Prentner. Das ist der Kumpan, von dem ich dir erzählt habe, dessen Anschrift Raunjak als Entlassungsadresse angegeben hat. Das heißt, Kumpan ist zu viel gesagt, er war eher so etwas wie Raunjaks Zuträger, Anhängsel, Fußabtreter ..."

Heinz dachte kurz nach, ehe er seine Schwester fragte: „Du weißt, was das bedeutet?"

Sie nickte. „Das bedeutet, dass wir Recht haben: Raunjak hat keine Ahnung, wo seine Beute ist. Er weiß gleich viel oder wenig wie wir, und nimmt an, dass Simone ihm eine Spur hinterlassen hat."

„Aber sicher ist er sich nicht", ergänzte Heinz. „Verdammt, wir müssen ihn finden! Wo würdest du an seiner Stelle nach den Zigarren suchen?"

Noch während Sabine überlegte, spielte Heinz' Mobiltelefon „If you don't know me by now" von Harold Melvin & The Blue Notes, jenen Klingelton, der ihm einen unbekannten Anrufer signalisierte. Heinz hob ab und meldete sich mit seinem Namen.

„Wildhaber hier", antwortete die nasale, strenge Stimme von Direktor Oberhofers Sekretärin.

„Grüß Gott, Frau Wildhaber, von wo rufen Sie an?"

„Na, aus dem Wochenende, von wo sonst?" Die Antwort klang nicht humorvoll, sondern dezent ungehalten. „Sie haben heute Abend einen Termin bei der Fête Blanche in Pörtschach, um einundzwanzig Uhr. Herr Tom Schilling erwartet Sie auf der Terrasse im ersten Stock in der Wäscherei. Legendäre Rainers Terrasse." Heinz musste grinsen. Frau Wildhaber hatte hörbar keine Ahnung, was das bedeutete, das sie ihm da offensichtlich vorlas. „Ihr VIP-Ticket wird heute Nachmittag im Café am Platz in Klagenfurt hinterlegt."

„Ich nehme an, die freundliche Einladung gilt auch für meine Begleitung?" Heinz grinste noch immer. Er konnte das verhärmte Gesicht der ältlichen Bürokraft förmlich vor sich sehen. Nach einigen Sekunden des Schweigens erwiderte sie gnädig: „Ich werde sehen, ob ich das für Sie organisieren kann."

Heinz bedankte sich, beendete das Telefonat und stand auf. „Ich fürchte, ich muss euch spontan verlassen."

Samstag, 12 Uhr

Es gab Dinge, die waren noch besser als die Kärntner Nudeln von Irmis Schwester mit grünem Salat. Ein VIP-Ticket für die Fête Blanche, das war ein guter Grund, um bei Verena anzuklopfen. Nachdem er den Wagen bei seinem Wohnbüro abgestellt hatte, ging er durch die Innenstadt zur Wiener Gasse, wo sich die BoutChic befand, jenes kleine Damenmodengeschäft, deren geschäftsführende Miteigentümerin Verena Bacher war. Da die Temperatur langsam, aber sicher auf die Dreißig-Grad-Marke zukletterte, sog Heinz erleichtert die klimatisierte Luft ein, als er das Geschäftslokal betrat. Verena, mit ihren dreiunddreißig Jahren um neun Jahre jünger als er, stand mit dem Rücken zu ihm vor einem Regal. Sie trug ein himmelblaues Kostüm mit Stöckelschuhen in derselben Farbe und ihre blonden Haare fielen offen bis knapp über ihre schmalen Hüften hinunter. Als sie hörte, dass jemand ihr Geschäft betrat, wandte sie sich mit einem Lächeln um, das von freundlich zu herzlich wechselte, als sie Heinz erkannte. Ihre Lippen und Wimpern waren im Blau ihres Kostüms geschminkt.

„Hallo, schöner Mann." Sie kam in dem Wiegeschritt auf ihn zu, den er so liebte, und begrüßte ihn mit Bussi links, Bussi rechts.

„Hallo, schöne Frau." Heinz versuchte, seine Stimme möglichst sonor klingen zu lassen.

„Welcher Wind treibt dich zu mir?", fragte sie.

„Kein Wind, eher eine Befürchtung."

„So?"

„Die Befürchtung, dass du völlig ausgehungert bist und niemanden hast, der dich ausführt."

Sie trat einen Schritt zurück, musterte Heinz in gespielter Skepsis und meinte zweideutig: „Ausgehungert? Ich?"

Heinz lachte. „Du weißt schon: essen und so weiter."

„Ach so! Ich habe schon gedacht ..."

„Also, wie schaut's aus? Kannst du dich für eine halbe Stunde von hier losreißen?"

Verenas Miene wurde bedauernd, ihr Haar folgte ihrem Kopfschütteln etwas zeitverzögert. „Tut mir leid, Heinz, aber ich bin alleine hier. Andrea ist krank."

Andrea war Verenas einzige Angestellte – und Heinz' Ex-Freundin.

„Was hat sie denn?", fragte er.

„Die Wörtherseegrippe hat sie erwischt."

„Oje, das heißt ja, du musst den Laden für die nächste halbe Stunde dicht machen, sehr bedauerlich."

„Nein, das heißt, du musst ohne mich essen gehen."

Er schenkte ihr einen tiefen Blick und raunte: „Ohne dich? Nie im Leben."

Sie senkte etwas den Kopf, um ihn von unten her ansehen zu können, und erwiderte, ebenfalls raunend: „Aha? Dann bist du doch nicht ausgehungert?"

„Habe ich nie behauptet. Aber was machen wir jetzt? Soll ich uns eine Pizza holen?"

„Gute Idee", Verena schnippte und zeigte mit dem Finger auf Heinz. Auch ihre Nägel waren hellblau lackiert. „Und wenn eine Kundin kommt, wische ich meine Hände am Rock ab und frage mit vollem Mund, ob ich ihr helfen kann."

„Das macht dich als Geschäftsfrau in Klagenfurt sicherlich einzigartig." Er grinste schief.

Sie verzog den Mund. „Ich glaube eher, das macht mich pleite."

„Das werden wir noch sehen. Zeig mir einmal, was du so hast. Weiß wäre angesagt."

Verena sah ihn mit einem Blick an, den sie immer aufsetzte, wenn sie unsicher war, ob er scherzte oder es ernst meinte. „Sind wir heute noch schräger drauf als sonst oder brauchst du für deinen neuen Auftrag Damenverkleidung?"

„Mein neuer Auftrag? Nein, der ist ein völlig anderes Kaliber, aber – irgendwie hast du trotzdem Recht."

„Was jetzt?"

„Ich brauche wirklich etwas Weißes zum Anziehen, allerdings Männersachen. Du brauchst weiße Frauensachen."

„Hä?“ Verena stemmte ihre Hände in die Hüften, verlagerte ihr Körpergewicht auf das linke Bein und kippte den rechten Fuß am Absatz auf.

„Weiße Kleidung. Wenn du zur Fête Blanche gehen willst, musst du komplett weiß angezogen sein.“

„Wer geht denn zur Fête Blanche?“

„Na du. Mit mir. Heute Abend.“ Sie starrte Heinz verständnislos an. „Ich habe zwei VIP-Tickets für Pörtschach.“

Verenas Augen weiteten sich, sie schnappte nach Luft. „Für die Wäscherei? Das ist nicht dein Ernst!“

Heinz nickte und konnte sein Grinsen nicht verbergen. Wenn er ihr eine Freude machen konnte, freute ihn das mindestens genauso sehr. „Ich hol dich um acht Uhr ab“, sagte er.

„Stopp, Moment, wer hat gesagt, dass ich mitgehe?“

„Du willst nicht?“

Verena sah ihn stumm an. Heinz wusste, dass sie nur widersprochen hatte, um ihm nicht das Gefühl zu geben, leichtes Spiel mit ihr zu haben. Aber er wusste auch, dass die Fête Blanche ein viel zu elegantes gesellschaftliches Ereignis war, als dass eine elegante Frau wie Verena ihm fernbleiben wollte, vor allem, wenn sie Zutritt zum VIP-Bereich bekam. Folgerichtig hielt sie ihr Zögern nun auch nicht so lange durch, wie sie es wohl vorgehabt hatte. „Doch.“

„Okay, dann bis acht.“ Er neigte sich zu ihr, doch anstelle der Abschiedsküsschen fiel sie ihm um den Hals und flüsterte in sein Ohr: „Danke!“

Er lächelte als Antwort und verließ die BoutChic. Draußen atmete er tief durch, so dass sich seine Lungen wieder mit heißer Luft füllten. Oh ja, es gab Dinge, die waren besser als Kärntner Nudeln mit grünem Salat!

Auf seinem Weg nachhause kaufte Heinz weiße Hosen, Socken und Schuhe, um die weißen Kleidungsstücke, die er bereits besaß, zu einem Ganzkörperoutfit zu vervollständigen. Er hatte es sich schwierig vorgestellt, reinweiße Schuhe zu bekommen, doch die Einzelhandelsgeschäfte der Stadt waren auf die Fête Blanche eingestellt und hatten entsprechend vorgesorgt. Dann besorgte er sich eine Leberkäsesemmel und eine kleine Flasche Cola und ging nachhause, wo er im abgedunkelten Wohnzimmer seinen Ersatz für ein Mittagessen zu sich nahm.

Danach ging er in sein Bürozimmer und startete den PC. Wie erhofft, hatte Frau Hornbanger die versprochenen Fotos bereits geschickt. Es waren nur zwei: eines vom Töpfer- und eines vom Malkurs. Als er sie geöffnet hatte, hielt er inne. Er konnte sich an Simone Bretgeber erinnern, als sie noch ein Kind gewesen war, und dieses Kind erkannte er in den Gesichtszügen der jungen Frau auf den Fotos wieder. Sie war sehr hübsch geworden, hatte schulterlange, braune Haare, doch der kecke Blick ihrer dunklen Augen wirkte müde. Mithilfe eines Bildbearbeitungsprogramms schnitt Heinz die abgebildeten Kunstwerke einzeln aus und speicherte sie separat ab. Die ursprünglichen Fotografien waren hochauflösend, deshalb ließen sich die Bildausschnitte gut vergrößern, ohne dabei unscharf zu werden.

Abgesehen von der Statuette, die nun auf ihrem Grab stand, hatte Simone noch ein kleines Kreuz modelliert, eine Ziervase und eine Schale. Gemeinsam war allen Skulpturen, dass sie von einem bunten Karo-Mosaik überzogen waren, aber Heinz bezweifelte, dass das ein Hinweis auf das Versteck von Castros Zigarren war. Auch sonst hatten die Gegenstände nichts an sich, das er im Entferntesten als Spur gedeutet hätte.

Bei den Gemälden sah es nicht anders aus: Eine eher kleine Zeichnung skizzierte einen weiblichen Kopf, über dem ein Heiligenschein schwebte; ein größeres Bild, das im Querformat hinter Simone auf einer Staffelei stand und von ihr halb verdeckt wurde, zeigte bunte Kreise und Wirbel, bei denen die Farbe Rot vorherrschte. Dann gab es noch zwei Bilder, die etwa einen mal einen Meter maßen und von denen das eine mit blauen Quadraten und Rechtecken und das andere mit einem wilden Durcheinander von aggressiv hingeworfenen Strichen in allen Farben bemalt war. Auf alle Gemälde hatte Simone deren Titel geschrieben. Die Heiligenschein-Skizze hieß „In naher Zukunft", das Strich-Bild „Zorn auf dieses Leben" und jenes mit den Quadraten und Rechtecken „Blau an-Ecken". Der Titel des großen Gemäldes wurde von Simones Körper verdeckt.

Heinz schüttelte den Kopf. Egal, was Guido Raunjak über Simone Bretgeber wusste, es würde diese Bilder und Skulpturen nicht dazu bringen, ihm den Weg zu seiner Beute zu weisen. Heinz lud die Fotos der Kunstwerke in seine Cloud und schickte sie auch an Sabine. Er fragte sich, wo die anderen Gegenstände geblieben sein mochten, wenn Simone ihrer Mutter nur die eine Statue hinterlassen hatte.

Samstag, 19 Uhr

Heinz stieg aus der Dusche und trocknete sich ab. Ein Blick in den Spiegel verriet, dass sein Dreitagebart wohl schon seit fünf Tagen wuchs und dass er damit vielleicht verwegen, aber nicht mehr gepflegt aussah. Er rasierte sich glatt und sparte nicht mit dem männlich-herb duftenden Rasierwasser, immerhin ging er heute mit der Frau seiner Träume aus. Dann zog er sich an: Seidenhemd und -krawatte, Leinenhose und -sakko, Socken und Lederschuhe – alles in Weiß. Er trat vor den Spiegel, musterte sich und lächelte. Sein Anblick war ungewohnt, aber nicht übel. Allerdings fragte er sich, ob die Krawatte nicht zu formell war und das Sakko nicht ein Kleidungsstück zu viel, immerhin würde die Temperatur nach einem heißen Tag wie heute erst gegen Mitternacht hin wirklich abkühlen. Er beschloss, das Sakko zuhause zu lassen und die Krawatte gelockert über dem offenen obersten Hemdknopf zu tragen. Dazu krempelte er noch die Ärmel nach oben. Nach einem weiteren prüfenden Blick in den Spiegel stellte er fest, dass ihm sein jetzt legerer Anblick viel besser gefiel.

Er wollte gerade mit einem teuren Deo dafür sorgen, dass nicht nur sein Aussehen Verena betören würde, als es an der Tür läutete. Heinz öffnete und vor ihm stand sein Wohnungsnachbar Alfred, der seine Erscheinung mit einem leeren Blick einmal an ihm hinunter und wieder herauf würdigte.

„Malst du den noch an?", fragte er, indem er vage auf Heinz' Anzug zeigte. Was von anderen ein lockerer Spruch gewesen wäre, war von Alfred ernst gemeint.

Heinz hatte nichts gegen ihn, doch er empfand Alfreds Einfältigkeit mitunter als nervtötend, auch wenn er wusste, dass dieser nichts dafürkonnte. Er seufzte also und sagte: „Nein, Alf, ich gehe zur Fête Blanche, da muss man weiß angezogen sein."

„Was, zum Fett?"

„Zur Fête Blanche. Das ist Französisch und bedeutet ‚weißes Fest'. Hast du noch nie davon gehört? Seit

Jahren finden am Festabend Veranstaltungen in verschiedenen Lokalitäten am Wörthersee statt; heute in Velden, Saag und Pörtschach."

„Aha." Alfred schaute skeptisch, augenscheinlich hatte er nichts verstanden. „Kannst du mir deinen Mixer leihen?"

„Meinen Mixer?"

„Ja, meiner ist eingegangen, wahrscheinlich habe ich zu viel gemixt." Er lachte.

„Ja, kein Problem", Heinz ging in die Küche. „Kommt deine Mama zu Besuch?"

„Woher weißt du das?", kam es verwundert von der Tür her.

„Weil du immer nur dann einen Kuchen backst, wenn deine Mama kommt. Und ansonsten habe ich dich noch nie mixen gehört." Heinz übergab das Gerät mitsamt den Rührbesen.

Alfred sah ihn mit unverhohlenem Staunen an und sagte: „Boah, Heinz, du bist echt ein super Detektiv!"

Kapitel 5

Samstag, 20 Uhr

Pünktlich um acht kam Heinz bei Verenas Wohnhaus an und parkte an der Haustür. Verena meldete sich auf Heinz' Läuten hin an der Gegensprechanlage und sagte, sie würde gleich kommen. Während er wartete, ging er vor der Tür auf und ab. Als diese sich schließlich öffnete, erstarrte Heinz. Er spürte, wie seine Kinnlade hinabsank, doch war er zu sehr im Banne dessen, was er sah, um etwas dagegen unternehmen zu können. Verenas schulterfreies kurzes Cocktailkleid und ihre High Heels ließen sie noch schlanker erscheinen, als sie ohnehin schon war. Die langen Bänder ihrer Schuhe hatte sie über Kreuz von den Knöcheln bis knapp unter die Knie geschnürt, was ihre Beine optisch zusätzlich verlängerte. Ihre blonde Mähne war im Nacken und an den Schulterblättern mit je einem Stoffband locker zusammengebunden und ihre Lippen und Wimpern hatte sie silbern gefärbt.

Sie ist eine Eisprinzessin ... eine Eisgöttin!

Verena steckte ihren Hausschlüssel in eine kleine Handtasche und kam mit wiegenden Schritten – beinahe schwebend – auf ihn zu, mit einem Lächeln, das Heinz willenlos machte. Sie hauchte ihm zwei Küsse auf die Wangen, schenkte ihm einen tiefen Blick aus ihren kornblumenblauen Augen und flüsterte: „Gut siehst du aus."

„Na, und du ... du bist ... ich meine ... äh ..."

Verena lächelte still, hakte sich bei ihm ein und legte ihren Kopf an seine Schulter. „Fahren wir?"

Heinz nickte und konnte sich nicht des Gefühls erwehren, dass sein Lächeln gerade ausgesprochen dümmlich aussehen musste.

Er setzte sich an das Steuer seines Corrados und Verena ließ sich in den Sportsitz neben ihn fallen. Als er den Motor aufbrummen ließ, leuchteten die Armaturen in dezentem Blau. Heinz bemerkte Verenas Blick, der über die Konsole glitt, über den Ganghebel, dessen Knauf die Form eines silbernen Golfballs hatte, und über das Rennlenkrad, das aussah, als stammte es aus dem Cockpit eines Flugzeugs.

„Du musst mir die Geschichte erzählen, wie du zu diesem Auto gekommen bist", meinte sie, während sie sich den Rennsportgurt anlegte, „zu diesem Monster."

Heinz legte den ersten Gang ein und fuhr los.

„Dieses ‚Monster' gehört eigentlich Sven."

„Wer ist Sven?"

„Sven ist aus Kiel. Und heuer ist er bei der ‚Auto News Wörthersee' gestrandet."

„Du meinst, beim GTI-Treffen in Reifnitz? Was ist passiert?"

„Ihm ist das Geld ausgegangen, außerdem ist ihm seine Freundin davongelaufen. Besser gesagt, sie ist ihm davongefahren, im Golf GTI von einem Typen, der noch Geld gehabt hat."

„Au!" Verena verzerrte das Gesicht.

„Deshalb hat er seinen Wagen verpfändet. Ich habe durch Zufall über einen Bekannten davon erfahren, und weil ich mich zu der Zeit gerade nach einem Auto umgesehen habe, habe ich zugeschlagen."

„Was heißt das genau?"

„Ich habe Sven finanziell aus der Patsche geholfen und er hat mir sein Auto als Pfand dagelassen. Wenn er wieder flüssig ist, kommt er, gibt mir das Geld zurück und bekommt dafür seinen Wagen wieder."

„Aha, deshalb das Kieler Nummernschild."

„Genau, das Auto bleibt derweil auf ihn angemeldet."

„Und dann? Ich meine, wenn er kommt, stehst du wieder ohne Auto da."

Heinz sah mit einem überlegenen Lächeln zu Verena hinüber und machte eine wegwerfende Handbewegung. „Das hat Zeit", sagte er, „denn soweit ich es mitbekommen habe, hat Sven alles, wirklich alles in das Tuning und das Design dieses Autos gesteckt, nur damit er am Wörthersee angeben kann. Wenn er nicht sogar noch einen Kredit dafür aufgenommen hat. Bis der genug zusammengespart hat, um den Wagen wieder auszulösen, vergeht ein Jahr, mindestens."

Heinz fuhr auf die Autobahn und beschleunigte. Dabei genoss er die tiefe Stimme des Motors und die große Kraft, mit der der Corrado schnell an Geschwindigkeit zulegte und dabei ihn und Verena in die Sitze presste. Er spürte ihren Blick lange auf seinem Gesicht haften, bis er schließlich kurz zu ihr hin sah und fragte: „Was ist?"

„Ich finde, er passt zu dir."

„Wer, der Wagen?"

„Ja."

Heinz prustete. „Du meinst, Proloschüssel für Profahrer?"

„Nein", sie lächelte, „ich weiß auch nicht ... er passt zu dir."

Er sah wieder zu ihr hin und entdeckte so etwas wie Anerkennung in ihren Augen, wenn nicht gar Bewunderung.

Versteh einer die Frauen.

Der Trubel und die Enge auf dem Monte-Carlo-Platz waren schier unbeschreiblich, dennoch drängten immer noch mehr Frauen und Männer zwischen achtzehn und achtzig Jahren auf ihn. Ungeachtet ihres jeweiligen Lebensalters wirkten hier alle gleich, die weiße Kleidung schien die Alten jünger und die Jungen gesetzter zu machen. Verena ging vor Heinz, ihren Rücken eng an ihn geschmiegt, und er bahnte ihr mit seinen Armen und Händen den Weg.

Da sie zu früh in Pörtschach angekommen waren, hatten sie sich am Ortsanfang in eine Bar gesetzt und zur Einstimmung ein Glas Prosecco getrunken. Das heißt, Verena hatte Prosecco getrunken, Heinz Mineralwasser, denn er trank nie Alkohol, wenn er noch arbeiten musste. Er hatte ihr von seinem Fall und dem Grund für seinen Besuch der Fête Blanche erzählt. Verena war an seinen Lippen gehangen, zumindest hatte er das so empfunden, und er hatte das Gefühl gehabt, ein Zauber läge auf ihnen beiden.

Auch in der Bar Wäscherei war schon einiges los, im Vergleich zum Getümmel auf dem Platz ging es hier jedoch noch ruhig zu. Heinz und Verena stiegen die Stufen in den ersten Stock hinauf, wo das Buffet aufgebaut war. Hier an der Bar hatte sich bereits eine illustre Runde eingefunden, darunter der Filmregisseur Othmar Wiener und Heinz' Vater. Letzterer war wie üblich in Tracht gekleidet, nur dass diese heute eben weiß war; ein modischer Gag eines Villacher Trachtendesigners. Heinz fand, dass seinem Vater, dessen Kugelbauch im Hemd durch das offene Sakko deutlich hervortrat, nur noch der passende Hut fehlte, um ihm das Aussehen eines reichen Ranchers aus dem Wilden Westen zu geben.

„Der Herr Sohn, na das ist eine Überraschung." Peter Sablatnig kam lächelnd auf ihn zu und begrüßte ihn mit Handschlag und einseitiger Umarmung. Dann sah er Verena und das freundliche Gesicht bekam eine anerkennende Note.

„Papa, darf ich dir Verena Bacher vorstellen, Unternehmerin aus Klagenfurt. Verena, mein Papa, der Bürgermeister von Pörtschach."

Die beiden begrüßten einander, während Heinz schon zu Othmar Wiener weiterging, der – wie für ihn üblich – in Begleitung einer hübschen jungen Dame erschienen war.

„Servus, Herr Detektiv", grüßte er in seiner zwanglosen Art und Heinz zahlte es ihm mit gleicher Münze zurück:

„Servus, Herr Regisseur."

Wiener wandte sich an seine Begleitung. „Bei dem musst du aufpassen, Francine, der spioniert deine intimen Geheimnisse schon aus, noch bevor du welche hast." Die schlanke Brünette kicherte und verlagerte ihr Gewicht auf das andere Bein, so dass sie die Hand von der Schulter des Regisseurs nehmen und Heinz reichen konnte.

Dieser deutete einen Handkuss an, sagte: „angenehm", und erntete dafür ein Aufblitzen in den Augen der jungen Frau.

„Na, Sie können es aber", lachte der Regisseur, „stellen Sie mich lieber Ihrer charmanten Begleitung vor."

Heinz machte Verena mit Wiener bekannt, und während dieser ihr schöne, aber oberflächliche Komplimente zu ihrem Aussehen machte, zog Heinz' Vater seinen Sohn zur Seite.

„Wer ist denn deine Begleitung?", fragte er mit hoffnungsvollem Blick, „deine Freundin?"

Heinz lächelte und sah zu Verena, die soeben einen Kommentar Wieners mit einem herzlichen Auflachen quittierte.

„Fast“, antwortete er dann, „glaube ich.“

Im Nicken seines Vaters schwangen viele Jahre an Erfahrung mit Frauen mit. Er legte ihm die Hand auf die Schulter und meinte: „Ein guter Grund, die Kasnudeln von der Irmi ihrer Schwester sausen zu lassen.“ Beide lachten.

Heinz hakte sich Verenas Arm unter und sagte launig: „Komm, bevor dich der Herr Wiener einwickelt. Die Filmleute haben etwas an sich, da können wir Normalsterblichen nicht mithalten.“

Unter dem Gelächter der Anwesenden führte er Verena hinaus auf den Balkon. Der Name „Rainers Terrasse“, wie dieser Balkon genannt wurde, ging auf den Gastronomen Rainer Husar zurück, der die jetzige Wäscherei von 1983 bis 2007 unter dem Namen „Rainers Bar“ geführt und zur Legende gemacht hatte. Die Bar war in dieser Zeit so etwas wie ein erweitertes Wohnzimmer für weltbekannte Schauspieler und Musiker, Sportler und Wirtschaftskapitäne sowie österreichische Spitzenpolitiker gewesen, die sich in den Sommermonaten am Wörthersee tummelten. In Erweiterung des Wohnzimmerbegriffs wurde der Balkon zu „Rainers Terrasse“, ein begehrter Ort für die Society, lag einem hier doch der Monte-Carlo-Platz zu Füßen.

Auch Heinz und Verena ließen das Treiben da unten auf sich wirken, in dem sich die Menschen in seltsamen Strömungsmustern von A nach B und von C nach D schoben. Vom Tablett einer patrouillierenden Kellnerin nahm Verena ein Glas Prosecco und Heinz eines mit Orangensaft, der sich ebenfalls in einem Sektglas befand. Da eröffnete ein Mann, der auf den Werbeplakaten zur Fête Blanche als Star-DJ angekündigt worden war, obwohl Heinz noch nie seinen Namen gehört hatte, auf der Bühne unten die Party. Diskorhythmen elektrisierten die Luft über dem Platz und das Publikum johlte. In Sekundenschnelle füllte sich Rainers Terrasse mit Menschen.

Verena sah Heinz eine Sekunde lang an, dann lächelte sie. Er wurde nicht schlau aus ihrer Miene, doch er wollte glauben, dass sie sich rundum wohlfühlte. Genauso wie er.

Jetzt sollte ich sie küssen.

„Verena, habe ich mich doch nicht geirrt!"

Der Kerl, der sich zwischen sie drängte, schien aus dem Nichts gekommen zu sein. Er umarmte sie innig, küsste sie auf die Wangen und begann ansatzlos auf sie einzureden, wie lange es schon her sei, dass sie sich zuletzt gesehen hatten, und wie sehr er sich freue, sie hier anzutreffen. Dabei klang er wie ein Italiener, der Deutsch sprach. Dass er Heinz abdrängte, empfand dieser keineswegs als unbeabsichtigt, auch wenn es wohl so wirken sollte.

Gerade als Heinz einschreiten wollte, unterbrach Verena den Redeschwall des Neuankömmlings: „Darf ich dir meinen Begleiter vorstellen", sie schob ihn zur Seite und hängte sich bei Heinz ein. „Das ist Heinz Sablatnig, Berufsdetektiv aus Klagenfurt. Heinz, das ist Ricardo."

Genau der richtige Name für diesen Typ.

Ricardo war etwas kleiner als Heinz, hatte einen dunklen Teint, kurzgelockte Haare, üppige Lippen und, soweit es seine eng anliegende Kleidung verriet, einen schmal gebauten, aber gut trainierten Körper. Heinz fiel spontan ein Wort ein, das wie für ihn gemacht war: Gigolo.

„Freut mich“, log Heinz und gab seinem Blick und seinem Händedruck mehr Festigkeit als üblich.

„Ciao“, sagte Ricardo und wischte mit seinem Blick einmal über Heinz’ Gesicht. „Verena“, fuhr er dann fort, wobei er den Namen italienisch betonte, „schenk mir ein bisschen Zeit, ich habe dir so viel zu erzählen.“

„Tut mir leid, ich ... ich bin mit ihm hier.“ Sie deutete auf Heinz.

„Verena“, Ricardo legte beide Hände auf seine Brust und den Kopf schräg, „du brichst mir das Herz. Ciao, Bella.“ Wieder küsste er sie links und rechts, dann war er so schnell verschwunden, wie er aufgetaucht war.

„Wer war denn das?“, fragte Heinz entgeistert.

Verena lächelte verlegen. „Ich kenne ihn aus der Berufsschule, er war damals schon hinter mir her.“

„Aha?“

„Schau nicht so“, Verena knuffte Heinz, „ich habe nie was von ihm gewollt, er war mir immer zu schmierig.“

„Aber ihr habt noch Kontakt.“

„Nein. Ab und zu läuft er mir über den Weg und dann fällt er über mich her, so wie jetzt gerade. Er lässt sich nur schwer abwimmeln.“

„Wenn du willst, kann ich das arrangieren.“ Heinz massierte seine Faust.

„Nein danke, ich weiß schon, wie ich mit ihm umgehen muss.“

„Wo arbeitet er?“

„Einmal hier, einmal da. Die Schule hat er damals abgebrochen, dann hat er in ein paar In-Bars am See gekellnert, dann war er Bademeistergehilfe im Strandbad ... er erzählt mir jedes Mal eine andere Geschichte von dem, was er gerade macht. Anscheinend ist er überall dort, wo es blau herausraucht.“

„Und wo er die feschesten Mädels in möglichst ungezwungener Atmosphäre antrifft."

Heinz bereute sofort, den letzten Satz ausgesprochen zu haben. Aber was sollte er machen? Er ärgerte sich über diesen Kerl und darüber, dass er sich von ihm hatte überfahren lassen. Verena sagte nichts mehr. Im Augenwinkel nahm Heinz Bewegung in der Menge wahr, und als er hinsah, erkannte er Tom Schilling, der inmitten einer ausgelassenen Partymeute die Stiege heraufkam.

Heinz hatte am Nachmittag im Internet zu Tom Schilling recherchiert. Er wollte wissen, mit wem er es zu tun bekommen würde und wie dieser Mensch aussah. Das Ergebnis war wenig schmeichelhaft gewesen. Der heute dreiundfünfzigjährige Tom, ein Einzelkind, hatte Betriebswirtschaft studiert und danach in der Firma seines Vaters mitgearbeitet. Bekannt war er jedoch nicht für seine Erfolge, sondern für seine Eskapaden, im Grunde hatte er sich in der Öffentlichkeit jahrzehntelang wie ein verzogener Teenager benommen. Heuer zu Jahresbeginn hatte er die Sachwalterschaft über seinen mittlerweile an Demenz erkrankten und in einem Pflegeheim lebenden Vater übernommen und führte seither dessen Geschäfte. Damit saß Tom im Aufsichtsrat mehrerer stahlproduzierender und -verarbeitender Unternehmen und hatte Zugriff auf die Anteile an einer Vielzahl von Firmen sowie auf die davon abfallenden Dividenden. Die Übernahme dieser großen Verantwortung hatte jedoch nicht dazu geführt, dass er „erwachsen" geworden wäre, im Gegenteil: Seither verprasste er noch mehr Geld – richtig viel Geld. Diverse Szene-Illustrierte und -Webseiten feierten Schilling dafür als Galionsfigur einer neuen Generation von Playboys, Wirtschaftsmagazine hingegen schätzten seine betriebswirtschaftlichen Fähigkeiten eher nüchtern ein. Auf Fotos war er immer mit teuer aussehender Kleidung und ebensolchen Accessoires zu sehen, ein untersetzter Mann, der salopp bis überheblich lächelte und zumeist ein Champagnerglas in der Hand hielt.

„Tom Schilling ist da", sagte Heinz und Verena, die immer noch an seinem Arm hing, erwiderte: „Gehen wir hinein."

Der Raum hatte sich mittlerweile weiter gefüllt. Viele der Gäste standen am Buffet, wo es Ausgefallenes aus der Spitzengastronomie gab, oder an den runden Stehtischen, um zu essen oder um ihr Getränk abzustellen, während sie sich unterhielten. Tom Schilling hatte den Bereich an der Bar für sich in Beschlag genommen. Er streckte die Hände in die Höhe und schwang seine Hüften zum Rhythmus der vom Platz hereinklingenden Musik, wobei sein Schwabbelbauch im Gegenrhythmus hüpfte. Seine Begleiter, junge und junggebliebene Männer und vor allem Frauen, johlten und machten mit. Schilling drehte sich hüpfend zur Theke und schrie: „Champagne! Champagne!", wobei er das Wort englisch aussprach.

Heinz sah, wie sein Vater und Othmar Wiener zur Seite wichen und einander mit einem fremdschämenden Lächeln ansahen. Als Heinz' Blick den seines Vaters kreuzte, salutierte dieser mit zwei Fingern als Zeichen, dass er sich nun an einen anderen Ort begeben werde. Heinz nickte ihm und Othmar Wiener zu, der dem Bürgermeister die Treppe hinab folgte.

Tom Schilling stellte das Hüpfen ein und sah launig bis belustigt in die Runde. Wann immer er den Kopf bewegte, schwang sein Doppelkinn nach. Das weiße Hemd, dessen oberste Knöpfe offen standen und so den Blick auf eine Goldkette auf Brusthaaren frei gab, war schweißnass und dadurch fast durchsichtig. Seine schwarzen, etwa zehn Zentimeter langen Naturlocken glänzten fettig und sein Blick schwamm in Alkohol – und vermutlich auch in irgendeinem Drogencocktail.

Heinz fragte sich, inwieweit Tom Schilling heute noch zu einer einigermaßen vernünftigen Konversation fähig war. Er wartete, bis der Kellner den Champagner servierte und damit etwas Ruhe in Schillings Entourage brachte, dann sprach er ihn an: „Herr Schilling", der Angesprochene ergriff Heinz' Oberarm und neigte sein Ohr zu dessen Mund. „Mein Name ist Heinz Sablatnig, ich komme im Auftrag der Fiducia Versicherungsgesellschaft."

Schilling richtete sich wieder auf, schlug Heinz grob auf die Schulter und grölte: „Fudiciaaa!" Dann begannen er und seine Begleiter wieder zu tanzen und zu johlen. „Was ist?", rief er Heinz nach einigen Sekunden zu, „mach mit!"

„Herr Schilling ...", Heinz zwang sich zu einem Lächeln, „... ich muss mit Ihnen reden, wegen der Zigarren."

„Zigarren", grölte der Angesprochene und tanzte weiter.

Heinz schenkte Verena einen hoffnungslosen Blick, den diese mit einem amüsierten Lachen quittierte.

„Zuerst saufen wir miteinander", rief Tom Schilling und hielt Heinz ein Champagnerglas hin, „und dann stellst du mir dieses geile Gerät da vor." Er zeigte auf Verena. „Wuuu!"

Heinz sah im Augenwinkel, wie Verena die Augen verdrehte und ihr Gesicht abwandte, doch ihm blieb nichts anderes übrig. Er prostete Schilling zu, trank und erreichte damit tatsächlich, dass dieser zum Stillstand kam. „Bitte entschuldige", wisperte Heinz Verena zu, dann wandte er sich an Schilling: „Darf ich vorstellen, geiles Gerät: Tom Schilling, Tom Schilling: geiles Gerät."

Der Multimillionär stutzte für einen Augenblick, dann brach er in schallendes Gelächter aus, das sich auf seine Begleiter übertrug. Danach krachte ein weiterer Schlag auf Heinz' Schulter.

„Du bist der Richtige, du taugst mir!" Schillings Gesicht schwoll rot an und seine Augen tränten. „Geiles Gerät – super!" Er reichte nun auch Verena ein Champagnerglas und stieß mit ihr an. „Du musst entschuldigen", sagte er zu ihr, „meine Leute und ich, wir haben schon ein bisserle vorgeglüht. Zuerst in meiner Krumpendorfer Villa und dann in der Limousine, stimmt's, Leute?" Er erntete ein vielkehliges Johlen.

„Gut, dass du das sagst", gab Verena zurück, „das wäre mir sonst gar nicht aufgefallen."

Schilling lachte einmal mehr laut auf.

Eine Kellnerin kam mit einem Humidor – ein Holzkistchen mit Luftbefeuchtungsvorrichtung – voller Zigarren, die eine Länge von rund fünfzehn Zentimetern hatten, und hielt ihn geöffnet Tom Schilling hin. An den Banderolen erkannte Heinz die kubanische Marke Cohiba, eine der besten und teuersten weltweit. Die Kellnerin hatte Schillings Grölen vorhin wohl als Bestellung aufgefasst, und obwohl der Millionär sich dieses Zusammenhangs augenscheinlich nicht bewusst war, griff er mit einer kräftigen Bewegung in den Humidor und warf eine ganze Handvoll Zigarren in die Luft – womit er ein neuerliches Aufjohlen seiner Günstlinge provozierte, die sich nun hastig bückten, um nach den zu Boden gefallenen Cohibas zu grabschen. Derweil kippte sich der Gastgeber seinen Champagner in die Kehle und ließ das Glas, sowie es geleert war, einfach los. Während es über seinen Bauch nach unten kullerte und am Boden zersprang, griff Schilling schon zum nächsten.

„Was willst du über Zigarren wissen, Bub?“ Schilling legte seinen Arm um Heinz’ Schulter und drückte ihn fest an sich.

„Castros Zigarren.“

„Was für Zigarren?“

Die Kellnerin mit dem Humidor, die soeben gegangen war, kehrte wieder zurück und öffnete den Deckel erneut vor dem Millionär. Er ließ Heinz los, um die Hand frei zu haben, entnahm der Kiste eine weitere Faustvoll Zigarren, von denen er eine in seinen Mund und drei in die Brusttasche von Heinz’ Hemd stopfte.

„Es geht um Castros Zigarren“, rief Heinz.

„Ah!“ Tom Schilling trat einen Schritt zurück und musterte ihn. „Du kommst von der Versicherung, du bist der Detektiv.“ Er wandte sich einmal mehr an seine Begleiter: „Leute, der Mann ist ein waschechter Detektiv!“ Die Meute grölte. „Er will etwas über Fidel Castros Zigarren wissen, besser gesagt, über Fidel Castros Ex-Zigarren, denn jetzt gehören sie mir. Wollt ihr die Geschichte auch hören?“

Ein kollektives „Ja!“ übertönte kurz die Musik von draußen und eine junge Frau, die sich kaum noch auf den Beinen halten konnte, lallte: „Bitte erzähl sie uns, Tommi!“

„Na, wenn ihr mich so schön darum bittet.“ Tom Schilling lachte selbstgefällig. Er biss das Ende der Cohiba, die er im Mund hatte, ab und spuckte es zu Boden. Dann zog er die Zigarre drehend über seine Zunge, bis sie zur Gänze feucht war, und entzündete sie mit einem großen, silbern glänzenden Gasfeuerzeug. Er paffte einige Male und während er in die

Glut blies, bis sie gleichmäßig brannte, reichte er das Feuerzeug Heinz. Dieser zog eine der Zigarren aus seiner Brusttasche und gestikulierte in Richtung Theke, woraufhin man ihm einen Zigarrenschneider reichte. Nachdem er das Ende abgeschnitten hatte, entfernte er die Bauchbinde und entzündete die Cohiba. Mittlerweile hatte Schilling bereits mit lauter Stimme zu sprechen begonnen: „Ein paar Jahre nach der kubanischen Revolution hat Revolutionsführer Fidel Castro von einem seiner Leibwächter eine Zigarre geschenkt bekommen. Die hat ihm so gut geschmeckt, dass er nur noch diese Sorte rauchen wollte. Der Typ, der die Zigarre gerollt hat, ein gewisser Eduardo Rivera, war nicht nur ein Freund von diesem Leibwächter, er war auch ein sogenannter Torcedor.“ Schilling hielt inne und blickte in die Runde. „Jetzt wisst ihr wieder nicht, was das ist, gell?“

„Was du alles weißt, Tommi“, lallte die betrunkene junge Frau von vorhin. Sie hatte Mühe, ihre Augen offen zu halten.

„Ein Torcedor“, fuhr Schilling fort, „ist ein Zigarrenroller. Und dieser spezielle Torcedor namens Eduardo Rivera hat fortan Fidels persönliche Zigarren gerollt. Und diese Zigarren, liebe Freunde, diese exklusiv für Fidel gerollten Zigarren, das waren die Vorfahren der heutigen Cohibas.“

Ein Raunen ging durch die Runde, an dem Heinz erkannte, dass viele aus der Partymeute nichts mit diesem Wort anzufangen wussten.

„Das Ding in eurer Hand“, schrie Schilling und erklärte, die Cohiba sei die bekannteste und beste Zigarrenmarke Kubas, ihr Name stamme aus der Sprache der Taino-Indianer und bezeichne einen Wickel aus Tabakblättern.

Während er diese und noch weitere Fakten von sich gab, die sichtlich niemanden interessierten, tauchte Ricardo wieder auf und drängte sich zu Verena. Heinz sah im Augenwinkel, dass sie ihm ihren Arm entzog, offenbar wollte er sie mit sich fortziehen. Heinz trat zu ihr hin und legte den Arm um sie.

„Aber zurück zum Comandante en Jefe Fidel Castro“, fuhr Tom Schilling indessen fort. Verena schälte sich aus Heinz’ Arm, er sah, wie sie auf Ricardo einredete und dabei heftig gestikulierte. „Weil er die Qualität der Zigarren so super gefunden hat, hat er sie bei offiziellen Anlässen an die Oberhäupter anderer Staaten verschenkt. Die Zigarren waren Staatsgeschenke, liebe Freunde, kaufen hat man die gar nicht können. Und damit das Geschenk noch einzigartiger wird, hat er ein Porträt des jeweils Beschenkten auf die Banderolen drucken lassen. Und jetzt kommt’s.“ Heinz sah, wie Ricardo Verenas Hand nahm und diesmal ließ sie es, wenn auch zögernd, zu. „Die Zigarren in meiner Kiste“, Heinz wollte gerade klare Verhältnisse schaffen, als Schilling ihn wieder an sich drückte, „die mir dieser geniale Detektiv wiederbringen wird, diese Zigarren sind die einzigen weltweit, die Bauchbinden tragen, auf denen das Porträt des El Máximo Líder höchstpersönlich zu sehen ist.“

„Was für ein Porträt?“, krakeelte einer aus der Runde und Tom Schilling erwiderte, bevor er sein Champagnerglas an die Lippen setzte:

„Das von Fidel selbst.“

Heinz blickte sich nach Verena um und musste zusehen, wie Ricardo sie mit sich in Richtung Treppe zog. Sie sah kurz zu ihm zurück, mit einer Mischung aus Entschuldigung, Vorwurf und Amüsement in ihrem Blick. Heinz spürte einen heftigen Stich in seinem

Herz. Er wollte ihr nachlaufen, sie zurückholen, doch er konnte nicht weg. Denn abgesehen davon, dass der betrunkene Millionär ihn immer noch wie ein Schraubstock an sich gedrückt hielt, hatte Heinz hier eine Arbeit zu erledigen; wohl als Einziger, mit Ausnahme der Servierkräfte.

Kapitel 6

Ein Klirren zu seinen Füßen holte ihn in die Wirklichkeit zurück: Tom Schilling hatte wieder ein Glas geleert. Während seine Hand zum nächsten vollen griff, lallte er: „Meine Havannas sind Coronas Especiales, dreifach fermentiert, neunzehnhundertsiebenundsechzig in El Laguito gerollt. Die Legende besagt, von Meister Eduardo Riveras höchsteigener Hand. Ihr Ringmaß ist achtunddreißig, ihre Vitola ist Laguito Numero Dos; achtundvierzig Zigarren in einer vierlagigen Kiste aus Spanischer Zeder, gebettet auf gefüttertem rotem Samt ..." Tom Schilling stöhnte, als erlebte er soeben einen Orgasmus.

Heinz reichte es jetzt mit dem Getue, er fragte: „Wie ist sie in Ihren Besitz gekommen?"

Der Millionär stierte ihn an, nahm ihm das leere Champagnerglas aus der Hand und drückte ein volles in dieselbe. Dann stieß er mit ihm an und sagte: „Wer mit mir sauft, der ist mit mir per Du. Ich bin Tom, cheers!"

„Heinz." Er nippte der Form halber.

„Was war die Frage?"

„Wie die Kiste in deinen Besitz gekommen ist."

Tom grinste breit. „In Besitz genommen hat sie mein Alter."

„Und davor?"

„Du meinst, wie die Zigarren von der Zuckerinsel zur schönsten Badewanne Österreichs gekommen sind?" Heinz nickte und erreichte damit, dass Toms Gesicht seltsam ernst wurde. Er starrte Heinz ein paar Sekunden lang mit leerem Blick an, dann wandte er sich an seine Partymeute, die inzwischen zu schwätzen begonnen hatte, und rief: „Ist euch schon fad? Sauft ein paar Flaschen Wodka, okay?“ Er wandte sich an einen der Kellner hinter der Theke: „Chef, drei Flaschen Wodka auf Eis für meine Freunde.“ Die Beschenkten johlten und ließen Tom hochleben. Dieser aber wandte sich nun wieder Heinz zu und begann in unerwartet nüchterner Weise zu sprechen.

„Die offiziell teuerste Zigarre der Welt ist die Cohiba Behike. Jedes Jahr werden weniger als einhundert Kisten von ihr hergestellt, gerollt von den besten Torcedores der Welt. Ihr Tabak stammt aus El Laguito, das ist die Zigarrenmanufaktur, die das Vorrecht hat, als erste die Tabakernte aus Vuelta Abajo, dem besten Tabakanbaugebiet der Welt, zu prüfen und die besten Blätter auszuwählen. Jede einzelne Zigarre ist durchnummeriert. Wenn du das Glück hast, in den Kreis der Käufer aufgenommen zu werden, kostet dich das Stück dreihundertfünfundsiebzig Euro. Und jetzt rate einmal, wie viel eine von meinen Zigarren wert ist. Knapp zwölftausenddreihundert Euro. Weißt du, woran das liegt?“

Genervt von diesem Haschen nach Erstaunen atmete Heinz tief durch und zählte auf: „Weil sie Unikate sind, weil sie in der Geburtsstunde der Cohiba hergestellt worden sind, weil sie als einzige Bauchbinden mit Fidel Castros Kopf tragen ...“

„Ja, ja, ja“, unterbrach Schilling ungehalten, „das alles macht sie sehr, sehr wertvoll, aber weißt du, was sie wirklich super-wertvoll macht, so sehr, dass sie sich nur die Reichsten unter den Sammlern leisten können und die weniger Reichen Verbrecher engagieren, um sie zu rauben?“ Er legte eine theatralische Pause ein, an deren Ende er ganz nah an Heinz herantrat und ihm ins Ohr raunte: „Sie stammen aus dem Privatbesitz von

Fidel Castro. Er hat die Kiste in seinen Händen gehalten, wahrscheinlich auch einige der Zigarren und – wer weiß? Vielleicht hat er sogar probeweise an einer gezogen?" Er nahm den Kopf wieder zurück. „In den frühen Neunzehnhundertachtzigern hat ein Kubaner namens Segundo Ruìz-Sanchez, ein Butler von Fidel, mit einer Gruppe von Freunden die Flucht in die USA geplant. Als es soweit war und er zum letzten Mal seinen Dienst in Fidels Residenz in Havanna versehen hat, hat Ruìz-Sanchez die Zigarrenkiste an sich genommen. Um Castro zu demütigen, wie er später gesagt hat. Die Flucht ist den Freunden gelungen, aber mit der freien Marktwirtschaft haben sie es anscheinend nicht so gehabt. Denn als Sie Geld gebraucht haben, haben sie die Kiste verscherbelt – für mickrige einhundert Dollar. Und wahrscheinlich haben sie sogar noch geglaubt, dass sie damit ihren US-amerikanischen Käufer übers Ohr gehauen haben. Der hat sein Geschäft allerdings verstanden, denn er hat mit der Kiste den großen Reibach gemacht. Ein stinkreicher Broker aus Miami hat sie ihm abgekauft, und als der zweitausendeins gestorben ist, haben seine Erben ein internationales Auktionshaus mit der Versteigerung betraut. Die Experten dort haben in einem peniblen Gutachten die Echtheit nachgewiesen und zwei Jahre später die Kiste samt Inhalt in Paris versteigert. Und dort ist mein alter Herr unter den Interessenten gesessen."

„Warum hat dein Vater sie ersteigert? Hat er seltene Zigarren gesammelt?"

Tom Schilling lachte höhnisch auf, ehe er antwortete: „Wenn du meinen alten Herrn kennen würdest, dann wüsstest du, dass ideelle oder sonstige sentimentale Überlegungen nicht zu seinem geistigen Repertoire gehören. Für ihn war die Kiste eine Wertanlage, weiter nichts. Allerdings hat sie sich dann als Durchlaufposten erwiesen."

„Wie meinst du das?"

„Sie ist ihm noch im selben Jahr geraubt worden, und weil sie in Höhe des Kaufpreises versichert war, hat mein Alter das Geld wieder zurückbekommen, das er für sie ausgegeben hat."

Tom Schilling wurde von einem seiner Begleiter von hinten angestoßen, so dass er sich zu diesem umdrehte. Das gab Heinz ein paar Sekunden Zeit, um nachzudenken. Als Schilling sich wieder zu ihm drehte, hatte er zwei Gläser mit Wodka in der Hand, von denen er eines an Heinz weitergab und mit ihm anstieß. Heinz nippte daran und fragte: „Warum hast du der Fiducia diesen Deal angeboten? Ich meine, fünfhundertneunzigtausend Euro sind kein Pappenstiel."

Tom Schilling lachte laut. „Für mich schon, Bub. Außerdem gibt's noch eine ganze Menge von Gründen: Erstens, und das ist das Wichtigste, die Zigarren gehören mir. Zweitens, wer kann schon von sich behaupten, die teuersten Zigarren aller Zeiten zu besitzen? Doch nur einer, oder? Drittens, mir taugt die Story von Fidels Zigarren, die zuerst gestohlen, dann verkauft, dann vererbt, dann ersteigert und schließlich geraubt werden. Und von dem brutalen Räuber, der sich Jahre später als Ex-Knacki auf die Spur seiner Beute begibt und dabei Konkurrenz von einem Versicherungsdetektiv bekommt, der sie ihm abjagt. Das ist wie im Film – und ich bin der reiche Auftraggeber. Und viertens: Fidels Zigarren zu besitzen, das hat ... das hat Klasse! Was glaubst du, wie neidisch die möchtegernreichen Arschlöcher alle schauen werden, wenn ich eine davon aus meinem Sakko ziehe und sie anzünde? Das kann keiner toppen, wurscht, was er bringt."

Etwa eine halbe Stunde später drängte Heinz sich durch das entfesselte Publikum auf dem Monte-Carlo-Platz. Auf der Showbühne stolzierten gerade als Engel verkleidete Models auf und ab, in Outfits, die – von den Schuhen über die zwei Meter langen Flügel bis hin zu den turmhohen Hüten – mit hunderten weiß blinkenden Lämpchen besetzt waren. Er hatte gegenüber dem wandelnden Minderwertigkeitskomplex im ersten Stock der Wäscherei – denn als solchen empfand Heinz Tom Schilling – noch eine Zeit lang so getan, als amüsierte er sich mit ihm und seinem besoffenen Haufen, dann hatte er behauptet, sich noch mit „seiner Freundin" zu treffen. Das hatte Schilling verstanden und Heinz seine Grüße an „das geile Gerät" ausrichten lassen.

Heinz hatte sowas von genug von der Fête Blanche! Er wollte wissen, wo Verena steckte und warum sie mit diesem schmierigen Gigolo verschwunden war. Als er die Partyzone verlassen hatte, spielte er kurz mit dem Gedanken, sie anzurufen, doch als er auf das Display seines Handys blickte und sich bewusst machte, dass eigentlich sie sich bei ihm hätte melden müssen, packte ihn eine trotzige Wut und er steckte das Telefon wieder weg. Er ging in die Tiefgarage neben dem Monte-Carlo-Platz, wo er, dank seines VIP-Tickets, einen kostenlosen Parkplatz bekommen hatte. Er würde nach Klagenfurt fahren, den Corrado bei sich daheim abstellen und dann ins Innenstadtcafé gehen, sein Stammlokal.

Sonntag, 10 Uhr

Na super!

Trotz seines Vollrausches hatte Heinz gestern Nacht daran gedacht, Schlafzimmertür und -fenster sowie den Rollladen zu schließen, damit ihn weder die Morgensonne noch die Geräusche des anbrechenden Tages von draußen wecken würden, ehe er ins Bett gefallen war. Das war ihm gelungen – weshalb sich das Schlafzimmer auch wie ein Backofen aufgeheizt hatte. Die Luft war feucht und stickig und die Bettwäsche klebte widerlich auf seiner Haut. Er rappelte sich auf und setzte sich an die Bettkante. Sein Kopf fühlte sich an, als steckte er in einer Schraubzwinge. Ein seltsames Gefühl war in ihm, wohl das Echo des letzten Traums. Er schleppte sich zum Fenster und zog den Rollladen bis zur Hälfte nach oben. Das Sonnenlicht bohrte sich wie eine Nadel in seine Sehnerven. Er hielt in seiner Bewegung inne, drehte das Gesicht vom Fenster weg, schloss die Augen und wartete, bis das Pochen in seinen Schläfen etwas nachließ. Dann öffnete er das Fenster und sog die einströmende Luft in seine Lungen, die zwar nicht kühler, dafür aber nicht so verbraucht war, wie die im Zimmer. Er wanderte ans andere Ende seiner Wohnung und öffnete die Balkontür, damit die Luft durchziehen konnte.Während er eine Kanne Kaffee aufsetzte, krochen die ersten Gedanken schneckengleich durch sein Gehirn. Was war noch einmal mit Guido Raunjak gewesen? Richtig, er war auf- und gleich wieder abgetaucht. Und die Fotos von Simone Bretgebers Kunstwerken? Stimmt, die hatten auch keine neuen Erkenntnisse gebracht. Was hatte er gestern eigentlich den ganzen Tag lang gemacht? Und was sollte der Ausflug zur Fête Blanche? Na gut, er hatte erfahren, was es mit Castros Zigarren auf sich hatte, aber das brachte ihn in seinen Ermittlungen nicht einen Millimeter weiter.

Während der Kaffee durch den Filter rann, stellte Heinz sich unter die Dusche, wo er die Wassertemperatur auf Körperwärme regulierte und dann schrittweise immer kälter stellte. Auf diese Art dauerte es nicht lange, bis er spürte, wie die Hitze der Nacht angenehm aus seinem Körper wich. Der erste klare Gedanke, der sich einstellte, galt Verena: Wohin war sie gestern gegangen? Und warum? Heinz konnte nach wie vor nicht verstehen, warum sie ihn stehen gelassen hatte und mit diesem Ricardo durchgebrannt war, den sie doch eigentlich die ganze Zeit über abgewimmelt hatte. Er nahm sich vor, sie anzurufen, doch dann fühlte er, wie weh ihm seine Sehnsucht tat und er beschloss, sich nicht davon leiten zu lassen.

Ein Verletzter kann sich nicht so verhalten, als wäre er heil.

Nach der Dusche ging es ihm erheblich besser. Freilich, mit dem Kater würde er noch bis zum späten Nachmittag leben müssen, aber aus unerfindlichen Gründen akzeptierte er diesen Umstand seit jeher als gerechte Strafe dafür, dass er sich am Vortag hatte gehen lassen. Er schenkte sich eine Tasse schwarzen Kaffee ein und setzte sich auf den Balkon. Wie lange war er gestern unterwegs gewesen? Bis ein Uhr? Oder bis zwei? Im Innenstadtcafé hatte er, wie erwartet, Luigi und Oti angetroffen; oft fragte er sich, ob die beiden inzwischen dort angewachsen waren. Sie hatten sich über sein weißes Outfit lustig gemacht, hatten ihn „Schneemann" genannt und gemutmaßt, er sei die weiße Maus, die jedem Trinker früher oder später über den Weg liefe. Mit ihrem Blödsinn hatten sie ihn tatsächlich aufgeheitert, zumindest so lange, bis das Bier ihn in eine melancholische Stimmung gebracht und er den Zechkumpanen sein Herz ausgeschüttet hatte. Beide, Luigi und Oti, kannten Verena, deshalb hatten sie auch mit ihm gefühlt. Dann hatten sie alle Whisky getrunken, den einzigen, den das Innenstadtcafé im Angebot hatte, einen billigen Verschnitt von irgendwo. Bis zum Filmriss.

Mit seiner zweiten Tasse Kaffee holte Heinz auch sein Mobiltelefon aus der Wohnung und schaltete es ein. Niemand hatte angerufen. Auch Verena nicht. Er schüttelte die erneut aufkommenden trüben Gedanken von sich ab und ging in die Küche, um eine Tomate unter zwei Eiern und auf drei Blättern Schinken zu braten. Dabei überlegte er, wie er in seinen Ermittlungen weiter vorgehen sollte. Es war beschämend, doch er hatte nicht eine einzige Spur, und so sehr er auch hin und her überlegte, er wusste nicht, wo er ansetzen konnte, solange Guido Raunjak verschwunden blieb. Er beschloss, ins Klinikum zu gehen und das Personal auf jener Station zu befragen, auf der Simone die letzten Wochen ihres Lebens verbracht hatte. Vielleicht erinnerte sich ja noch jemand an sie und konnte Heinz ein paar Details erzählen, die ihn möglicherweise weiterbrachten.

Sonntag, 11.30 Uhr

Heinz erkundigte sich am Empfangsschalter des Klinikums Klagenfurt, wo die Lungenkrebspatienten gepflegt würden. Man verwies ihn auf die Station für Pulmologie. Dort fragte er eine junge Pflegerin nach der Stationsleitung und bekam den Weg zum Zimmer von Stationsschwester Edeltraud Winter beschrieben. Frau Winter war eine gesetzte Frau Anfang fünfzig, deren Blick über den Brillenrand hinweg verriet, dass ihre Augen schon so gut wie alles gesehen hatten. Ihre Stimme klang weich, als sie Heinz' Gruß erwiderte, und als er ihr sein Anliegen vortrug, hörte sie ihm mit einer verständnisvollen Geduld zu, die ihn an die seiner Mutter erinnerte, als er noch ein Kind gewesen war.

„Ja, an Frau Bretgeber kann ich mich noch gut erinnern“, sagte sie und es klang wie ein Seufzen. „Ein schlimmes Schicksal, sie war noch so jung. Und sie war ein so netter, aufmerksamer Mensch, vielseitig gebildet ... es war einfach nur tragisch.“ Ihre Stimme wirkte dabei so abgeklärt, als würde sie ähnliche Schicksale am laufenden Band erleben – und wahrscheinlich war es auch so.

„Können Sie sich erinnern, ob Simone etwas über ihre Beteiligung an dem Raub erzählt hat? Oder ob sie irgendjemandem irgendeinen Gegenstand geschenkt hat? Oder wer sie besucht hat?“

Ein Lächeln huschte über das Gesicht der Stationsschwester. „Kommen Sie mit.“ Als sie ihn durch die Gänge ihrer Abteilung führte, fiel Heinz ihre beinahe übertrieben aufrechte Haltung und die ebenso übertrieben wirkende Gemessenheit ihres Schrittes auf.

„Die Polizei hat Frau Bretgeber bis zu ihrem Tod misstraut“, erzählte sie. „Rund um die Uhr ist eine Beamtin oder ein Beamter bei ihr im Zimmer gesessen, Schichtwechsel alle sechs Stunden. Sie haben jede ihrer Bewegungen verfolgt, jedes ihrer Gespräche mit angehört, und das, obwohl ihre Erkrankung im Endstadium war und wir nur noch ihre Schmerzen bekämpft haben. Entwürdigend, so aus dem Leben gehen zu müssen.“

Heinz verstand. Die Ermittler wollten um jeden Preis das Versteck der Zigarren erfahren. Er stellte es sich als große Herausforderung vor, unter solchen Umständen eine Botschaft an einen Komplizen weiterzugeben, die einerseits den Bewachern entging, die der Komplize andererseits aber verstand.

Stationsschwester Winter führte Heinz in einen Aufenthaltsraum für Patienten. Das Inventar bestand aus Sitzmöbeln mit Rahmen aus hellem Holz und Tisch- sowie Sitzplatten und Lehnen aus weißem Furnier. Das Zimmer selbst war durch große Fensterflächen angenehm hell, Blumen und Zierbäumchen schufen eine heimelige Atmosphäre. Die Stationsleiterin deutete auf die Wand neben der Tür, wo ein Gemälde hing, das Heinz kannte. Es war jenes Kunstwerk aus Simone Bretgebers Mal-Workshop, das auf Frau Hornbangers Foto halb von Simone verdeckt wurde. Nun konnte Heinz auch den Titel lesen, der rechts unten geschrieben stand: „Blick' durch eine rote Brille". Er fand, dass der Name gut zu den vorwiegend rotfarbenen Verwirbelungen passte, die auf dem Gemälde vorherrschten.

„Das Bild hat uns Frau Bretgeber kurz vor ihrem Tod vermacht", erklärte Frau Winter. „Sie wollte eine Spur im Leben hinterlassen, hat sie gesagt, und sich gewünscht, dass wir das Bild an einer für alle sichtbaren Stelle aufhängen. Den Wunsch haben wir ihr gerne erfüllt."

Sie hatten weit mehr getan, fand Heinz, denn neben dem etwa einhundert mal siebzig Zentimeter großen Bild war noch ein in Plexiglas gefasstes Foto von Simone an der Wand angebracht, auf dem sie in einem Krankenbett saß; lächelnd, aber erschreckend ausgelaugt; ein menschliches Wrack. Unter ihrem Foto befand sich, ebenfalls in Plexiglas, ein Textblatt, das Namen, Lebensdaten und Schicksal der Künstlerin knapp zusammenfasste. Auf der anderen Seite des Gemäldes hatte man eine kleine Vase an der Wand befestigt, in der eine langstielige Nelke mit weißen, rotumrandeten Blütenblättern steckte. Darüber prangte auf Pergamentpapier in großen, verschnörkelten Lettern der Spruch: „In deine Hände befehle ich meinen Geist; du hast mich erlöst, HERR, du treuer Gott.“ (Psalm 31, 5)“

„Hat sich Frau Bretgeber diesen Psalm gewünscht?“, fragte Heinz möglichst harmlos.

„Nein, das Arrangement haben meine Kollegen und ich damals so gestaltet.“

Heinz zückte sein Handy und fotografierte die Gedenkwand einige Male. „Hat sie dem Krankenhaus noch andere Kunstwerke vermacht?“ Die Stationsschwester schüttelte den Kopf und Heinz fragte weiter: „Hat sie Ihnen damals noch andere Kunstwerke gezeigt?“

„Nein, ich weiß nur von diesem Bild. Sie hat es extra aus dem Gefängnis hierher bringen lassen.“

„Hat sie etwas von ihrem Nachlass erwähnt?“

„Auch nicht, Herr Sablatnig. Unsere Gespräche haben fast ausschließlich ihre Pflege betroffen. Hin und wieder haben wir Small Talk geführt, aber ich versichere Ihnen, dabei ist es nie um intime Angelegenheiten gegangen.“

„Hat sie während ihres Aufenthalts hier Besuch empfangen?“

„Aber selbstverständlich. Ihre Mutter ist fast täglich gekommen und ich glaube, ich erinnere mich an die eine oder andere Freundin. Ansonsten war nur noch ein Notar hier, den sie zu sich gebeten hat, als es zu Ende gegangen ist. Ich nehme an, sie wollte ihren Nachlass regeln, aber worum es im Detail gegangen ist, weiß ich natürlich nicht.“

„Wie viele von dem Pflegepersonal, das damals Frau Bretgeber betreut hat, arbeiten noch auf dieser Station?“

Frau Winter überlegte, wobei ihre Augen nach links oben wanderten, dann sagte sie: „Kann ich Ihnen nicht auf Anhieb sagen, aber zwei, drei Schwestern und Pfleger werden es schon sein."

„Darf ich Sie um einen Gefallen bitten?" Heinz zog seine Brieftasche hervor, der er eine Visitenkarte entnahm und sie der Stationsschwester gab. „Wenn Ihnen oder diesen Schwestern und Pflegern noch etwas einfällt, das mir weiterhelfen kann, sagen Sie mir Bescheid?"

Sie hielt die Visitenkarte mit beiden Händen etwa einen halben Meter vor sich und musterte sie mit hochgezogenen Augenbrauen. „Aber sicher", antwortete sie, „ich leite das gerne weiter."

Heinz bedankte sich und verließ die Station. Als er aus dem Klinikum ins Freie trat, kontrollierten seine Augen den Himmel: Keine Wolke war zu sehen und die Sonne knallte nur so auf ihn herab. Er rief Sabine an, erstattete Bericht und als er erfuhr, dass es von ihrer Seite keine Neuigkeiten gab, beschloss er, seinen Kater mit Wörtherseewasser zu kurieren.

Kapitel 7

Sonntag, 15 Uhr

In der BoutChic saß Verena auf einem alten Sessel, den sie so in die Tür zum engen Lagerraum gestellt hatte, dass sie in diesen hineinblickte. Alle Lichter waren ausgeschaltet und nichts rührte sich, nicht einmal ihr Atem schien Geräusche zu verursachen. Da drinnen, an dem winzigen Tischchen am hinteren Ende des Raumes, hatte ihr Vater seinerzeit den Papierkram erledigt, als er das Geschäft noch geführt hatte. Damals war dieser Raum noch kein Lager gewesen, sondern ein Büro. Verena hatte nur wenige Erinnerungen an diese Zeit, sie war fünf Jahre alt gewesen, als ihr Vater gestorben war. Doch dieses eine Bild war ihr geblieben: Papa im Büro, über sein Pult gebeugt, schreibend. Manchmal, wenn Verena sich die Szene in Erinnerung rief, sah er auf und lächelte sie an, doch meistens war es nur ein Standbild. Wann immer sie sich an ihren Vater erinnern wollte, kam sie hierher und setzte sich in die Dunkelheit und Stille.

Heinz hatte ihr von seinem neuen Fall erzählt, von Simone Bretgeber, die ihren Vater im Alter von sieben Jahren verloren hatte. Sie hatte großes Mitleid für das damalige Mädchen empfunden, weil sie den Schmerz, das Nicht-fassen-Wollen und die Orientierungslosigkeit, die ein solcher Verlust mit sich brachte, aus ihrer eigenen Vergangenheit kannte. Das war mit ein Grund dafür, warum sie heute, an einem Sonntag, in ihr Geschäft gegangen war, um sich an ihn zu erinnern, den Arbeitenden, den Lächelnden.

Verenas Mutter war immer ein Lebemensch gewesen, aufgekratzt und teilweise schrill, ihr Vater hingegen bedächtig, diszipliniert, akribisch und geschäftstüchtig.

Sie hatte beides geerbt, die korrekte Geschäftsgebarung und die Lebenslust, und das war gut so, denn es würde sie möglicherweise vor demselben Schicksal bewahren, das ihren Vater ereilt hatte: Er war nur dreiunddreißig Jahre alt geworden, so alt, wie Verena jetzt war. Gestorben war er an einem Herzinfarkt infolge einer verschleppten Grippe. Und diese Grippe war er nicht aus Versehen übergangen, sondern weil er nicht einen einzigen Tag ohne sein Geschäft hatte auskommen können. Die Lehre, die Verena daraus gezogen hatte, war, dass nichts im Leben so wichtig sein konnte, wie das Leben selbst.

Sie spürte, wie eine Träne über ihre Wange rann; die Erinnerung an ihren Vater war zu bitter. Er fehlt ihr, hatte ihr während all der Jahre gefehlt. Ein Teil von ihr war immer noch dieses kleine Mädchen, das nicht verstand, warum er sie verlassen hatte. Es mochte eine billige Ausrede sein, doch Verena glaubte dennoch, dass ihr fehlendes Vertrauen in Männer darin begründet lag, dass ihr Vater so früh gegangen war. All ihre Beziehungen waren nach kurzer Zeit gescheitert, ihre Freunde hatten entweder ihre Eifersucht nicht ausgehalten oder den Umstand, dass sie sich zu sehr an sie geklammert hatte. Und jedes Mal, wenn es vorbei war, sah sie ihr Misstrauen bestätigt: Jeder Mann, den sie ehrlich liebte, verließ sie.

Vor einigen Jahren hatte sie dem ein vorläufiges Ende gesetzt, indem sie beschloss, bis auf Weiteres keine Beziehung mehr einzugehen. Damals war es ihr weniger belastend erschienen, allein zu sein, als jedes Mal so sehr verletzt zu werden. Doch auch wenn sie sich im Laufe der Zeit an diesen Zustand gewöhnt hatte, so konnte sie dennoch nicht verleugnen, dass sie sich nach einer Beziehung sehnte, nach vertrauensvoller

Geborgenheit und nach Zuneigung, die sie ebenso bedingungslos geben wie erfahren konnte. Aber es war sinnlos, denn wann immer sich auch nur das kleinste Gefühl von Zuneigung einstellte, von Vertrauen und Geborgenheit, versaute sie es.

Der jüngste Akt in diesem Drama hatte sich gestern abgespielt: Der Abend mit Heinz war schön gewesen, so schön, wie schon lange kein Abend mehr. Die Nähe, die sie zu ihm gefühlt hatte, war echt gewesen, beinahe intim – und dann hatte er sie verlassen. Verena wusste natürlich, dass das Blödsinn war, doch genau so war es für sie gewesen: Heinz hatte plötzlich nur noch mit diesem Schilling gesprochen und keinen Sinn mehr für sie gehabt, obwohl sie ihn gebraucht hätte. Ricardo, dieser Widerling, hatte nicht aufgehört sie anzubaggern, nicht einmal, als sie ihm klipp und klar gesagt hatte, er solle sie in Ruhe lassen. Heinz hatte sich zwar nach ihr umgesehen, doch sein Blick war ihr fremd gewesen, abwesend, seine Gedanken woanders. Und da war es dann passiert: Sie hatte sich vor den Kopf gestoßen gefühlt, von ihm verraten – verlassen. In einer Trotzreaktion war sie mit Ricardo gegangen, hatte gehofft, Heinz würde sich von dem reichen Snob losreißen, um ihr zu folgen, sie quasi zu retten. Heute wusste sie, wie kindisch dieser Gedanke war, doch gestern war er ihr sinnvoll erschienen. Heinz war nicht gekommen. Nicht ins Erdgeschoss, wo sie und Ricardo noch ein Glas Prosecco getrunken hatten, und erst recht nicht in die Diskothek Fabrik, wohin Ricardo sie geschleppt hatte, weil dort die Post abging, wie nirgendwo sonst im ganzen Jahr und im ganzen Land, wie Ricardo sich ausgedrückt hatte.

Verena legte beide Hände auf ihr Gesicht, so sehr schämte sie sich, wenn sie daran zurückdachte. Sie hatte ein Glas Prosecco nach dem anderen getrunken und Ricardo hatte auf sie eingeredet wie ein Wasserfall, doch sie hatte bei all dem Lärm kein Wort verstanden. Trotzdem hatte sie gelacht, war aufgekratzt gewesen, überdreht. Dann hatten sie getanzt, inmitten dieses schier unglaublichen Gedränges, waren eng aneinander dem Rhythmus der Musik gefolgt. Die Bewegung, der Alkohol, die vielen Menschen ...

Tränen liefen über Verenas Wangen. Wie hatte es nur dazu kommen können? Sie hatte Ricardo doch nie leiden können und auch gestern war das nicht anders gewesen. Sie fühlte sich miserabel, schäbig, billig, schmutzig. Einen Anflug von Selbstmitleid wischte sie ebenso energisch zur Seite wie die trotzige Selbstrechtfertigung, Heinz sei an allem schuld, weil er sie nicht zurückgehalten hatte, als sie von ihm weggegangen war.

Und jetzt? Wie sollte sie sich ihm gegenüber verhalten? Sie schuldete ihm einen Anruf, eine Erklärung, warum sie ihn hatte stehen lassen, aber sie schämte sich so sehr, dass ihr schon die Vorstellung unerträglich war, auch nur seine Stimme zu hören. Sie konnte jetzt nicht mit ihm reden, sondern musste zuerst zu sich selbst zurückfinden, bevor sie wieder handlungsfähig war. Bis dahin würde peinliches Schweigen herrschen.

Sonntag, 23.45 Uhr

Als eine Prozession von vier schwarz verhüllten Gestalten hintereinander über den Hauptweg des Friedhofs in Pörtschach wankte, war nur leise das Knirschen des Kieses zu hören. Sie hatten einander die rechte Hand auf die rechte Schulter gelegt und die vorderste Gestalt trug eine Laterne, deren schwarze Verkleidung nur einen Spalt offen ließ, durch den gerade genug Kerzenlicht schien, so dass ihr Träger den Weg erkennen konnte.

Lukas, so der Name des Siebzehnjährigen, der die Laterne trug, war ein gebranntes Kind: Er hatte mit seinen Freunden schon so manche schwarze Messe hier zelebriert und war nur bei zwei davon erwischt worden. Beim ersten Mal hatten sie hier eine Party veranstaltet mit Musik, alkoholischen Getränken und Drogen, bei der der Teufel wohl mitgefeiert hätte, hätte er ihre Anrufung erhört. Dabei hatten sie nicht bedacht, dass unmittelbar an die Friedhofsmauer mehrere Grundstücke mit Einfamilienhäusern angrenzten. Deren Bewohner hatten die Polizei gerufen, die wiederum hatte die Party beendet und alle Teilnehmer vorübergehend festgenommen. Das hatte vielleicht einen Wirbel gegeben, immerhin stammte der Großteil der Partygäste aus sogenannten angesehenen Familien. Beim zweiten Mal, ein paar Monate später, waren sie schon vorsichtiger gewesen: Sie hatten die Party in eine Messe umgewandelt und im Flüsterton abgehalten. Doch die Anwohner waren nun sensibilisiert, sahen das Flackern der ungewöhnlich vielen Kerzen und hörten die geflüsterten Teufelsanbetungen. Seither hielten sie die schwarzen Messen still und im Dunkeln ab. Die Teilnehmer übten ihre Rituale ein, so dass sie auf dem Friedhof stumm durchgeführt werden konnten. Das Überklettern Friedhofsmauer und das Beschreiten der Kieswege verursachten zwar noch Geräusche, aber diese konnten sie mit einiger Vorsicht so weit in Grenzen halten, dass die Nachbarn nicht darauf aufmerksam wurden.

Dennoch war heute irgendetwas anders. Lukas konnte zuerst nicht sagen was, bis ihm bewusst wurde, dass er noch andere Geräusche wahrnahm als die, die sie selbst verursachten: Sie waren schon nahe an der hinteren Mauer, als er innehielt. Der gesamte Tross kam zum Stehen. Da nur er eine Laterne trug, reagierten die anderen auf seine Bewegungen, die jeweils von Schulter zu Hand nach hinten weitergegeben wurden. Lukas hielt den Atem an. Er hörte seinen Herzschlag in den Ohren, aber da war noch mehr. Es war eine Art Scharren und Schnaufen, als grabe ein großes Tier ungeduldig etwas aus; ein Wolf, vielleicht ... ein Werwolf?

Lukas schluckte schwer, hörte, wie sich sein Herzschlag beschleunigte, fragte sich, was er tun solle. Er sah sich um, versuchte herauszufinden, woher das Geräusch kam, und erkannte schließlich, dass sein Ursprung ganz nahe war, wenige Gräber von ihm entfernt. Früher hatte er sich immer gewünscht, der Fürst der Finsternis würde seine Gebete erhören und ihm erscheinen, doch jetzt, als es vielleicht endlich soweit war, befiel ihn eine Todesangst. An der Hand auf seiner Schulter spürte er, dass auch seine Hinterfrau von derselben Unruhe gepackt wurde, die anderen hörten die Geräusche also auch. Jetzt sah er einen fahlen Lichtschein, der wirkte, als käme er direkt aus der Erde. Lukas erstarrte. Er sah sich zu seinen Glaubensschwestern und -brüdern um. Soweit er es erkennen konnte, waren auch sie hin- und hergerissen zwischen dem Wunsch zu fliehen und der Angst, dass dieses Etwas, das da aus der Erde gekrochen kam, gerade dadurch auf sie aufmerksam werden könnte.

Dann geschah es: Ein schwarzer Schatten erhob sich aus dem Grab, genau dort, wo Lukas den Lichtschein gesehen hatte. Die Kreatur ähnelte tatsächlich einem Wolf, sie grunzte und schüttelte die Erde von sich ab. Als sie sich auf die Hinterbeine aufrichtete und auf den Kiesweg trat, der an dem Grab vorbeiführte, brach Lukas' Bann. Er machte kehrt, flüsterte seinen Begleitern fiebrig zu: „abhauen!“, und lief – als erster von vier dunklen Schatten – so schnell über das helle Band des Kieswegs davon, wie seine Beine ihn trugen.

Montag, 8.30 Uhr

Durch die Ganzkörperanzüge der Beamten von der Spurensicherung wirkte die Szenerie, als handle es sich um einen Einsatz in radioaktiv verseuchtem Gebiet. Sabine und einige ihrer uniformierten Kollegen standen etwas abseits und beobachteten das Treiben am Grab der Familie Bretgeber. Ein Tatort war so lange Sperrgebiet, bis die Spurensicherung ihre Arbeit beendet hatte, und das konnte Stunden, manchmal sogar Tage dauern. Doch Sabine hatte nicht vor, so lange zu warten: Ihr ging es um eine spezielle Information, die sie von ihren Kollegen in Schutzkleidung erfahren wollte, als diese vor rund einer halben Stunde an die Arbeit gegangen waren. Als sich ein Beamter in einem weißen Overall aus dem Grabschacht stemmte und auf Sabine zukam, schien es so weit zu sein. Er zog die Staubmaske vom Gesicht und die Plastikhandschuhe von den Händen und sagte: „Keine Spur, tut mir leid. Der Sarg ist sehr verfault, das heißt, die einzelnen Schichten sind dicht aneinandergepresst, deshalb ist es grundsätzlich möglich, dass wir es noch in einer darunterliegenden Schicht finden. Aber ich glaube es nicht, denn Kopf,

Wirbelsäule und Brustkorb des Skeletts liegen frei im Nebengrab."

Sabine bedankte sich, der Kollege nickte, legte Handschuhe und Staubmaske wieder an und ging zurück an seine Arbeit. Sie zückte ihr Handy und wählte eine Nummer. „Guten Morgen, Heinz, ich rufe vom Pörtschacher Friedhof aus an."

„Guten Morgen", hörte sie ihn sagen, „was machst du um diese Zeit im Garten der Ruhe?"

Sie zischte abfällig. „Garten der Ruhe ist gut, hier ist ganz schön was los. Letzte Nacht wollten vier Jugendliche hier eine schwarze Messe feiern, was aber einem Anwohner aufgefallen ist, der deswegen die Polizei verständigt hat. Als die Kollegen hier eingetroffen sind, sind ihnen die Jugendlichen geradewegs in die Arme gelaufen, allerdings haben sie behauptet, nicht vor der Polizei, sondern vor einer Kreatur geflohen zu sein, die aus einem der Gräber gestiegen sein soll. Bei dieser Geschichte sind sie so hartnäckig geblieben, dass heute bei Tagesanbruch eine Streife Nachschau gehalten hat. Und jetzt halt dich fest: Das Grab von Simone Bretgeber ist geschändet worden."

Heinz brauchte eine halbe Sekunde, ehe er rief: „Was?"

„Gestern ist hier ein Grabschacht für Simones Mutter ausgehoben worden. Die hätte heute beerdigt werden sollen, aber das wird sich jetzt wohl verzögern."

„Was, heute?", fuhr Heinz dazwischen. „Ist das nicht ein bisschen kurzfristig?"

„Sie hat keine Verwandten mehr, die eine größere Beerdigung für sie organisieren würden. Die Obduktion ihrer Leiche hat eindeutig Suizid als Todesursache ergeben, also wozu länger warten? Das Grab scheint außerdem im Voraus bezahlt worden zu sein, wie du siehst, hat Frau Bretgeber vorgesorgt. Jedenfalls hat jemand die Gunst der Stunde genutzt und sich vom ausgehobenen Schacht aus in das nebenliegende Grab gebuddelt; Simones Grab."

„Raunjak", meinte Heinz knapp.

„Wer auch immer es war, er hat Simones Knochen herausgezerrt und im Schacht liegen gelassen."

„Ich nehme an, du lässt deine Leute nach dem Medaillon suchen?"

„Habe ich bereits, es ist nicht da."

Heinz schwieg für einige Sekunden, dann fragte er: „Wie hat Raunjak davon erfahren, dass Frau Bretgeber tot ist? Als er sie am Freitag verlassen hat, war sie ja noch quicklebendig."

„Ich nehme an, aus der Zeitung, immerhin haben ja alle über den tragischen Tod nach dem Überfall berichtet und auch, wann Frau Bretgeber beigesetzt wird. Er hat sich ausrechnen können, dass das Grab am Vortag ausgehoben wird."

Wieder dachte Heinz ein paar Sekunden lang nach. „Das bedeutet, Raunjak weiß noch immer nicht, wo er nach Spuren suchen soll, die zu seiner Beute führen. Das Ganze wird immer aussichtsloser."

„Was, wenn der entscheidende Hinweis tatsächlich auf oder in dem Medaillon zu finden ist?", mutmaßte Sabine. „Vielleicht ist er ja echt nur für Raunjak erkennbar?"

Sie hörte Heinz schnauben, bevor dieser erwiderte: „Dann ist es umso wichtiger, dass wir Raunjak endlich aufspüren. Weit kann er nicht sein, wenn er immer wieder auftaucht."

„Ich weiß, aber mir gehen schön langsam die Ideen aus. Ich habe ihn zur Fahndung ausgeschrieben, alle seine ehemaligen Seilschaften überprüft, lasse Bertis

Wohnung überwachen – doch es gibt nirgendwo auch nur einen Anhaltspunkt, wo er sich herumtreiben könnte."

„Wenn das Medaillon wirklich den Hinweis auf das Versteck der Zigarrenkiste enthält", sagte Heinz dunkel, „dann stehen wir jetzt ganz schön nackt da."

Kapitel 8

Montag, 14 Uhr

Heinz' gestriger Trip zum Wörthersee war der Horror gewesen. Die gesamte Fläche des Strandbades war zum Bersten voll, am Strand sorgten krakeelende Jugendliche für Unruhe und im Wasser tobende Kinder. Um etwas Ruhe zu bekommen, schwamm er in den See hinaus, aber dort sah er sich der permanenten Gefahr ausgesetzt, von einem Stand-up-Paddler, einem Ruder- oder Tretboot gerammt zu werden oder, weiter draußen, von einem Segel- oder Motorboot. Sein Fazit: Katerstimmung in Verbindung mit Strandbad Klagenfurt an einem heißen Sommer-Sonntag – das war eine denkbar ungünstige Kombination.

Heute war das anders: Heinz hatte am Morgen gleich nach dem Frühstück den wichtigsten Alltagskram erledigt und war, nachdem ihm Sabine telefonisch von der Schändung von Simone Bretgebers Grab berichtet hatte, ins Strandbad gefahren. Nachdem heute die letzte Schulwoche vor den Sommerferien begann, war es dort herrlich ruhig. Heinz breitete sein Handtuch im Schatten eines Baumes auf der Wiese aus und ging ins Wasser. Er schwamm etwa fünfzig Meter hinaus, drehte sich auf den Rücken und ließ sich treiben, während er gerade nach oben in den blauen Himmel blickte. Vielleicht war es lächerlich, aber dieser Zustand kam seiner Vorstellung vom Paradies sehr nahe. Der Wörthersee war überhaupt etwas ganz Besonderes; nicht nur für ihn. Das blass türkisfarbene Wasser fühlte sich auf der Haut weicher an als das anderer Seen, hinzu kam noch diese einzigartige Lage inmitten von Hügeln, zwischen denen der kahle Grat der Karawanken hindurchleuchtete.

Als er wieder an Land ging, war er die Ruhe in Person. Er ließ sich im Stehen von der Sonne aufwärmen, zog dann eine trockene Badehose an, legte sich schließlich auf sein Handtuch und ließ sich alle Fakten des Falles durch den Kopf gehen. Das führte ihn zu der überraschenden Erkenntnis, dass das Gemälde, das Simone dem Klinikum vermacht hatte, der Schlüssel zu Castros Zigarren sein musste. Simone hatte sich ausdrücklich gewünscht, ihr Gemälde solle allgemein sichtbar aufgehängt werden. Welchen Grund hätte sie für diesen Wunsch gehabt, wenn nicht den, dass Raunjak es sehen sollte? Allerdings konnte sie nicht davon ausgehen, dass er von sich aus auf die Idee kommen würde, im Klinikum nachzuforschen. Das bedeutete, sie hatte ihm auch einen Hinweis hinterlassen, der ihn dorthin führte. Diesen Hinweis hatte Raunjak offensichtlich nie bekommen, andernfalls hätte er wohl kaum Simones Mutter aufgesucht und nach der Hinterlassenschaft ihrer Tochter gefragt. Guido Raunjak tappte genauso im Dunkeln wie Heinz und Sabine, so viel stand fest. Und dass er in das Grab seiner verstorbenen Geliebten eingedrungen war, um an das Medaillon zu kommen, zeigte, wie verzweifelt er nach einer Spur suchte.

Heinz fluchte leise. So sehr er sich auch das Gehirn zermarterte, er hatte keine Idee, auf welche Weise ihn das Gemälde zu den Zigarren bringen konnte. Der Hinweis musste so platziert sein, dass Raunjak ihn verstand, und zwar nur Raunjak. Hatten die roten Wirbel eine besondere Konstellation, die eine Art Code waren, der zwischen ihm und Simone ausgemacht war für den Fall, dass etwas schief laufen würde? Aber warum dann das komplizierte Getue mit dem Gemälde? Solche Wirbel hätte sie Raunjak auch als Zeichnung von Gefängnis zu Gefängnis schicken können, ohne dass die Polizei, die die Post überwachte, ihnen auf die Schliche gekommen wäre. Zum weiß Gott wievielten Mal in den vergangen zwei Tagen sah Heinz sich die Bilder von Simone Bretgebers Kunstwerken auf seinem Handy an. Ergaben mehrere von ihnen zusammen oder gar alle gemeinsam einen Sinn? Aber wie sollte er das herausfinden, wenn er nicht einmal wusste, wo sie alle waren?

Heinz erkannte die Sinnlosigkeit seines Tuns und seufzte. Er drehte sich gedanklich im Kreis. Da veränderte sich die Anzeige auf dem Handydisplay plötzlich und signalisierte mit „If you don't know me by now" einen ankommenden Anruf; eine Nummer, die mit fünf begann, wie sie von offiziellen Stellen geführt wurde. Er hob ab und meldete sich mit seinem Namen.

„Klinikum Klagenfurt, Abteilung für Pulmologie, Stationsschwester Winter", kam es aus dem Hörer. „Herr Sablatnig, es ist etwas passiert." Heinz konnte nicht sagen, ob er ihren Tonfall richtig einschätzte, doch er glaubte, so etwas wie Beunruhigung in ihrer Stimme wahrzunehmen. „Das Bild, das ich Ihnen gestern gezeigt habe, das Gemälde von Frau Bretgeber – es ist gestohlen worden."

„Was? Wann?"

„Irgendwann im Laufe des Vormittags. Wir wissen überhaupt nicht, wie das möglich war, niemand hat etwas gesehen."

„Ist nur das Bild weg oder auch andere Gegenstände von Ihrer Gedenkwand?"

„Nur das Bild, der Rest ist unversehrt."

„Haben Sie eine Ahnung ...“, Heinz wusste selbst nicht, was er noch fragen wollte, weshalb er gleich zurückzog: „nein, natürlich nicht.“

„Herr Sablatnig, das Bild ist wahrscheinlich nicht viel wert, aber darum geht es uns gar nicht. Wir haben Frau Bretgeber damals in unsere Herzen geschlossen und es hat uns wohl getan, sie durch diese Wand weiterhin bei uns zu haben. Darf ich Sie bitten, dass Sie uns das Bild zurückbringen, sollte es im Zuge ihrer Ermittlungen wieder auftauchen?“

„Ja, freilich, es gehört ja Ihnen“, sagte er kurz angebunden, um sich nicht anmerken zu lassen, wie gerührt er von ihren Worten war. Er verabschiedete sich und ließ das Handy sinken. Sein Blick war starr auf den See gerichtet, über das Wasser hinweg, durch den Pyramidenkogel hindurch. Das Gemälde oder irgendetwas an ihm war der Wegweiser zur Beute, das war durch den Diebstahl wohl bewiesen. Damit hatte Raunjak offensichtlich die Fährtensuche aufgenommen, was bedeutete, dass er den Hinweis auf das Gemälde erhalten hatte.

„Das Medaillon war der Hinweis “, raunte Heinz.

Feuer am Dach!

Er überlegte fieberhaft: Wenn er Raunjak nicht verfolgen konnte, dann musste er ihm zuvorkommen. Das Gemälde – dieses verdammte Gemälde! – war die Spur, die die Polizei seit dreizehn Jahren und er seit zwei Tagen suchten. Aber wo steckte der Hinweis? Wirklich in den Formen? Oder in den Farben? Etwa in der Leinwand? Er hob sein Handy und sah sich einmal mehr das Foto an: „Blick’ durch eine rote Brille“ – ein falsch verwendeter Apostroph, von einer jungen Frau aus gutem Hause und mit exzellenter Bildung. Aber wer beherrschte die deutsche Orthografie schon wirklich? – Spiralformen, ohne erkennbare Einheitlichkeit – querformatig, etwa einhundert mal siebzig Zentimeter – farblich hoher Rotanteil – weiße Leinwand.

Verdammt!

Er drückte das Foto weg und rief Sabine an.

„Was gibt's?", fragte sie anstelle einer Begrüßung, das untrügliche Zeichen dafür, dass sie Stress hatte. Heinz erklärte, was passiert war und welche Schlussfolgerungen er daraus zog. „Das ist nicht gut", kommentierte sie knapp. „Heinz, ich bin gerade auf dem Weg zu einem Tatort, ich rufe dich später zurück, okay? Versuch du inzwischen, das Gemälde zu analysieren. Jetzt, wo wir wissen, dass es der Schlüssel zur Beute ist, fällt dir vielleicht eher etwas auf."

„Warte noch eine Sekunde", sagte er schnell, „steht in deinen Akten etwas darüber, ob Raunjak und Simone während ihrer Haftzeit miteinander kommuniziert haben? Ich meine, haben sie sich Liebesbriefe oder Ähnliches geschrieben?"

„Nein." Sie klang entschieden. „Den beiden ist von Anfang an klargemacht worden, dass jede Art ihrer Kommunikation überwacht würde. Offenbar haben sie sich nichts Harmloses zu sagen gehabt."

„Zumindest nicht über die offiziellen Kanäle", stellte Heinz in den Raum, was seine Schwester unkommentiert ließ.

„Ich rufe dich nachher an. Pfiati." Damit legte sie auf.

Heinz packte seine Sachen zusammen und ging. Er war so in Gedanken, dass er den Tumult an der Badekasse und den Streifenwagen mit eingeschaltetem Blaulicht nur am Rande wahrnahm. Er stieg in seinen mattschwarzen Corrado und fuhr in die Innenstadt. Zuhause fuhr er den PC hoch und öffnete die Fotodatei von Simones Gemälde. Die nun folgende halbe Stunde verbrachte er damit, das Bild in allen Zoomstufen zu betrachten; seinen Gesamteindruck, wie auch jeden einzelnen Quadratzentimeter im Detail.

Montag, 15 Uhr

Als Sabine am Eingang des Strandbades ankam, erwarteten sie zwei uniformierte Kollegen, die sie einwiesen. Sie parkte ihren Wagen, passierte dank ihres Dienstausweises problemlos die Badekasse und ging zum Strand, dem sie Richtung links folgte. Dort, nahe dem Zaun am Ende des Strandbadgeländes, drängte sie sich durch einen Pulk schaulustiger Badegäste zur Polizeiabsperrung durch, hinter der ein Mann in Badehose am Boden lag. Die Wasserrettung war vor Ort und untersuchte ihn. Als Sabine ein Polizist entgegentrat, hielt sie ihm schweigend den Dienstausweis hin, woraufhin dieser salutierte und sie passieren ließ.

„Bezirksinspektor Zenker", stellte er sich vor.

„Chefinspektorin Oleschko", erwiderte sie und schüttelte ihm die Hand.

Zenker begann ohne Umschweife mit seinem Bericht: „Ein Stand-up-Paddler hat ihn gefunden. Er hat ein scheinbar verlassen treibendes Ruderboot entdeckt, ist hingepaddelt und hat gesehen, dass ein Mann drinnen liegt, regungslos und an den Hand- und Fußgelenken gefesselt. Die Kollegen von der Wasserpolizei haben das Boot hierher geschleppt."

Sabine ließ ihren geschulten Blick einmal über das Szenario schweifen und war im Bilde. Dort der Stand-up-Paddler, der sich nun augenscheinlich überflüssig fühlte, hier das Boot, in dem der Mann wohl gefunden worden war. Es trug die Aufschrift des Strandbades, was darauf hinwies, dass es hier ausgeliehen worden war. Sie trat an die beiden Sanitäter der Wasserrettung heran, die bei dem Aufgefundenen knieten. „Was ist mit ihm?"

Die beiden blickten auf und der ältere, ein grauhaariger Mann mit Brillen, erklärte: „Er ist bewusstlos, aber stabil. Scheint niedergeschlagen worden zu sein, jedenfalls hat er eine ordentliche Beule am Hinterkopf."

Erst jetzt erkannte Sabine, dass der eher klein gewachsene, dickliche Bewusstlose gar keine Badehose trug, sondern eine Unterhose. „Haben Sie ihn ausgezogen?", fragte sie den Sanitäter, doch der schüttelte den Kopf. Sabine wandte sich an Bezirksinspektor Zenker. „Haben Sie ihn so vorgefunden?"

„Ja, bis auf die Kabelbinder, mit denen er gefesselt war, die haben wir ihm natürlich abgenommen. Von seiner Bekleidung fehlt jede Spur."

„Hat er irgendetwas bei sich gehabt? Einen Ausweis, Geld, sonst etwas?"

„Nein, gar nichts. Aber wenn Sie wissen wollen, wie er heißt, kann ich Ihnen helfen, ich kenne den Mann nämlich."

„Tatsächlich? Darf ich fragen, woher?"

„Von der Arbeit. Er ist immer wieder in kleine Gaunereien verwickelt, vor allem Betrug ist sein Spezialgebiet. Allerdings geht er dabei nicht sehr geschickt vor, wir erwischen ihn regelmäßig."

„Wie heißt er?"

„Prentner, den vollen Vornamen weiß ich nicht, wir nennen ihn immer nur Berti."

Sabine fuhr herum und starrte den Bezirksinspektor an. „Berti Prentner? Sind Sie sicher?"

„Ja“, erwiderte Zenker, zögernd vor Verwunderung. „Er wohnt in der ...“

„Ich weiß, wo er wohnt“, schnitt Sabine ihm harsch das Wort ab, „vor seinem Haus schläft eine Zivilstreife.“

Der Rettungshubschrauber, dessen lauter werdender Rotor seine Ankunft angekündigt hatte, landete mit ohrenbetäubenden Flapp-Geräuschen am Strand, wobei er Sand, Blätter und Wasser aufwirbelte. Sabine schüttelte den Kopf. Zum Unfallkrankenhaus fuhr man von hier aus keine fünf Minuten, ein Krankenwagen wäre schneller hier gewesen als der Helikopter und hätte um Vieles weniger gekostet. Wenn sie an die immer wiederkehrende öffentliche Diskussion darüber dachte, wie teuer die Flugrettung war, stieg heiße Wut in ihr auf.

Montag, 15.30 Uhr

Als Heinz bei der Wohnadresse im Klagenfurter Stadtteil Feschnig ankam, die seine Schwester ihm vorhin durchgegeben hatte, stand sie bei einem dunkelblauen Honda Coupé und machte zwei Zivilisten, die beide einen halben Kopf größer waren als sie, die Hölle heiß. Aus der Standpauke ging hervor, dass es sich bei den beiden um jene Beamten in Zivil handelte, die Sabine zur Observierung von Bertis Wohnung abgestellt hatte. Abgesehen von den Dreien stand auch noch ein Polizeiauto mit blinkendem Blaulicht hier, ein Uniformierter bewachte den Hauseingang. Als seine Schwester endlich von ihren Untergebenen abließ, sahen die beiden einander betreten an. Sabine schnaufte einmal tief durch und begrüßte dann ihren Bruder.

„Was war denn los?“, wollte er wissen.

„Die zwei Genies haben sich von Guido Raunjak aufs Kreuz legen lassen", fauchte sie.

„Was? Wie?"

„Heute am Vormittag hat Berti das Haus verlassen und ist etwa eine Stunde später wiedergekommen. Mit einem Gemälde unter dem Arm."

„Heute Vormittag, mit einem Gemälde ...?"

„Warte." Sabine hob die Hand. „Kurz darauf ist er wieder weggefahren und jetzt kommt's: Er ist vor rund einer Stunde wiedergekommen und hat das Haus seither nicht mehr verlassen."

Heinz gaffte an Sabine vorbei und fragte sich, ob er etwas verpasst hatte. „Ich fürchte, ich verstehe nicht ganz."

Sabine sah ihn mit einem wilden Blick an. „Berti Prentner liegt momentan da unten im Klinikum." Sie zeigte hangabwärts in die Richtung, in der sich das Krankenhaus befand, auch wenn es wegen der dazwischenstehenden Wohnblöcke nicht zu sehen war. „Man hat ihn überfallen, bewusstlos geschlagen und beraubt; bis auf die Unterhose."

Heinz starrte sie an. „Du meinst, Raunjak hat sich als Berti verkleidet Zutritt zu dessen Wohnung verschafft?"

„Bravo, das nächste Mal schicke ich die beiden Schwachköpfe zu dir, zur Einweisung. Jetzt verstehst du das Problem. Ich meine, es ist ja nicht so, dass Berti und Raunjak Zwillinge wären, oder dass meine Super-Kollegen keine Fotos von Raunjak hätten. Lassen die den einfach entwischen."

„Wieso entwischen, ich habe gedacht, er hat das Haus nicht mehr verlassen."

„Durch den Eingang nicht. Aber auf der Hausrückseite steht ein Fenster von Bertis Wohnung offen und niemand reagiert auf unser Läuten und Klopfen. Wenn du mich fragst, hat Raunjak die Flucht ergriffen."

„Warum geht ihr nicht hinein?"

Sabine zischte verächtlich. „Du kannst fragen! Was glaubst du, auf wen ich hier warte? Auf den Staatsanwalt mit dem Durchsuchungsbefehl."

„Irgendwie stehe ich auf der Seife", gestand Heinz. „So wie es aussieht, hat Raunjak Berti geschickt, um das Gemälde zu klauen. Warum hat Berti es ihm nicht gleich übergeben? Ich meine, Raunjak geht doch davon aus, dass Bertis Wohnung überwacht wird, ansonsten hätte er sich nicht verkleidet. Wozu das Risiko?"

„Nachdem er Berti niedergeschlagen und gefesselt hat, nehme ich an, dass zwischen den beiden etwas nicht so gelaufen ist, wie es hätte laufen sollen. Wahrscheinlich hat Berti sich schlau gefühlt und wollte Raunjak erpressen."

Heinz nickte. „Macht Sinn, deshalb hat er das Gemälde nicht zu dem Treffen mitgenommen. Ich verstehe nur nicht, warum Raunjak das Bild nicht selbst aus dem Klinikum gestohlen hat. Er hat doch davon ausgehen können, dass wir nichts darüber wissen, denn sonst hätten wir es uns selbst geholt. Und dass ihn im Klinikum jemand erkennt, die Angst hat er sicher nicht gehabt."

„Vielleicht aber, dass wir ihm eine Falle stellen? Hierher ist er ja auch in Verkleidung gekommen und offenbar nur, weil er keine andere Wahl gehabt hat. Du weißt, was das bedeutet?"

„Ja, leider", seufzte Heinz, „er hat das Gemälde geholt und ist wieder einmal über alle Berge."

Sabine warf den Polizisten in Zivil einen mörderischen Blick zu und knurrte: „Am liebsten würde ich die beiden in heißes Öl tauchen lassen."

„Da wäre die Gewerkschaft dagegen“, meinte Heinz, „aber vergiss die beiden, wir haben jetzt ein echtes Problem: Raunjak ist uns einen Zug voraus, denn ich habe noch immer nicht die geringste Ahnung, worin die Botschaft bestehen könnte, die Simone in dem Bild versteckt hat.“

„Wie es aussieht, braucht man eine Gebrauchsanweisung, um den Hinweis zu verstehen“, mutmaßte Sabine.

„Anscheinend. Und diese Gebrauchsanweisung war offenbar irgendwie im Medaillon ...“ Ein Zucken ging durch Heinz, das ihn kurz erstarren ließ. „Ich Idiot“, flüsterte er dann, „die Gebrauchsanweisung war die ganze Zeit da, direkt vor meinen Augen, so klar, dass ich sie übersehen habe!“

„Wovon bitte sprichst du?“ Sabine klang genervt, aber auch neugierig.

„‚Blick’ durch eine rote Brille‘ – der Apostroph ist gar nicht falsch.“

„Was?“

„Verstehst du nicht? Der Bildtitel ist kein Titel, er ist eine Aufforderung.“

„Ich soll durch eine rote Brille schauen?“

„Ja, auf das Bild.“

„Du meinst ...“

„Die vielen roten Wirbel – wenn du die ausblendest, siehst du vielleicht etwas anderes, das zwischen ihnen verborgen liegt.“

Sabine bekam große Augen. „Und wenn du durch eine rote Brille schaust, blendest du alles aus, was rot ist, genial.“

„Ich muss mich beeilen.“ Heinz rannte los.

„Warte, wo willst du hin?“ Sabine folgte ihm, konnte seinen Schritt jedoch nicht halten.

„Nachhause, die Botschaft entschlüsseln, was sonst?“ Heinz drückte auf die Fernbedienung seines Autoschlüssels, woraufhin die Angel Eyes seines Wagens zweimal aufblinkten; es sah aus, als würde das Auto ihm zuzwinkern. „Ich ruf dich an, sobald ich was weiß“, rief er noch über die Schulter, dann schwang er sich in den Corrado und fuhr so schnell los, dass die Reifen kurz aufkreischten. Eile war angesagt, wenn er mit Raunjak gleichziehen wollte.

Kapitel 9

Montag, 16 Uhr

Zuhause angekommen, öffnete Heinz auf seinem PC das Foto in einem Bildbearbeitungsprogramm und legte einen Rotfilter darüber. Das hatte denselben Effekt wie das Betrachten durch eine rote Brille.

Da war es!

Schemenhaft, eingebunden in andersfarbige Liniensysteme, aber dennoch eindeutig erkennbar, tauchte ein skizziertes Grab vor Heinz' Augen auf. Auf dem Grabstein stand „Simone Bretgeber" sowie ihr Geburts- und ihr Sterbejahr. Und auf der Grabplatte befand sich die Skizze einer Engelsbüste. Während Grab und Inschrift schwarz gezeichnet waren, hatte der Engel grüne Umrisse.

Das ist es! Das ist es!

Heinz sprang auf und fingerte sein Handy hervor, doch seine Hände zitterten vor Aufregung so sehr, dass er unfähig war, die richtigen Tasten zu drücken. Er zischte einen Fluch durch die Zähne und verließ im Laufschritt sein Wohnbüro. Er musste unbedingt vor Raunjak den Friedhof erreichen, Sabine konnte er auch von unterwegs noch anrufen.

Montag, 16.30 Uhr

Die Fahrt nach Pörtschach entpuppte sich für Heinz als wahrer Horrortrip. Am liebsten hätte er seinen einhundertachtzig bis zweihundertdreißig Pferden – so genau war das wegen Svens Chiptuning nicht feststellbar – freien Lauf gelassen und ihnen auch noch die Sporen gegeben, doch wenn ihn deswegen eine Polizeistreife anhielt, verlor er mehr Zeit, als er durch die schnelle Fahrt gewinnen konnte. Also fuhr er knapp über dem erlaubten Limit, was unerträglich an seinen Nerven zog, umso mehr, wenn ein Gefährt vor ihm den Eindruck erweckte, als würde sein Fahrer die Landschaft genießen. So war es auch kein Wunder, dass Heinz' Hemmschwelle, was riskante Überholmanöver betraf, äußerst niedrig lag. Als dann auch noch der Bahnübergang zwischen Neu- von Altpörtschach geschlossen war, konnte er nicht mehr anders, als sich fast die Seele aus dem Leib zu schreien. Die Zeit schien sich zu dehnen, die Sekunden sich in Honigtropfen zu verwandeln, die sich lange zogen, ehe sie endlich verrannen. Seine Finger trommelten auf das Rennlenkrad, dann tippte er auf eine darauf befindliche Taste, die über eine Bluetooth-Verbindung sein Handy aktivierte.

Sabine hob ab. „Hallo Heinz, hast du den Hinweis gefunden?"

„Ja, es ist die Statuette auf Simones Grab."

„Wie ... du meinst, die Zigarren sind unter der Statuette? Auch im Grab?"

„Nein, ich glaube, die Statuette ist der nächste Hinweis."

„Heinz, wir haben das Ding untersucht, da war nichts."

„Das Medaillon habt ihr auch untersucht."

„Okay, okay. Wie hat Simone die Statue genannt? ‚Dein Engel, Mama'?"

„Du meinst, der Titel ist auch diesmal wieder Programm?"

„Warum nicht? Ist doch naheliegend."

„Und was sagt er uns?“

Sabine schwieg. Vor Heinz rauschte ein City-Shuttle vorbei und gleich darauf öffneten sich die Schranken. Er wartete gerade lange genug, bis sein Wagen unter ihnen hindurchpasste, dann trat er aufs Gas. „Ich weiß nicht“, bekannte sie schließlich.

„Schwesterherz, ich hole mir jetzt die Statuette, dann sehen wir weiter.“

„Ich schicke einen Streifenwagen hin, das geht schneller.“

Heinz grinste. „Ich bin aber schon da. Ich melde mich dann wieder, tschau.“

Eine halbe Minute später parkte er den Corrado schwungvoll vor dem Friedhof, joggte zum Eingangstor hinunter, passierte es und lief auf dem Kiesweg bis nach hinten, wo das große Holzkreuz stand. Er wollte gerade daran vorbeilaufen und dahinter nach rechts in den Querweg einbiegen, der zum Familiengrab der Bretgebers führte, als sich dort ein Mann aufrichtete. Heinz bremste abrupt seinen Lauf und suchte hinter einer der hohen, kerzenförmigen Thujen Deckung, die das Kreuz umstanden. Als er dahinter hervorlugte, stellte er mit Erleichterung fest, dass der Kerl ihn offenbar nicht bemerkt hatte; er machte sich an der Grabstätte zu schaffen, wirkte wie ein Friedhofsgärtner. Heinz folgte der Grabreihe, die parallel zu jener mit dem Bretgeber-Grab verlief, und als er auf dessen Höhe und damit hinter dem Rücken des Mannes war, senkte er in scheinbarer Andacht den Kopf über dem Grab vor sich, in dem eine gewisse Nora Feichtengruber ihre letzte Ruhe gefunden hatte. Er lugte unter seinen Augenbrauen hervor und sondierte die Lage. Die Polizei hatte ihre Ermittlungen offenbar abgeschlossen, denn es gab keine Absperrungen um die Ruhestätte der

Bretgebers mehr. Der offene Grabschacht war mit einer Plane zugedeckt. Der Mann vor ihm war etwas größer als er, muskulös und ganz sicher kein Gärtner. Denn abgesehen davon, dass er keine Arbeitsmontur trug, bewegte er sich viel zu zielgerichtet, wie einer, der etwas suchte, und nicht wie jemand, den Details am Gesamtarrangement interessierten. Gerade hockte er sich wieder hin, einen Fuß auf Simones Grab, und schob eine Kerze auf dem linken hinteren Bereich der Platte zur Seite. Das erlaubte ihm freien Zugriff auf den Gegenstand dahinter, die Engelsbüste. Er nahm sie und ließ sie, während er wieder aufstand, in einer ganz natürlichen Bewegung in eine Umhängetasche gleiten, die an seiner Schulter hing. Dabei blickte er nach rechts, als interessiere ihn der Zustand der Abdeckplane. Heinz stand regungslos da und hielt den Kopf weiterhin gesenkt, nur seine Augen folgten dem Geschehen. Ohne weitere Verzögerung wandte der Mann sich nach links, um zu gehen, und dabei sah Heinz kurz sein Gesicht. Kein Zweifel, es war Guido Raunjak.

Während er noch stehenblieb, um seine Tarnung aufrechtzuerhalten, spürte Heinz, wie die Frequenz seines Herzschlags zunahm. Aus den Augenwinkeln sah er Raunjak nach, bis dieser auf den Hauptweg zum Ausgang einbog und Heinz den Rücken zuwandte. Dieser bedankte sich stumm bei Nora Feichtengruber, dass er sich als ihr Angehöriger hatte ausgeben dürfen, und folgte ihm.

Raunjak schien sich sicher zu fühlen, denn er drehte sich während seines gesamten Weges kein einziges Mal um. Er ging mit großen, sicheren, ein wenig federnden Schritten bis zum Parkplatz, wo er einen verkommenen, erbsengrünen Chevrolet Pick-up bestieg, dessen Alter Heinz auf vierzig Jahre plus schätzte.

Heinz trat hinter die Aufbahrungshalle, die zwischen ihm und der Parkfläche lag, und wartete. Er hörte das Startergeräusch und danach ein Knattern, das auf einen löchrigen Auspuff schließen ließ. Erst als das Gefährt anfuhr, lugte er hinter seiner Deckung hervor, um zu sehen, in welche Richtung Raunjak davonfuhr. Dann ging auch er zu seinem Wagen.

Montag, 17 Uhr

Sabine saß auf einem Besuchersessel am Gang der Zentralen Notfallaufnahme im Klinikum Klagenfurt. Nachdem sie mit dem Staatsanwalt und ihren Kollegen Berti Prentners Wohnung inspiziert und dort erwartungsgemäß weder Guido Raunjak noch Simones Gemälde vorgefunden hatte, war sie hierhergefahren, um Berti über die Ereignisse seines heutigen Tages zu befragen. Die zuständige Ärztin hatte sie um etwas Geduld gebeten, da Berti gerade noch untersucht wurde.

Da rief Heinz an und erzählte, was er beobachtet hatte und dass er gerade den grünen Pick-up verfolge. Sabine war wie elektrisiert. „Lass ihn bloß nicht von der Angel! Wenn er die Statuette entschlüsseln kann, hat er die Zigarren, und wenn er dann abtaucht, finden wir ihn wahrscheinlich nie wieder. Auf welcher Strecke seid ihr unterwegs? Ich informiere die Verkehrspolizei."

„Auf gar keinen Fall", rief Heinz. „Wenn er bemerkt, dass er verfolgt wird, ändert er seine Strategie und führt uns sonst wohin, aber nicht zu den Zigarren. Raunjak ist nicht dumm."

„Ich habe nicht vor, ihn zu beschatten, ich will ihn verhaften."

„Weswegen? Er hat doch nichts verbrochen."

Sabine biss sich auf die Unterlippe. Heinz hatte Recht, zumindest so lange Berti Guido Raunjak nicht belastete. Ihr Bruder sprach indessen weiter: „Außerdem, vielleicht führt die Statuette gar nicht zur Beute, sondern zur nächsten Spur? Wer weiß, wie Simone die nächste Botschaft getarnt hat; wenn Raunjak den Schlüssel dazu hat, wird er ihn uns bestimmt nicht geben. Die beste Strategie ist, dass ich ihn verfolge und beobachte, was er tut. Auf die Art führt er uns vielleicht direkt zu Castros Zigarren."

„Na gut, aber du meldest dich regelmäßig alle dreißig Minuten, damit ich weiß, dass bei dir alles in Ordnung ist. Und gib mir das Kennzeichen von dem Pickup durch."

Heinz willigte ein und las Sabine die Autonummer vor; der Wagen war im Bezirk Klagenfurt Land gemeldet. Nach dem Telefonat stand Sabine auf, um sich am Anmeldungsschalter ein Blatt Papier und einen Stift auszuleihen und die Nummer zu notieren, als Bertis Ärztin auf sie zukam und ihr mitteilte, ihr Patient sei jetzt vernehmungsfähig.

„Endlich", sagte Sabine erleichtert und folgte der Medizinerin.

Berti Prentner sah nicht gut aus. Seine Haut war bleich und von einer dünnen Schweißschicht überzogen, die schleimig wirkte. Sein Atem ging schnell und immer wieder überkam ihn ein Zittern. Die Ärztin hatte von einem leichten Schock gesprochen, doch auf Sabine wirkte es gravierender. „Ich bin Sabine Oleschko, Chefinspektorin bei der Kripo Klagenfurt. Ich habe ein paar Fragen an Sie, Herr Prentner."

„Fragen Sie nur, fragen Sie nur", stieß Berti hervor. „Ich erzähle Ihnen alles, Hauptsache, Sie lochen ihn wieder ein, diesen Wahnsinnigen."

„Sie sprechen von Guido Raunjak?"

„Raunjak, ja. Ein Verrückter, ein Irrer. Er hat versucht, mich umzubringen."

„Das ist ein bisschen übertrieben, immerhin hätte er die Gelegenheit dazu gehabt und Sie leben noch."

„Was wissen Sie schon."

„Erzählen Sie der Reihe nach, was passiert ist."

Berti schluckte und zitterte, seine Augen schwammen. „Am Freitag war es, da hat Raunjak mich angerufen. Ich bin aus dem Bau heraußen, hat er gesagt, und ich habe deine Wohnung als Entlassungsadresse angegeben. Aber keine Sorge, hat er gesagt, ich komme eh nicht zu dir, weil mich die Bullen bei dir abpassen werden. Sei die nächsten Tage vorsichtig, hat er gesagt, sie werden dich überwachen. Na bravo, habe ich gesagt, danke, dass du mir die Bullen an den Hals schickst, aber er hat nur dreckig gelacht und aufgelegt."

„Ist der Anruf auf Ihrem Mobiltelefon noch gespeichert?", fragte Sabine dazwischen. „Wenn ich seine Nummer habe, kann ich sein Handy orten lassen."

Berti schüttelte hektisch den Kopf. „Vergessen Sie es, Rufnummernunterdrückung. So einen wie den Raunjak, den kriegen Sie nicht mit so einem billigen Schmäh."

„Na gut, weiter."

„Heute krieg ich einen dicken Brief von einem Notar Sowieso aus Krumpendorf, adressiert an Raunjak, wohnhaft an meiner Adresse. Ich habe den Umschlag aufgerissen und nachgeschaut, weil, was soll's, der

Raunjak kommt eh nicht zu mir. Und da ist so ein Brief drinnen von dem Notar, der schreibt, dass Simone, das war damals dem Raunjak seine Freundin, dass also Simone ihn kurz vor ihrem Tod beauftragt hat, diesen Brief Raunjak zuzustellen, sowie er entlassen wird."

Sabine ging ein Licht auf. So hatte sich das also abgespielt, der Brief war am Freitag verschickt worden, weil Raunjak da entlassen worden war und wegen dem Wochenende war er erst heute bei Berti angekommen. Kein Wunder, dass Raunjak die vergangenen zwei Tage verzweifelt nach Spuren gesucht hatte.

„Der Brief war nichts Besonderes", erzählte Berti weiter, „sie hat geschrieben, wie sehr sie ihn liebt und vermisst und es bedauert, ihn nie wieder in die Arme schließen zu dürfen und so ein Schmus, und dass sie weiß, dass er sie versteht, wenn er sie bloß ansieht. Und ein Foto von sich hat sie ihm dazu gelegt, eines, wo sie schon im Krankenhaus ist. Sie sitzt auf der Bettkante, haltet dieses Gemälde und zeigt mit der Hand darauf."

„Und sonst?"

„Was sonst?"

„Sonst hat sie ihm nichts geschrieben oder beigelegt?"

Berti dachte nach. „Nein. Doch, auf dem Foto hinten ist draufgestanden, wo es aufgenommen worden ist, also im Klinikum und die Station. Pulmo... irgendwas."

Damit war für Sabine alles klar: Simone hatte auf der Fotorückseite vermerkt, wo Raunjak das Gemälde finden würde. Auf dem Foto selbst zeigte sie vermutlich auf den Bildtitel und im Brief hatte sie geschrieben, er würde sie verstehen, wenn er sie nur ansehe. Wenn man den Hintergrund kannte, war die schrittweise Lenkung der Aufmerksamkeit klar, und Sabine zweifelte nicht eine Sekunde daran, dass Heinz, ihre Kollegen oder sie selbst die Botschaft enträtselt hätten – was wohl der Grund dafür war, dass Simone den Brief erst an dem Tag an Guido Raunjak verschicken ließ, an dem er seine Strafe abgesessen hatte. Doch Berti, der Einfaltspinsel, hatte das nicht erkannt. Raunjak wusste schon, wen er in die erste Reihe schob. Sabine verkniff sich ein Schmunzeln. So hatte er den Hinweis auf das Gemälde bekommen und nicht über das Medaillon.

„Was haben Sie dann gemacht?", fragte sie Berti.

Er zuckte mit den Achseln. „Dann habe ich ihn angerufen."

„Raunjak? Ich habe gedacht, er hätte seine Rufnummer unterdrückt."

„Das schon, aber er hat mir eine Nummer durchgesagt, unter der ich ihn erreichen kann, wenn etwas passiert."

„Herr Prentner", fuhr Sabine ihn an, „wenn Sie wollen, dass Raunjak wieder hinter Gitter wandert, dann geben Sie mir besser alles, was Sie haben."

„Schon gut, schon gut." Berti fuchtelte abwehrend mit den Händen. „Ich gebe Ihnen die Nummer, aber Sie wird Ihnen nichts bringen. So einer wie der Raunjak gibt einem bestenfalls die Nummer von einem Wertkartenhandy, und wenn er einmal damit telefoniert hat, schmeißt er es weg. So einer wie der, der ist mit allen Wassern gewaschen. Der ist nicht auf der Nudelsuppe dahergeschwommen, der."

„Ich verstehe!" Sabine hatte Mühe, ihre Wut hinunterzuschlucken. Kleinkriminelle wie Berti logen und betrogen auch noch, wenn es um ihre eigene Haut ging; die konnten offenbar gar nicht anders. „Sie haben ihn angerufen – und weiter?"

„Ich habe ihm den Brief am Telefon vorlesen und das Foto beschreiben müssen. Dann hat er gesagt, ich muss das Gemälde holen gehen und ihm bringen."

„Und?"

„Na ja, ich habe gedacht ... wenn das Bild das letzte Andenken an seine Simone ist, dann ... dann wird es ihm schon etwas wert sein."

„Deshalb haben Sie es mit nachhause genommen." Berti zuckte mit den Achseln und nickte. „Dass die Polizei Ihre Wohnung überwacht, haben Sie also nicht geglaubt?"

Berti kicherte. „Natürlich habe ich das gewusst. Die beiden Kleiderständer in dem dunkelblauen Honda waren ja nicht zu übersehen." Sabine presste die Lippen aufeinander. „Aber es war ja nur ein Bild, warum soll ich das nicht mit in meine Wohnung nehmen?"

Sabine bemühte sich, nicht die Augen zu verdrehen. „Dann haben Sie ihn angerufen und erpresst."

„Nein, er hat mich angerufen, weil ich nicht zum vereinbarten Treffpunkt gekommen bin. Ich habe ihm gesagt, dass ich Geld will, und er hat gesagt, also schön, reden wir darüber. Dann hat er mir erklärt, was ich machen muss: Ich muss ins Strandbad fahren, mir ein Boot ausleihen und damit nach Loretto rudern, zur Lendkanalmündung. Das habe ich gemacht und er hat dort auf mich gewartet. Er ist zu mir ins Boot gestiegen, und wie ich das Geld sehen wollte, hat er mich mit so einem Elektroschocker außer Gefecht gesetzt. Das tut schweineweh, das sage ich Ihnen."

„Wie, er hat Sie gar nicht niedergeschlagen? Die Sanitäter haben doch eine Beule an Ihrem Hinterkopf festgestellt."

„Ich weiß auch nicht, wo die herkommt, vielleicht bin ich nach hinten gefallen und habe mir den Kopf am Sitzbrett angeschlagen. Oder Raunjak hat mir noch eine draufgegeben, wie ich schon bewusstlos war."

„Das würde erklären, warum Sie so lange weggetreten waren. Und dann?"

„Dann weiß ich nichts mehr, dann bin ich erst hier wieder aufgewacht."

Sabine lehnte sich im Sessel zurück und dachte nach. Der Ort war gut gewählt, weil unverdächtig. Außerdem befand sich gleich links nach der Lendkanalmündung ein Schilfgürtel am Seeufer. Wenn Raunjak das Boot dort hineingerudert hatte, dann hatte er den Kleidertausch vornehmen können, ohne gesehen zu werden. Danach war er wohl nach Loretto zurückgefahren, an Land gegangen und hatte das Boot vom Ufer weggeschoben. Strömung, Wind und Wellen hatten es dorthin getrieben, wo es der Stand-up-Paddler entdeckt hatte.

„Gut, Herr Prentner, ich danke Ihnen", sagte Sabine abschließend. „Bitte kommen Sie zu mir ins Sicherheitszentrum, wenn Sie hier entlassen werden, Sie müssen Ihre Aussage noch zu Protokoll geben."

„Mache ich, mache ich. Aber fangen Sie den Wahnsinnigen, haben Sie gehört?"

Montag, 17.30 Uhr

Heinz war dem Chevrolet Pick-up bis nach Klagenfurt gefolgt, von dort weiter bis zur Süduferstraße und auf dieser bis kurz vor Maria Wörth. Hier befand sich die Straße im Hang über dem See, so dass die Einfahrten zu den Seegrundstücken hügelabwärts führten. An einer dieser Einfahrten, sie lag in einem Waldstück, war Guido Raunjak vor einem Gittertor stehen geblieben.

Heinz war weitergefahren, um sich nicht verdächtig zu machen, hatte in Maria Wörth gewendet und war zurückgekehrt. Die Straße war hier schmal und ohne Ausweichmöglichkeit; Heinz stellte den Corrado am seeseitigen Gehweg ab und stieg aus. Er näherte sich der Einfahrt, deren Gittertor wie vorhin mit einer schweren Kette und einem massiven Vorhängeschloss versperrt war. Heinz befürchtete schon, Raunjak hätte seinen Verfolger entdeckt und ihn mit einer Finte abgeschüttelt, da sah er durch das Gitter hindurch den erbsengrünen Pick-up weiter unten vor einem verwahrlosten und verwitterten Gebäude stehen, das eine kaum noch zu entziffernde Schrift als „Engstler-Werft" auswies.

Heinz wunderte sich, denn das Gebäude stand noch im Hang, und eine Werft hatte doch nur dann einen Sinn, wenn sie direkt am Wasser lag. Er ging den verrosteten Zaun entlang, der das Grundstück rechts vom Tor abgrenzte und durch den Wald steil bergab führte, und fand so die Lösung des Rätsels: Die Werft war in zwei Stufen angelegt, wobei in der oberen, vor der der Pick-up stand, wohl die Verwaltungsräumlichkeiten untergebracht waren. Die untere Gebäudestufe lag direkt am Wasser und hatte den Charakter eines wuchtigen Bootshauses, das ebenso vergammelt wirkte wie der vermeintliche Verwaltungstrakt.

Heinz' Blicke tasteten das Gelände hinter dem Zaun ab. Nach seinem Urteil war die Liegenschaft verlassen, und mit Ausnahme des Pick-ups deutete nichts darauf hin, dass sich ein Mensch in einem der Gebäude aufhielt. Er stieg den Hang zur Straße wieder hinauf und ging auf die andere, die linke Seite des Tores, doch hier begrenzte der Zaun das Grundstück bereits an der Straße, womit es für Heinz keine Möglichkeit gab, die

Liegenschaft von der anderen Seite aus zu betrachten. Er beschloss, zunächst einmal mit Sabine Rücksprache zu halten und sich dann weitere Schritte zu überlegen.

Zuerst parkte er den Corrado noch so um, dass er sich in den Schatten der Bäume am Gehsteigrand schmiegte und Heinz einen guten Blick auf die Einfahrt hatte. Eigentlich sah er ja nur das Gittertor, das sich nun zehn oder fünfzehn Meter vor ihm befand, doch mehr brauchte es auch nicht; wenn Raunjak losfuhr, würde er ihn sehen. Er rief Sabine an, aber sie hob nicht ab. Heinz kippte seinen Sitz in eine leichte Liegeposition, blickte zum Tor und wartete auf den Rückruf seiner Schwester, dabei überlegte er sein weiteres Vorgehen. Im Grunde war es wohl das Klügste zu warten, bis Raunjak wieder losfuhr, und sich dann an seine Fersen zu heften. Raunjak würde da drinnen wohl gerade die nächste Etappe der Schnitzeljagd entschlüsseln, auf die Simone Bretgeber ihn, und damit sie alle, postum geschickt hatte. Heinz brauchte also nichts anderes tun, als ihm unauffällig zu folgen und die Polizei einzuschalten, sobald Raunjak Castros Zigarren gefunden hatte. Ach ja, und dann bei Oberhofer seine Prämie zu kassieren.

Nachdem er fast eine Stunde gewartet hatte, wurde Heinz misstrauisch. Bei der Kontrolle seines Handys erkannte er voller Schreck, dass Sabine mittlerweile dreimal angerufen hatte. Während der Inspektion des Grundstücks hatte er den Klingelton auf lautlos gestellt und dann wohl vergessen, ihn wieder zu aktivieren. Er rief sie unverzüglich zurück und anstelle einer Begrüßung fuhr seine Schwester ihn an, wo er denn stecke. Heinz entschuldigte sich und erklärte die Umstände, dann erzählte er, was geschehen war und wo er sich befand.

„Raunjak ist in der alten Engstler-Werft? An der Süduferstraße bei Maria Wörth?", fragte sie zurück.

Heinz zögerte. „Du kennst sie?"

Sie seufzte tief und erklärte. „In der Werft hat man bis in die neunzehnhundertvierziger Jahre Segelyachten gebaut und repariert. Danach ist sie jahrzehntelang leer gestanden, bis sie ein bekannter Kleinkrimineller namens Fredy Koren Ende der Achtziger gekauft hat. Angeblich verdient er mit ihr seinen Lebensunterhalt, er vermietet Winterlagerplätzen für Yachten, aber das glaubt ihm kein Mensch, weil er viel zu wenig Stellfläche hat, als dass sich das rentieren könnte. Meine Kollegen gehen davon aus, dass die Werft ein Stützpunkt für Korens kriminelle Tätigkeiten ist, auch wenn sie ihm das bisher nicht haben nachweisen können. In Raunjaks Akt steht, dass Fredy Koren ihm immer wieder ‚Jobs' verschafft hat, also ihn zu Einbrüchen geschickt oder ihn als Handlanger für Betrügereien herangezogen hat."

„Hast du nicht gesagt, du hättest Raunjaks alte Seilschaften abgeklopft?"

„Habe ich ja auch, und Koren war vorne mit dabei. Aber der Kerl ist aalglatt und Tag und Nacht überwachen lassen kann ich ihn auch nicht." Sabine schilderte nun, was Berti ihr erzählt und welche Schlüsse sie daraus gezogen hatte. Dann gestand sie, dass sie das Kennzeichen des Pick-ups vergessen hatte, und bat Heinz, ihr die Nummer noch einmal durchzusagen.

„Ich habe sie mir auch nicht gemerkt", meinte Heinz, „aber warte, ich gehe nachschauen. Ich rufe dich gleich zurück." Als er aufgelegt hatte, hielt Heinz das Handy unentschlossen in der Hand. Dann entschied er, es diesmal im Wagen zu lassen, zumal er ohnehin gleich wieder hier wäre, und stieg aus. Zwar war es unwahrscheinlich, dass akkurat jetzt jemand anrief und noch dazu Raunjak in Hörweite war, doch wenn er eines im Leben gelernt hatte, dann, dass der Teufel niemals schlief. Als Heinz das Gittertor erreichte, musste er erkennen, wie Recht er hatte.

Kapitel 10

Montag, 18.30 Uhr

Ein geistesgegenwärtiger Sprung über den Straßenrand und in den Wald hinunter rettete Heinz davor, von Raunjak gesehen zu werden. Dessen Pick-up stand nämlich an der Innenseite des Gittertors, der Motor lief und Raunjak stieg gerade aus, um das Schloss an der Kette zu öffnen, das die beiden Torflügel zusammenhielt. Heinz krabbelte auf allen Vieren an den Zaun heran und lugte über die Straßenkante der Einfahrt, auf der der Pick-up stand. Er sah unter den Wagen hindurch Raunjaks Unterschenkel und Schuhe, die in einer Art langsamen Tanzes den Torflügeln auswichen, die soeben geöffnet wurden. Als Raunjak zur Fahrerseite des Autos kam, die Heinz zugewandt war, senkte dieser den Kopf, um unentdeckt zu bleiben. Er hörte, wie der Pick-up anfuhr, roch den Gestank der Abgase. Dann blieb der Wagen wieder stehen und Raunjak stieg erneut aus, um das Tor hinter sich zu schließen.

Heinz' Gedanken rotierten. Raunjak hatte offenbar das Rätsel der Statue entschlüsselt und war auf dem Weg zum nächsten Hinweis. Heinz musste ihm folgen, was nicht weiter ein Problem war, immerhin holte sein Corrado den Kleinlaster allemal ein, doch was, wenn Raunjak nicht zum nächsten Hinweis fuhr, sondern zu den Zigarren selbst? Musste Heinz nicht annehmen, dass Simone Bretgeber die Kiste an einem abgelegenen Ort versteckt hatte, allein schon, um das Risiko klein zu halten, dass sie zufällig entdeckt würde? Was, wenn die Fahrt dorthin über einen engen Waldweg oder eine einsame Bergstraße führte? Dort wäre eine unentdeckte Verfolgung unmöglich. Auf der anderen Seite wäre

Heinz im Corrado flexibler und dadurch sicherer, er hatte sein Handy dort, mit dem er Sabine über den Stand der Dinge informieren konnte.

Raunjak hatte das Gittertor geschlossen und die Sicherungskette angelegt, gerade drückte er das Vorhängeschloss mit einem Klicken zusammen. Heinz spürte, wie ihm die Hitze ins Gesicht stieg. Das Problem war, dass er keine Zeit hatte, Für und Wider gegeneinander abzuwiegen. Raunjak ging schon zur Fahrerkanzel, stieg ein, schloss die Tür.

Nur wer wagt, gewinnt.

Heinz krabbelte den Hang hinauf und hinter dem Pick-up auf die Straße. Als Raunjak die Handbremse löste und das Gefährt ein paar Zentimeter auf Heinz zurollte, widerstand er seinem Fluchtimpuls. Jetzt musste er Nerven bewahren. Raunjak würde vorfahren, bis er beide Fahrtrichtungen der Straße gut im Blickfeld hatte, dann würde er kurz anhalten, um sich zu vergewissern, dass kein Querverkehr käme. Dieser Zeitpunkt war Heinz' Chance, denn in dem Moment würde Raunjaks Aufmerksamkeit auf die Straße gerichtet sein und nicht auf Dinge, die sich hinter ihm abspielten.

Heinz sprang in die Hocke, schnaufte, blickte auf den abgescheuerten und angerosteten Knauf der Anhängevorrichtung und auf die vom Rost teilweise abgeblätterte erbsengrüne Lackierung der hinteren Ladebordwand vor sich. Dann war es so weit. Der Pick-up fuhr an und blieb wieder stehen. Das Aufleuchten der Bremslichter war sein Startsignal: Er watschelte in Hockstellung nach vorne, ergriff mit beiden Händen die Oberkante der Ladebordwand, erhob sich so weit, dass er mit einem Fuß auf die Anhängevorrichtung treten konnte, und hielt geduckt inne. Heinz wog mehr als achtzig Kilogramm, wenn er damit nun die Hinterachse des Pick-ups belastete, würde Raunjak es bemerken. Er musste also warten, bis der Wagen losfuhr, so dass die Anfahrbewegung sein Aufsteigen kaschierte. Mit einem Schwung würde er sich hochziehen, sich seitlich über die Bordwand wuchten, möglichst geräuschlos abrollen und so weit wie möglich vorne auf der Ladefläche liegenbleiben. Sollte Raunjak etwas hören, würde er in den Rückspiegel schauen, durch diesen aber bestenfalls den hintersten Bereich der Ladefläche sehen. Wenn Heinz zu diesem Zeitpunkt schon weiter vorne lag und kein Körperteil in Raunjaks Sichtachse ragte, hatte er fürs Erste gewonnen.

Heinz hörte, wie vorne auf der Straße ein Auto vorbeifuhr, unmittelbar danach ging es los. Sowie sich der Pick-up in Bewegung setzte, verlagerte Heinz sein gesamtes Körpergewicht auf das Fahrzeug und zog sich hoch. Der nun folgende Bewegungsablauf schien sich Heinz' bewusster Kontrolle zu entziehen, doch als es geschehen war, lag Heinz quer zur Fahrtrichtung in der Mitte der Ladefläche auf dem Rücken, hielt die Luft an und wartete auf eine Reaktion. Als keine kam, atmete er tief und zitternd durch und arbeitete sich dann mit kleinen Bewegungen langsam an die vordere Bordwand heran. Zumal die Heckscheibe der Fahrerkanzel nur bis auf die Höhe der Ladewand herabreichte, war Heinz umso besser vor Raunjaks Blicken geschützt, je näher er an der Kanzel lag.

Dort angekommen, blickte Heinz in den Himmel, über den immer wieder Äste huschten, die vom Straßenrand her über die Fahrbahn ragten. Was würde nun geschehen? Raunjak hatte die Fahrspur in Richtung Klagenfurt gewählt, das war das Einzige, was Heinz wusste. Wo die Reise hinging und was ihn dort erwartete, würde er sehen, Sorgen machte er sich nur darüber, wie er unentdeckt wieder vom Pick-up herunterkommen konnte. Denn wenn Raunjak ausstieg und sich umdrehte, etwa um die Fahrertür abzuschließen, würde er Heinz sehen; die leere Ladefläche bot kein Versteck, das das verhindern konnte. Überhaupt kamen Heinz umso mehr Zweifel an der Richtigkeit seiner Entscheidung, je länger er darüber nachdachte. Doch als ihm klar wurde, wie sinnlos diese jetzt waren, wischte er sie beiseite. Er war jetzt hier und es galt, das Beste aus der Situation herauszuholen.

Montag, 19 Uhr

Verena hielt es nicht mehr aus. Die Ereignisse von Samstagnacht spukten ihr seit gestern Morgen ununterbrochen im Kopf herum, vergangene Nacht hatte sie unruhig geschlafen und nur Unsinn geträumt. Sie fühlte sich mies und schuldig und die Vorstellung, diesen Zustand eine weitere Nacht lang ertragen zu müssen, war unerträglich. Früher oder später musste sie die Situation klären, warum also nicht gleich? Selbst auf die Gefahr hin, Heinz mit der Wahrheit so tief zu verletzen, dass er sich von ihr abwandte. Sie wählte seine Nummer und hielt das Handy an ihr Ohr, spürte sich schlucken, fühlte diese kaum auszuhaltende Mischung aus Angst und innerem Widerstand und hatte das Gefühl, all ihre Kraft aufbringen zu müssen, um nicht wieder aufzulegen. Sie schloss die Augen, hörte das Freizeichen einmal, zweimal ... Irgendwann, nach dem fünften oder sechsten Mal, schaltete sich die Mobilbox zu und eine sterile Frauenstimme teilte ihr mit, ihr „gewünschter Teilnehmer“ sei „derzeit nicht erreichbar“.

Sie legte auf, teils erleichtert, teils unzufrieden, dass die Angelegenheit noch immer ungeklärt war. Sie würde ihn später noch einmal anrufen; vielleicht. Vielleicht rief er ja auch zurück, dann würde sie sehen, ob sie den Mut aufbringen könnte abzuheben oder nicht.

* * *

Entschlossen drückte Sabine auf „Verbindung beenden“ und rief in ihrer Dienststelle an. In der vergangenen halben Stunde hatte sie viermal probiert, Heinz anzurufen; dass sie ihn nicht erreichte, konnte nur bedeuten, dass er in Schwierigkeiten steckte. Sie würde eine Streife zur Engstler-Werft beordern, die dort nach dem Rechten sehen sollte.

* * *

Durch das Gelände und die Gebäude, die Heinz aus seiner Liegeposition heraus sehen konnte, wusste er genau, wo er sich befand. Gerade kam die charakteristische Fassade des Seepark Hotels in seine Sichtweite, das an der westlichen Stadtgrenze von Klagenfurt gelegen war. Dann hielt Raunjak an der Minimundus-Kreuzung, offenbar stand die Ampel auf Rot. Hier bekam Heinz ein unerwartetes Problem, denn neben dem Pick-up rollte ein hoher Van heran, dessen Insassen, unter anderem zwei Kinder, freie Sicht auf die Ladefläche des Chevrolets hatten. Selbstverständlich amüsierten sich die Kleinen über den darauf liegenden Mitfahrer, zeigten auf ihn, winkten, schnitten Grimassen und riefen zu ihm herüber. Heinz schloss die Augen und stellte sich desinteressiert. Er hoffte inständig, die Kinder würden damit aufhören, bevor Raunjak auf die

Idee kam nachzuschauen, was auf seiner Ladefläche denn Lustiges zu sehen sei. Doch dann fuhr der Pick-up wieder an, bog nach links weg und hielt sich etwas später rechts, was bedeutete, dass Raunjak in Richtung Krumpendorf fuhr.

Montag, 19.20 Uhr

Als der Wagen endlich anhielt, hatte Heinz fast schon die Hoffnung aufgegeben, überhaupt noch jemals von dieser Ladefläche herunterzukommen. Raunjak war durch Krumpendorf und danach durch Pörtschach gefahren, offenbar ohne auf die Autofahrer und Spaziergänger aufmerksam zu werden, die Heinz entdeckt hatten. Dann hatte er auch noch Töschling hinter sich gelassen und danach bei der Unterführung vor Saag die Bahnlinie gequert, war links abgebogen und in die entgegengesetzte Richtung gefahren, nun auf der Seeseite der Bahntrasse. Heinz, der im nahen Pörtschach aufgewachsen war, kannte diese Gegend offensichtlich nicht so gut, wie er geglaubt hatte, denn als der Pick-up rechts von der Straße abgezweigt und über einen holprigen Weg in einen Wald gefahren war, hatte er keine Ahnung mehr gehabt, wo er sich befand.

Endlich war es so weit, der alte Chevrolet hielt mit kurz aufquietschenden Bremsen an. Jetzt wurde es ernst: Heinz hörte, wie sich die Fahrertür öffnete, und hielt bewegungslos inne. Wenn Raunjak ihn sah, dann ...

Doch er sah sich nicht um, warf nur die Autotür hinter sich zu und ging weg. Als Heinz hörte, wie sich seine Schritte entfernten, hob er vorsichtig den Kopf. Er sah Raunjak mit einer weißen Papierrolle in der

Hand vor einem massiven Gittertor stehen, hinter dem eine Auffahrt zu einem hochgebauten, majestätisch anmutenden Schloss im Wörtherseestil führte. Heinz kannte das Schloss, doch er wusste momentan nicht, wie es hieß und wo genau am See es lag. Rundherum war Wald und das Schloss wirkte verlassen und heruntergekommen. Das Gittertor war angerostet und der asphaltierte Weg, der zu ihm hinführte, voller Schlaglöcher, aus denen zum Teil Gras wuchs. Die Fenster des Schlosses waren mit schweren Balken verbarrikadiert.

Heinz sah, wie Raunjak am Tor rüttelte, doch es bewegte sich nicht einen Millimeter. Dann schritt er rechts der verwitterten Mauer entlang, die an das Tor anschloss und das Grundstück einfriedete. Als die Bäume die Sicht zu ihm verstellten, ließ Heinz sich von der Ladefläche gleiten. Er schlich auf die linke Seite des Tores, in dessen Nähe er einen Nadelbaum ausgemacht hatte, dessen unterste Äste in seiner Reichweite lagen. Heinz sprang hoch, erwischte einen von ihnen und zog sich, indem er sich mit den Füßen so leise wie möglich am Stamm abstieß, nach oben und kletterte von dort weiter, bis er eine Position etwa acht oder zehn Meter über Grund erreichte. Hier war das Astwerk einerseits noch stabil genug, so dass es ihn trug und die nadeltragenden Äste andererseits so dicht, dass Raunjak ihn nicht auf den ersten Blick sehen würde, wenn er denn hersah. Von dieser Position aus sah Heinz vor sich den verwilderten Park und die Front des Schlosses, rechts nur Wald, hinter sich den Weg, den er gekommen war, bis zu dessen Einmündung in die Straße und links glitzerten die kleinen Wellen des Sees zwischen den Bäumen. Offenbar befand sich das Schloss auf einem Kap, denn der Wasserspiegel lag einige Meter unter dem Niveau des Waldbodens.

Heinz blickte die Mauer entlang hinauf und sah, wie Raunjak einen Baum erklomm, der nahe an ihr wuchs. Von dort aus sprang er auf das Mauersims und ließ sich in den Schlosspark hinunter. Er zog die Papierrolle hervor, die er in den Hosenbund gesteckt hatte, um beide Hände frei zu haben, und rollte sie aus. Es schien eine Art Plan zu sein, denn die nächsten Minuten vergingen damit, dass Raunjak langsam der Schlossfront entlangging und die örtlichen Gegebenheiten mit dem Inhalt des Papiers verglich. Er wirkte wie ein Architekt, der sich Gedanken über eine Renovierung machte. Schließlich verschwand er hinter dem Gebäude, um nach einiger Zeit wieder aufzutauchen. Nun rüttelte er an jedem Fensterbalken, den er vom Boden aus erreichen konnte, und auch am Eingangsportal, doch sogar aus der Entfernung erkannte Heinz, dass Fensterläden und Tür zu massiv waren, um sich durch sie mit bloßer Hand Zutritt zum Schloss verschaffen zu können. Raunjak hatte offenbar genau denselben Gedanken, denn er sah sich suchend um und warf auch einen Blick zum Himmel, als prüfte er die Helligkeit des zu Ende gehenden Tages. Schließlich überwand er die Mauer mithilfe eines an ihr wachsenden Busches und ging entschlossenen Schrittes auf den Chevrolet Pick-up zu. Heinz hatte zwar nicht vorgehabt, den Stunt mit der Ladefläche zu wiederholen, denn ein zweites Mal bliebe er wohl nicht unentdeckt, doch als Raunjak nun wegfuhr, fragte er sich, ob er ihn gerade wieder verlor.

Montag, 20 Uhr

Heinz kletterte vom Baum herab und joggte den Weg entlang bis zur Straße. Er musste auf schnellstem Wege zur Werft zurück. Wenn er sich nicht irrte, wollte sich Raunjak Zugang zum Schloss verschaffen, und das gelang ihm nur mit Werkzeug – das er wohl in der Werft holen würde.

Auf der Straße angekommen, versuchte Heinz, sich zu orientieren, doch er war schon ein gutes Stück in Richtung Saag gelaufen, ehe er endlich wusste, wo genau er hier war. Das verlassene Schloss trug den Namen „Villa Werdfried“ und stand auf einer kleinen bewaldeten Halbinsel direkt am See. Besser gesagt, über dem See, denn seeseitig fiel der Fels, auf dem das Schloss gebaut war und der von der Parkmauer gekrönt wurde, rund zehn Meter senkrecht in das Wasser ab. Rechts neben dem Felsen führte ein Hang hinab, der in einem schmalen Badestrand samt verfallenem Bootssteg endete, die beide ebenfalls zur Villa Werdfried gehörten. Als Kinder waren Heinz und seine Freunde immer wieder mit dem Boot hierher gefahren, waren am Badestrand gelegen und hatten über den Hang den Fels und die Mauer darauf erklommen. Oben hatten sie jedes Mal miteinander gewettet, wer sich getrauen würde, ins Wasser zu springen. Wenn er sich recht erinnerte, waren sie vierzehn Jahre alt gewesen, als einer von ihnen den ersten Sprung gewagt hatte; danach war es für alle keine Überwindung mehr gewesen.

Als ihm ein Pärchen mittleren Alters entgegenkam, in dem Heinz auf den ersten Blick Urlauber erkannte, sprach er sie, mittlerweile außer Atem, an: „Bitte entschuldigen Sie, aber ich brauche kurz Ihr Handy.“

Beide rissen die Augen auf. „Wie bitte?“, fragte der Mann mit einem norddeutschen Akzent.

„Ich muss die Polizei anrufen“, erklärte er.

Die beiden sahen einander unschlüssig an.

„Es ist dringend“, legte er nach und meinte schließlich: „oder bitte rufen Sie die Polizei an, ich sage Ihnen die Nummer.“

Den Touristen war anzusehen, dass sie einerseits misstrauisch waren, andererseits aber beruhigt, weil sie ja immerhin die Polizei verständigen sollten. Mit gemischten Gefühlen, die sich alle auf ihrem Gesicht abzeichneten, zog die Frau ihr Handy hervor und tippte die Notrufnummer ein, die Heinz ihr ansagte. Dann übergab sie das Gerät doch an ihn.

Heinz bedankte sich und erklärte dem Polizeibeamten am anderen Ende der Leitung, er müsse mit Chefinspektorin Sabine Oleschko von der Kriminalpolizei sprechen, wisse ihre Nummer aber nicht auswendig. Der Mann erklärte, Heinz nicht weiterverbinden zu können, erklärte sich aber bereit, eine Nachricht an sie zu übermitteln.

„Sagen Sie ihr erstens, Guido Raunjak will in die Villa Werdfried einbrechen, und zweitens, ich befinde mich auf dem Rückweg zur Engstler-Werft.“ Der Gesprächspartner notierte die Angaben und Heinz’ Namen und beendete die Verbindung. Heinz sah die beiden Urlauber lächelnd an und fragte: „Darf ich mir noch ein Taxi rufen?“

Montag, 21 Uhr

Um Geld zu sparen, wollte Heinz mit dem Taxi ursprünglich zu seinen Eltern fahren und sich dort den Opel Kadett seines Vaters ausleihen, entschied sich dann aber dagegen. Das hätte noch mehr Zeit in Anspruch genommen; er hatte schon lange genug auf das Taxi warten müssen. Bei der Engstler-Werft angekommen, bezahlte er mit Kreditkarte und ging schnurstracks zu dem Streifenwagen, der vor dem Gittertor stand.

„Mein Name ist Heinz Sablatnig“, stellte er sich den beiden Uniformierten vor, die darin saßen. „Ich nehme an, Sie warten auf mich?“ Die beiden wirkten erleichtert und gaben eine entsprechende Meldung an die Landesleitzentrale durch. „Richten Sie meiner Schwester aus, ich rufe sie gleich an.“ Heinz ging zum Corrado und holte sein Handy. Als er sah, dass außer Sabine auch Verena angerufen hatte, gab es ihm einen Stich ins Herz, doch sie musste vorerst warten. Er rief Sabine an und erklärte, was in den vergangenen zweieinhalb Stunden geschehen war.

„Nachdem ich dich nicht mehr erreicht habe“, erklärte sie dann, „habe ich eine Streife zur Werft losgeschickt. Als die alles verschlossen vorgefunden hat – bis auf deine Proloschleuder –, habe ich sie angewiesen, auf dich oder auf Raunjak zu warten.“

„Verstehe, Raunjak ist vorbeigefahren, als er die Polizei vor der Einfahrt zur Werft gesehen hat.“

„Das kann nicht sein“, entgegnete Sabine, „ich habe sie nämlich auch angewiesen, nach einem grünen Pickup Ausschau zu halten.“

„Das heißt, Raunjak hat Lunte gerochen“, mutmaßte Heinz und Sabine meinte: „Oder er ist gar nicht zur Werft zurückgefahren.“

„Verdammt, er wird uns doch nicht schon wieder durch die Lappen gegangen sein?“

„Meinst du, er will in die Villa Werdfried einbrechen?“

„Zumindest hat es so ausgesehen, als wollte er hinein.“

„Wo könnte er sonst Werkzeug dafür holen?“

„Keine Ahnung, von irgendeinem alten Kumpel vielleicht, offenbar ist er ja gut vernetzt."

Sabine schwieg für ein paar Sekunden, dann sagte sie: „Ich nehme an, dass der Pick-up zur Werft und damit Fredy Koren gehört. Vielleicht ist Raunjak ja nach Schiefling am See gefahren?"

„Hä? Was sollte er dort wollen?"

„In Schiefling wohnt Fredy, dort steht sein Privathaus."

„Möglich", brummte Heinz.

„Es ist eine Chance. Ich werde die Streife weiterschicken, Raunjak wird ja wohl kaum wieder bei der Werft auftauchen."

„Okay, ich schau mich drinnen einmal um."

„Nix da", fuhr Sabine auf, „du wartest auf mich und ich warte auf einen Durchsuchungsbefehl."

„Bis du den kriegst und hier bist, vergeht eine Stunde. Bis dahin kann Raunjak sich die Zigarren geschnappt und schon über alle Berge sein. Andererseits finde ich da drinnen vielleicht den Hinweis, den Raunjak durch die Statuette erhalten hat."

„Nach dem, was du erzählt hast, befindet sich die nächste Spur wahrscheinlich in der Villa Werdfried. Die lasse ich überwachen, und du wartest und hältst die Füße still, hast du mich verstanden?"

Heinz presste die Lippen aufeinander und knurrte schließlich: „Wenn's sein muss."

„Ja, muss sein. Bis dann." Sabine legte auf. Eine Minute später fuhr der Streifenwagen weg, wohl zu Fredy Korens privater Adresse.

Heinz saß in seinem Corrado und seine Laune schien sich gemeinsam mit den Schatten der Bäume immer mehr zu verdunkeln. In dieser Situation warten zu müssen war das Letzte! Freilich, er konnte die

Zeit nützen und Verena anrufen, doch danach stand ihm jetzt überhaupt nicht der Sinn. Er musste wissen, was Raunjak wusste, und die Chance, dass er das in der Werft herausfinden würde, war verdammt hoch.

„Scheiß drauf", zischte er, schnappte sein Handy und stieg aus.

Kapitel 11

Den Maschendrahtzaun zu überwinden war kein Problem, doch die Eingangstür des oberen Gebäudetrakts, vor dem Raunjak am Nachmittag den Pick-up geparkt hatte, war fest verschlossen. Auf der Suche nach einem Zugang folgte Heinz dem Gebäudekomplex hangabwärts. Der Bau bestand aus verwittertem Holz, von dem die einstmals blau-weiße Lackbemalung großflächig abblätterte. Unten zog sich die Werft bis in den See hinaus, ein Umrunden war unmöglich, ohne dabei nass zu werden. Das brachte ihn auf eine Idee:

Nachdem er sich vergewissert hatte, dass ihm niemand zusah, zog Heinz sich splitternackt aus und schnürte seine Kleider zu einem Bündel, das er mit der rechten Hand auf seinem Kopf festhielt. Mit der linken stützte er sich an der Lattenwand des Werftgebäudes ab, während er langsam Schritt für Schritt in das Wasser watete. Der Untergrund bestand hier aus Schlamm, in dem sich immer wieder große, mitunter spitze Steine verbargen. Diese musste Heinz mit dem Fuß bei jedem Schritt ertasten, ohne dabei das Gleichgewicht zu verlieren. An der äußeren Gebäudekante reichte ihm das Wasser bis zur Brust. Er umrundete sie und sah erleichtert, dass der Zugang zur Werfthalle über die gesamte Breite offen war. Hier befanden sich vier mit schmalen Stegen voneinander abgetrennte Fahrrinnen. Hölzerne Rampen, auf denen Schienen montiert waren, führten von der Werkshalle in sie hinein, offenbar hatte man die Yachten, die hier gebaut wurden, mit Schienenwagen ins Wasser gezogen. Am Boden unter sich erkannte Heinz, dass die Fahrrinnen auch hier noch mit Holz ausgelegt, jedoch wohl schon viele Jahre nicht mehr gereinigt worden waren. Sie waren mit einer dicken Schicht einer haarfeinen Wasserpflanze bewachsen, die alles wie einen weichen, gelblich-grünen Rasen wirken ließen. Aus Erfahrung wusste Heinz, dass dieser Pflanzenteppich auf altem, im Wasser liegendem Holz extrem glitschig war, wenn man auf ihn trat. Deshalb bewegte er sich wie auf Eiern, als er die Rinne durchquerte, und schaffte es auf diese Weise trocken bis zum Ersten der Stege, die die Rinnen voneinander trennten. Dort hievte er sich aus dem Wasser und ließ mit der Atemluft auch die Anspannung aus seinem Körper weichen. Er ging auf dem Steg in den Werftraum und zog sich an, wobei er in Ermangelung eines Badetuchs nass in seine Kleidung steigen musste.

Es war sehr dunkel hier, zumal die Fenster im oberen Hallenbereich vor Schmutz quasi blind waren und wegen der bereits untergegangenen Sonne nur noch schwaches Tageslicht durch die offene Seeseite einfiel. Dennoch konnte Heinz erkennen, dass dieser Raum früher einmal wohl die Montagehalle gewesen war, zumindest deuteten die herumstehenden Gerätschaften darauf hin: Auf der Rampe zur dritten Fahrrinne befand sich ein Schienenwagen, der mit charakteristischen Halterungen ausgestattet war, wie Heinz sie von Bootsanhängern für Autos kannte. Über sich sah er die Umrisse eines Deckenkrans. Heute schien nur noch die Werkstatt regelmäßig benutzt zu werden, die im hangseitigen Bereich eingerichtet war, und auf der ihm gegenüberliegenden Seite der Halle erkannte Heinz drei aufgebockte Yachten, deren Schutzplanen bei näherer Betrachtung den Eindruck machten, als wären ihre Eigner bereits vor Jahrzehnten verstorben. Das einzige modern anmutende Fahrzeug war ein

Elektroboot, das in der zweiten Fahrrinne vertäut lag. Heinz schritt durch die Werkstatt zur hinteren Wand, wo sich mehrere Türen befanden, die, wie er gehofft hatte, unversperrt waren. Eine von ihnen führte zu einer völlig verschmutzten, uralten Toilette, eine zweite zu einem Abstellraum und die dritte zu einer Holztreppe, über die man offenbar ins obere Stockwerk gelangte. Er drehte an einem vorsintflutlichen Lichtschalter aus Bakelit, doch die Lampe, wenn es denn überhaupt eine gab, blieb dunkel. Heinz musste sich also Stufe für Stufe durch das stockfinstere Stiegenhaus tasten, bis er an das obere Ende der Treppe gelangte, wo sich eine Tür befand. Sie schien verschlossen zu sein, doch als Heinz es mit etwas mehr Kraft versuchte, zeigte sich, dass sie nur klemmte.

Er befand sich nun im oberen Gebäudetrakt, in einem Vorzimmer mit mehreren Fenstern. Durch eines davon sah er die Einfahrt und das Gittertor. Er wandte sich nach rechts, wo er durch eine Tür in einen Gang gelangte, in dessen linke Wand Fenster eingelassen waren und von dem rechts mehrere Türen abgingen, die Heinz nacheinander öffnete. Dahinter lagen Verwaltungsräume, von denen einige offensichtlich noch genutzt wurden, andere wiederum verkommen waren.

In einem der verwahrlosten Zimmer stand auf einem von zwei wackeligen alten Sesseln ein Rahmen, an dem ein schmaler Streifen Leinwand befestigt war. Auf einem ebenso wackeligen alten Tisch lagen, neben anderen Gegenständen, Scherben, die mit einem farbigen Karo-Mosaik bemalt waren, das Heinz vertraut war. Er sah sich nach einem Lichtschalter um und fand einen aus vergilbt weißem Plastik. Als er ihn umlegte, klackte es laut, und tatsächlich erhellte gleich darauf eine Deckenleuchte den Raum.

Heinz sah sich um – hier war er richtig: Auf dem Tisch stand noch ein Aschenbecher voller frischer Zigarettenstummel sowie ein altes Telefon mit Wählscheibe, dessen Kabel in einer Buchse an der Wand steckte, direkt neben einer zerschlissenen und fleckigen Matratze, die dort am Boden lag. Weiters befanden sich ein paar abgenützte, verrostete Werkzeuge auf dem Tisch, eine Spachtel, ein Tapetenmesser, ein Hammer und ein transparent-roter Schutzumschlag für ein Schulheft.

Heinz widmete sich zunächst den Scherben: Sie ließen sich schlüssig zusammenfügen und ergaben mit wenigen Handgriffen die Statuette von Simone Bretgebers Grab. Offenbar war die nächste Botschaft im Inneren der Skulptur verborgen gewesen. Heinz fluchte leise. Das war doch so naheliegend! Hatten die Kriminalisten das Ding damals nicht geröntgt? Er griff nach einem danebenliegenden zerknüllten Blatt vergilbten Papiers, faltete es auseinander und las: „Blick' durch eine rote Brille – kratz ab!"

Noch bevor er sich fragen konnte, was das bedeuten mochte, hörte er draußen am Gang ein Geräusch, als tappte jemand leise über den Boden. Heinz sah sich fieberhaft um und schnappte schließlich den Hammer, den er verkehrt hielt, so dass er dessen Griff als Knüppel verwenden konnte. Damit eilte er auf Zehenspitzen zur Tür und wollte sich dahinter verstecken – als von draußen eine Katze zu ihm hereinblickte. Heinz war im ersten Moment erleichtert, kontrollierte aber vorsichtshalber dennoch den Gang. Als er niemanden sah, entspannte er sich ein wenig und betrachtete die Katze, die einen reichlich zerzausten Eindruck machte: Ihr Fell wies kahle Stellen auf, sie war mager, hinkte auf drei Pfoten, hatte ein vertrocknetes Auge und beide Ohren waren ausgefranst. Heinz fand, dass das Tier gut zu dieser alten Werft passte. Die Katze hinkte weiter den Gang entlang und verursachte dabei tapsende Geräusche. Heinz widmete sich wieder dem Inventar des Raumes, den ganz offensichtlich Guido Raunjak für sich in Beschlag genommen hatte.

Bei dem Bilderrahmen handelte es sich zweifelsfrei um die Reste von Simones Gemälde, das Berti aus dem Klinikum gestohlen hatte, Raunjak hatte es anscheinend aus dem Rahmen geschnitten. Rätselhaft erschienen Heinz hingegen die farbigen Krümel, die um den Sessel verstreut am Dielenboden lagen. Er hockte sich hin und zerrieb einige davon zwischen den Fingern. Doch gerade, als ihn eine Ahnung beschlich, was hier geschehen sein mochte, fiel sein Blick auf das Medaillon, das zwischen den Werkzeugen auf dem Tisch lag. Heinz richtete sich auf und nahm es in die Hand – und ein Schauer lief über seinen Rücken. Dieses Medaillon war vierunddreißig Jahre lang um Simone Bretgebers Hals gehangen, die letzten dreizehn davon in einem Sarg. Sein Finger strich über das gefräste Muster, das die beiden nach außen gewölbten Seiten des kleinen goldenen Ovals zierte, und öffnete es. – Es war leer. Heinz legte das Medaillon zurück zu den anderen Gegenständen, holte sein Handy hervor und fotografierte alles. Dabei sah er, dass er eine SMS bekommen hatte, eine SMS von Verena. Ein leises Tappen und Knarren vor der Tür ließ ihn innehalten – doch da war nichts. Er öffnete die SMS und las: „Bitte entschuldige wegen Samstag. Kann verstehen, dass du nicht abhebst. Können wir miteinander reden? Bitte ruf an! Bussi, Verena“

Bussi?

Heinz lächelte; es brannte, als seine Augen feucht wurden. Verena wollte die Dinge geradebiegen, das war gut. Auch ihm lag daran, mit ihr zu reden, aber momentan war dafür ein denkbar ungünstiger Zeitpunkt. Er setzte gerade dazu an, ihr zu schreiben, als er im Augenwinkel einen Schatten im Türrahmen sah und hochschreckte. Der Schock fuhr wie ein Blitz durch Heinz und machte ihn kurz bewegungsunfähig. Dort, keine zwei Meter von ihm entfernt, stand Guido Raunjak und sah ihn an; unverwandt, aber auf eine bedrohlich stumme Art missbilligend. Mit lautem, aggressivem Knistern flackerte ein blauweißes Licht in seiner Hand auf, das hektisch zwischen den Metallkontakten eines Elektroschockers zuckte.

Montag, 21.30 Uhr

Verena saß in ihrer Wohnung auf der Couch und starrte in den Fernseher, doch sie bekam nichts von dem mit, was da über die Mattscheibe flimmerte. Sie wollte nur, dass sich etwas bewegte und dass sie hörte, wie Menschen miteinander sprachen; wollte nicht allein sein. Das tröstete sie ein wenig, machte die Sache aber nicht leichter. Nach langem Ringen hatte sie Heinz eine SMS geschrieben, doch bis jetzt hatte er noch nichts von sich hören lassen. Es ärgerte sie, dass sie das Warten auf seine Antwort nicht aushalten konnte. Sie fühlte sich wie ein Schulmädchen, das sich zum ersten Mal verliebt hatte.

Verliebt! War sie tatsächlich verliebt? In Heinz? War es nicht nur das schlechte Gewissen?

Verena wusste, dass sie in diesem Punkt nicht ehrlich zu sich selbst war. Bis über beide Ohren und zur Zimmerdecke hinauf hätte sie in ihn verliebt sein können – sie hätte es wahrscheinlich trotzdem nicht zugegeben. Und sie hasste sich dafür.

Plötzlich piepste ihr Handy. Wie um all ihre Ausflüchte Lügen zu strafen, schnellte ihre Hand nach vorne und ergriff das Gerät. Als sie sah, dass die eingegangene SMS tatsächlich von Heinz stammte, begann ihr Herz schneller zu klopfen.

„Um 22 Uhr beim Lido"

Hastig tippten ihre Daumen auf dem Display: „Bis dann."

* * *

Heinz erwachte, weil ihm ins Gesicht geschlagen wurde, in kurzen Abständen, wieder und wieder. Als er zu sich kam, spürte er brüllende Kopfschmerzen und es dauerte einige Sekunden, bis das Bild vor seinen Augen klar wurde: Guido Raunjak saß vor ihm auf einem verkehrt gestellten Sessel, die Unterarme auf der Lehne, und blies ihm jedes Mal den Rauch ins Gesicht, wenn er einen Zug von seiner Zigarette nahm. Heinz saß auf dem zweiten Sessel, seine Unterarme und Unterschenkel waren daran gefesselt.

„Na los, wach auf, wach auf!" Raunjak verpasste ihm eine weitere, harte Ohrfeige; seine Stimme klang tief, rau, fordernd und ungeduldig.

Heinz sah ihn an: Raunjak war ein bulliger, muskulöser Kerl in Heinz' Alter. Er trug seine blonden, etwa zehn Zentimeter langen Haare in der Mitte gescheitelt, hinten reichten sie ihm fast bis zu den Schultern. Wangen, Kinn und Hals waren mit harten Bartstoppeln übersät und sein struppiger blonder Schnauzbart reichte an beiden Seiten senkrecht bis zum Unterkieferknochen. Der Blick aus seinen blauen Augen wirkte rücksichtslos und brutal.

Heinz erinnerte sich, wie Raunjak ihn außer Gefecht gesetzt hatte: Er war auf ihn zugekommen und Heinz hatte versucht, ihn auszutricksen. Er hatte angetäuscht, links an ihm vorbei zur Tür springen zu wollen, war dann aber nach rechts gesprungen. Doch Raunjak hatte beide Bewegungen geschmeidig mitgemacht, wie eine Katze. Es war offensichtlich, dass Heinz ihm bei einer körperlichen Auseinandersetzung nicht einmal ansatzweise das Wasser hätte reichen können. Raunjak hatte ihm den Elektroschocker in den Bauch gerammt und das Letzte, an das Heinz sich erinnerte, war ein harter, elektrisierender Schmerz, der ihm gleichzeitig in alle Knochen und ins Herz gefahren war.

Diesmal war es Raunjaks Handrücken, auf der eine grüne Schlangentätowierung prangte, der auf Heinz' Backe klatschte. „Was ist? Bist du wach? Sag schon!" Wieder blies er ihm Rauch ins Gesicht und als Heinz zu Husten begann, lachte er roh. „Na also. Und jetzt spuck's aus, was bist du für einer?"

Heinz war zu benebelt, um klar denken zu können. Dass sein Kidnapper ihn nicht kannte, gab ihm die Chance, ihn zu täuschen, doch leider ließ sich eine Scheinidentität nicht so einfach aus dem Ärmel schütteln und eine plausible Ausrede für Heinz' Anwesenheit erst recht nicht.

Guido Raunjak starrte ihn einige Sekunden lang abschätzend an. „Hat dich der Berti auf mich angesetzt, das kleine Arschloch?"

Heinz fiel auf, dass Raunjak sich bemühte, Hochdeutsch zu sprechen, was etwas eigentümlich klang. Er fragte sich, warum er das tat. Raunjak griff zum Tisch, nahm Heinz' Handy und begann, darauf herumzutippen. Heinz erkannte, dass Raunjak ihm während seiner Bewusstlosigkeit die Taschen geleert und alles auf den Tisch gelegt hatte.

„Neugierig bist du", sagte Raunjak nach einer Weile, ohne den Blick vom Display zu nehmen, „ein echter Schnüffler."

Aus den gleichmäßigen Wischbewegungen seiner klobigen Finger schloss Heinz, dass er sich die Fotos ansah. Das brachte ihn auf eine Idee.

„Ich bin Krankenpfleger", sagte er. Sein Mund war trocken, seine Stimme klang belegt. „Ich arbeite auf der Station für Pulmologie im Klinikum. Dort ist dieses Bild gehangen, von Simone Bretschneider, mit dem Foto und dem ganzen Drumherum. Meine Kollegen haben mir ihre Geschichte erzählt."

Rauch umhüllte Heinz' Gesicht, er musste husten. Raunjak fixierte ihn. „Was bist du, ein Krankenpfleger?"

Heinz ließ sich nicht beirren. „Als das Gemälde verschwunden ist und ich erfahren habe, dass Sie auf freiem Fuß sind, war mir klar, dass das Bild Sie irgendwie zu Ihrer Beute von damals führen wird. Da habe ich eins und eins zusammengezählt und es mir auf einem Foto durch eine rote Brille angeschaut. Zum Friedhof bin ich zu spät gekommen, da waren Sie schon dort, aber zumindest bin ich Ihnen bis hierher gefolgt." Wieder wallte ihm Rauch ins Gesicht.

Raunjak hatte seine Aufmerksamkeit erneut auf das Handy gerichtet. „Eine liebe Geschichte", meinte er, „und die Fotos von meiner Freundin im Gefängnis, die hast du wahrscheinlich von einem Patienten, der zufällig Wärter im Bau war, oder?"

Heinz schluckte. Er wusste, seine Geschichte war seicht, doch eine bessere war ihm auf die Schnelle nicht eingefallen. Eines stand zumindest fest: Guido

Raunjak war nicht nur ein schwerer Junge, er war auch nicht auf den Kopf gefallen.

„Diese Verena Bacher, was ist das eigentlich für eine?", fragte er unvermittelt. Heinz spürte, wie sein Herz einen Schlag lang aussetzte. Er erwiderte nichts. „Ich glaube, die gehe ich mir anschauen." Raunjak hielt Heinz das Handy so hin, dass dieser seine SMS an Verena sehen konnte, mit der er sie zum Lido bestellt hatte. Verena hatte die Einladung angenommen.

Ein Schwall Hitze fuhr Heinz aus der Bauchgegend bis in die Haarspitzen. „Halt sie da raus", rief er im Reflex – und bereute es im selben Moment.

Raunjak lachte wieder roh und warf das Handy auf den Tisch. „Dein Schatzi ist sie, habe ich mir gleich gedacht." Er zog an seinem Zigarettenstummel und drückte ihn an Heinz' rechter Halsseite aus; ein grauenhafter Schmerz durchfuhr ihn. Im Aufstehen sagte Raunjak: „Schauen wir einmal, ob sie etwas über dich weiß. Und wenn nicht ..." Er nahm den Elektroschocker vom Tisch und ließ ihn einmal knistern. „... nach dreizehn Jahren in Stein ... so hässlich ist die sicher nicht."

„Raunjak!" Heinz' Stimme überschlug sich. Der aber ignorierte ihn, nahm Heinz' Autoschlüssel und sagte im Gehen: „Ich nehme an, die Kleine wird deinen tiefergelegten VW erkennen."

„Bleib da, ich rede!" Doch anstelle einer Antwort hörte Heinz nur noch Raunjaks Schritte, die sich entfernten, und später, wie die Tür, die ins Freie führte, ins Schloss fiel.

Kapitel 12

Montag, 21.55 Uhr

Verena hatte ein mulmiges Gefühl in der Magengegend. Es war fünf Minuten vor zehn, doch das Restaurant Lido, das direkt an die Strandpromenade der Wörthersee-Ostbucht grenzte, war finster. Auch von den Parkplätzen waren erstaunlich wenige besetzt. Sie stellte ihren Wagen ab und ging zum Eingang. Dort hing ein Schild mit der Aufschrift: „Wegen Besitzerwechsel vorübergehend geschlossen."

Verena ging zum Parkplatz zurück. Heinz hatte davon wohl auch nicht gewusst, sonst hätte er sich nicht hier mit ihr verabredet. Sie würde im Auto auf ihn warten, zusammen könnten sie dann ein anderes Lokal suchen.

Doch Heinz kam nicht zur vereinbarten Zeit, ein Umstand, der ihm überhaupt nicht ähnlich sah. Je länger Verena wartete, desto mulmiger wurde ihr. Um acht Minuten nach zehn kam endlich ein Auto. Die charakteristischen Scheinwerfer ließen darauf schließen, dass es sich um das von Heinz handelte. Verena wollte schon aussteigen, aber als der mattschwarze Corrado langsam an ihrem Auto vorbeifuhr, sah sie, dass der Fahrer eine glimmende Zigarette im Mund hatte – doch Heinz war Nichtraucher.

Was war hier los? Wer war es, der Heinz' Wagen steuerte? Und hatte der sie hierher gelockt?

Aber wie konnte das sein? Immerhin war die SMS doch von Heinz' Handy gesendet worden. Verena verspürte den Impuls, einfach wegzufahren, doch sie hielt sich zurück. Wer immer der Mann in Heinz' Auto war, sie durfte ihn nicht auf sich aufmerksam machen. Sie rutschte in ihrem Sitz langsam so weit nach unten, dass sie gerade noch aus dem Seitenfenster sehen konnte. Nun konnte sie beobachten, wie der Mann den Corrado einparkte, ausstieg und sich umsah. Er war größer als Heinz und auch grobschlächtiger, seine Bewegungen hatten etwas von einem Angeber. Der Unbekannte ging auf und ab, sah auf seine Armbanduhr, wartete.

Und was, wenn Heinz ihn geschickt hatte?

* * *

Gleich nachdem Raunjak gegangen war, hatte Heinz damit begonnen, wie verrückt an seinen Fesseln zu zerren. Ein Blick nach unten hatte ihm gezeigt, dass es sich dabei um das Telefonkabel handelte, das er unmöglich zerreißen konnte. Also würde der klapprige Sessel dran glauben müssen. Heinz hatte sich seitlich umgeworfen und den Sessel mit heftigen Bewegungen immer wieder zu Boden gerammt. Die Prozedur war langwierig und schmerzhaft gewesen, denn der Sessel hatte trotz seines Alters noch erstaunlich gut gehalten. Nach langem Kampf hatte er aber doch den Geist aufgegeben.

Nun drückte Heinz mit den Fingern einen Stab der zertrümmerten Rückenlehne aus seiner Handfessel. Die Spannung der Verschnürung ließ dadurch so weit nach, dass er zuerst die linke und dann die rechte Hand herausziehen konnte. Dann löste er das Kabel von seinen Unterschenkeln und tastete seinen dröhnenden Kopf ab. Am Hinterhaupt spürte er eine große, schmerzende Beule. Heinz nahm sein Handy vom Tisch. Es war kurz nach zweiundzwanzig Uhr, möglicherweise noch nicht zu spät. Er wählte Verenas Nummer und wartete. Zwischen den Freizeichentönen hörte er sein eigenes Herz pochen. Die Mobilbox schaltete sich zu.

Heinz fluchte und probierte es bei Sabine, die gleich nach dem ersten Klingeln abhob.

„Ich bin schon unterwegs, Heinz, ist schneller gegangen, als ich ..."

„Wie schnell kannst du ein Handy orten?", fiel er ihr ins Wort. Sabine war überrascht und begann zu stammeln, was denn los sei, woraufhin Heinz ihr in kurzen Sätzen schilderte, was vorgefallen war und dass Verena in großer Gefahr schwebte. Seine Schwester hörte ihm schweigend zu und begriff den Ernst der Lage sofort, denn sie sagte: „Okay, schick mir ihre Telefonnummer, ich regle das und melde mich dann wieder." Damit legte sie auf.

Auch wenn Heinz das nicht vollends beruhigte, so war er doch erleichtert; er schickte ihr Verenas Nummer.

Zwei Minuten später rief seine Schwester wieder an. „Eine Streife ist zum Lido unterwegs und Verenas Handy wird geortet. Sobald wir wissen, wo es ist, fährt auch dort eine Streife hin."

„Danke."

„Wir sind in ein paar Minuten bei dir."

Als Sabine das Telefonat beendet hatte, packte Heinz ein Schwindel, der ihn auf den noch intakten Sessel zwang. Der Stromstoß, der Schlag auf den Kopf und die Aufregung – das war alles ein bisschen viel, er musste einen Gang zurückschalten. Es hatte ohnehin keinen Sinn, jetzt im Kreis zu laufen, das würde Verena nicht helfen. Doch Heinz musste hier heraus!

Mit unsicheren Schritten verließ er das Gebäude und ging die Einfahrt nach oben, um dort auf Sabine zu warten. Das Tor war versperrt, Heinz musste ausharren, bis die Polizei kam und die Kette aufknackte. Er sah die Straße entlang, die aus Reifnitz hierher führte, und von wo er Sabine und ihre Leute erwartete. Da vorne links war sein Corrado gestanden – stattdessen war dort jetzt ein rotweißer Fiat Cinquecento mit einem Kennzeichen aus dem Bezirk Klagenfurt-Land zu erkennen. Heinz fragte sich, wem er wohl gehörte, immerhin war hier außer der Einfahrt über eine Strecke von vielleicht einhundert Metern nur Wald. Hier parkte niemand, um spazieren zu gehen, schon gar nicht auf dem Gehweg und erst recht nicht in der Nacht. Heinz überwand sein Schwächegefühl und überkletterte mit langsamen Bewegungen den Zaun. Der Innenraum des Fiats war leer – bis auf eine weiße Papierrolle am Beifahrersitz, genau so eine, wie Raunjak sie bei der Villa Werdfried mitgehabt hatte. Heinz versuchte, die Tür zu öffnen, doch der Wagen war verschlossen. Er überlegte. Konnte das sein? Vielleicht hatte Raunjak bemerkt, dass er beschattet wurde und deshalb das Auto gewechselt? War er bei der Rückfahrt von der Villa Werdfried vielleicht doch hier vorbeigekommen und hatten die Streifenpolizisten den grünen Pick-up einfach übersehen? Aber warum war er dann später trotzdem hierher zurückgekommen?

Mysteriös, das Ganze!

Wenig später kam die Polizei. Vorneweg fuhr Sabine mit dem Staatsanwalt in ihrem zivilen Dienstwagen, gefolgt von einem Kleinbus und drei Coupés der Polizei. Die Kolonne hielt mit blinkenden Blaulichtern auf der rechten Fahrspur und alle stiegen aus. Sabine wies die Männer ein und ein Uniformierter übernahm das Kommando. Dann kam sie zu Heinz und umarmte ihn. „Gott sei Dank, es geht dir gut."

„Gut ist relativ", meinte er.

Sie flüstere ihm ins Ohr: „Wenn du so etwas noch einmal abziehst, bringe ich dich um."

„Sind Sie Herr Sablatnig?", fragte der Staatsanwalt, ein schlanker Mann mit Brille, Scheitel und ernstem Gesicht.

„Ja?" Heinz schüttelte dem Mann die Hand, der sich ihm vorstellte und erklärte: „Es dürfte Ihnen klar sein, dass Ihre Handlungen den Tatbestand des Einbruchs erfüllen."

„Ich bin nicht eingebrochen, ich bin eingestiegen und habe dabei keinen Schaden angerichtet."

Der Jurist wollte etwas erwidern, doch da schaltete sich Sabine ein: „Über das können wir später noch reden, jetzt geht es um dringendere Angelegenheiten. Heinz, bist du sicher, dass wir die nächste Spur in der Villa Werdfried finden?"

„Ja. Und der Beweis dafür liegt da drinnen." Heinz zeigte in den Innenraum des Cinquecento. Ohne zu zögern stieß Sabine einen schrillen Pfiff aus und beorderte einen ihrer Männer zu sich, dem sie befahl, das Auto zu öffnen.

„Augenblick, wenn ich bitten darf", protestierte der Staatsanwalt, doch Sabine zischte ihm zu: „Gefahr in Verzug."

Daraufhin entfernte sich der Jurist mit einem finsteren Gesicht.

Während Sabine telefonisch vom Kriminaldauerdienst erfuhr, dass der Fiat auf Fredy Korens Ehefrau angemeldet war, sah Heinz zu, wie die Polizisten die Kette am Tor knackten und die Einsatzfahrzeuge nacheinander zum Administrationsgebäude der Werft hinunterfuhren. Wenig später waren auch die Türen des Cinquecento geöffnet und Sabine holte die Papierrolle heraus. Sie rollte sie auf dem Dach des Kleinwagens aus, und als Heinz einen Blick darauf geworfen hatte, verstand er schlagartig alles.

Die Rolle bestand nicht aus Papier, es war eine Leinwand. An den Resten der Ölfarbe und den ausgefransten Rändern erkannte er in ihr das Gemälde von Simone Bretgeber, nur, dass es kein Gemälde mehr war. Raunjak hatte die Farbe abgeschabt – und damit offensichtlich die Botschaft aus der Statuette „Blick' durch eine rote Brille – kratz ab" befolgt. Unter der Malerei war eine Skizze zum Vorschein gekommen, ein Gebäudegrundriss, betitelt mit: „Villa Werdfried, Dachgeschoss". Heinz erkannte in der Zeichnung die Anordnung der Türmchen, die aus dem Dach des Schlosses ragten. Etwa in der Mitte des Plans befand sich ein Kästchen, das Heinz keinem baulichen Element zuordnen konnte. Darin eingezeichnet war ein deutlich sichtbares „X".

„Bingo", raunte er, und als Sabine ihn fragend ansah, meinte er: „Lass uns hinfahren, unterwegs erkläre ich dir alles."

Auf der Fahrt zur Villa Werfried erzählte Heinz seiner Schwester die Hintergründe. Dann berichtete sie, dass die Polizeistreife, die sie zu Fredy Koren geschickt hatte, nichts hätte ausrichten können. Koren hatte abgestritten, Raunjak in den vergangenen dreizehn Jahren gesehen zu haben, und war dabei sehr heftig geworden.

„Zumindest habe ich herausfinden können, dass auf seinen Namen unter anderem ein Chevrolet Pick-up angemeldet ist, den er ebenso wenig als gestohlen gemeldet hat, wie den Wagen seiner Frau oder die Schlüssel für die Werft. Das bedeutet, dass er Guido Raunjak freien Zugang zu beiden Fahrzeugen und zur Werft gestattet hat, und deshalb werde ich den lieben Fredy Koren auf freiem Fuß wegen Mittäterschaft anzeigen."

„Was kann Raunjak noch in der Werft gewollt haben, als er mich überrascht hat?", fragte Heinz nach einer Weile. „Er hat die Spur doch gefunden und den Lageplan hat er auch gehabt. Und warum lässt er ihn im Auto liegen?"

Sabine dachte nach, dann sagte sie: „Keine Ahnung." Nach einer Weile fuhr sie fort: „Ich habe übrigens die alte Kaiser zur Villa Werdfried bestellt."

Heinz lachte. „Die alte Kaiser, echt?"

„Ja, immerhin muss sie uns das Schloss aufsperren."

„Was hat sie gesagt?"

„Sie hat gesagt, sie wird ihren Chauffeur wecken, weil sie selbst um diese Uhrzeit schon viel zu betrunken ist."

Beide lachten und Heinz meinte: „Bei der weiß man nie, ob sie Witze macht oder nicht, weil immer beides möglich ist."

Sabines Handy läutete und sie aktivierte die Freisprecheinrichtung, dadurch konnte Heinz den Bericht der Landesleitzentrale in Sachen Verena Bacher mithören. Er hielt den Atem an. Die Streife, die zum Lido gefahren war, hatte dort weder Verena noch Raunjak noch deren Autos vorgefunden. Die Beamten waren nun unterwegs zu Verenas Wohnung, weil sich dort, laut dem Ergebnis der Handyortung, ihr Mobiltelefon befand. Der Mann von der Landesleitzentrale versprach, sich zu melden, sobald es Neuigkeiten gab.

„Verdammt", flüsterte Sabine nach dem Telefonat und erntete dafür einen überraschten Blick ihres Bruders.

„Was hast du?"

„Nichts, nichts. Wahrscheinlich ist eh alles in Ordnung, aber ...“

Heinz sah sie forschend an. „Ja?“

„Ich meine nur, falls ... weißt du, eine Geiselnahme in den eigenen vier Wänden ist eine haarige Angelegenheit.“

Heinz schluckte schwer.

Montag, 23 Uhr

Als sie beim Schloss eintrafen, standen dort schon ein Streifenwagen sowie ein großer Jaguar vor dem Tor der Schlossmauer und daneben zwei Beamte und Lieselotte Kaiser. Frau Kaiser zog an einem langen Zigarettenspitz. Sie war extrem schlank und trug ein perfekt sitzendes Abendkostüm, das aber unzeitgemäß wirkte, genauso wie die Art, in der sie geschminkt war. Sabine und Heinz stiegen aus und begrüßten die Anwesenden, wobei Frau Kaiser Heinz graziös den Handrücken hinhielt. Er nahm sie wie mit Samthandschuhen, beugte sich darüber und deutete einen Handkuss an, was die Dame mit einem geschmeichelten Lächeln und einem affektierten Niederschlagen ihrer verlängerten Wimpern quittierte.

Lieselotte Kaiser war die Besitzerin der Villa Werdfried, in der sie seinerzeit mit ihrem Mann gelebt hatte. Die nunmehr Sechsundsiebzigjährige galt in den Neunzehnhundertsechzigern als die Partytigerin am Wörthersee schlechthin und war seit jenen Tagen am ganzen See bekannt. Ihr Mann, der vierzig Jahre älter gewesen war, verfügte über einen sagenhaften Reichtum, um dessen Herkunft sich auch heute noch

Legenden rankten. Die einen erzählten, er hätte eine Automobilfabrik besessen, die anderen behaupteten, er hätte mit Waffen das große Geld gemacht. Genaues wusste niemand und wollte auch niemand wissen, denn es war viel schöner, Gerüchte zu verbreiten. Nach seinem Tod Anfang der siebziger Jahre übersiedelte seine Frau aus dem Schloss in eine luxuriöse Wohnung in Velden, wo sie auch heute noch residierte. Die Villa Werdfried stand seither leer und verfiel.

Als vor Jahren ein Zeitungsjournalist einen Artikel über die Villa schrieb und Lieselotte Kaiser fragte, warum sie das schöne Schloss denn so verfallen lasse, antwortete sie, sie verbrauche das Geld, das eine Renovierung kosten würde, lieber selbst, und es zu verkaufen hätte sie nicht nötig.

Die Wahrheit war, dass Frau Kaiser mit den Problemen der wirklichen Welt nichts am Hut haben wollte. Und auch wenn ihr Körper mittlerweile genauso verfiel, wie ihr Schloss, lebte sie dennoch nach wie vor in uneingeschränktem Luxus, zog von einer Party zur nächsten oder veranstaltete selbst welche und hatte sich, wenn man den Alten glaubte, seit den neunzehnhundertsechziger Jahren in ihrer Art überhaupt nicht verändert. Sie war extrovertiert, versnobt und voller Allüren – im Grunde aber ein herzensguter Mensch.

„Ich danke Ihnen, dass Sie so spät noch gekommen sind", sagte Sabine. „Darf ich Sie jetzt bitten, die Villa für uns zu öffnen?"

Lieselotte Kaiser nickte gnädig, wandte den Kopf leicht in Richtung Jaguar und sagte mit leicht erhobener Stimme: „Sebastian, den Schlüssel, bitte." Dem Wagen entstieg ein Mann in einem schwarzen Anzug, der eine Chauffeursmütze trug. Heinz und Sabine sahen einander an und bemühten sich, keine erkennbare Emotion in diesen Blick zu legen. Frau Kaiser entging er trotzdem nicht, weshalb sie amüsiert erklärte: „Eigentlich heißt er Karli. Aber ich finde, Sebastian passt besser zu seinen Aufgaben. Sebastian, öffnen Sie den Herrschaften bitte Tür und Tor."

„Sehr wohl, Madame."

Während Sebastian in gemessener Geschwindigkeit zum Gartentor schritt, wandte sich Sabine an die beiden Uniformierten: „Irgendwelche Vorkommnisse?"

„Nein, Frau Chefinspektor", antwortete einer der beiden, „wir haben vorne an der Straße auf Frau Kaiser gewartet und sind ihr hierher gefolgt."

„In Ordnung, halten Sie die Augen offen und geben Sie mir Ihre Taschenlampe und Ihr Funkgerät." Während ihr der Beamte Stablampe und Sprechfunkgerät aushändigte, läutete ihr Handy und spätestens als sie „Gibt es etwas Neues im Fall Verena Bacher?" sagte, hatte sie Heinz' volle Aufmerksamkeit. Allerdings gab sie nicht viel von sich außer einem gelegentlichen „Aha."

Sebastian hatte mittlerweile das Tor mit einem riesigen Schlüssel aufgesperrt, der an einem nicht minder großen Bund hing. Während er, Lieselotte Kaiser, Sabine und Heinz durch den Park gingen, wählte er einen weiteren Schlüssel ähnlicher Größe aus.

Sabine beendete das Telefonat und wandte sich Heinz zu, der die Ungewissheit zwischen Angst und Hoffnung nicht mehr ertragen konnte. „Es ist alles in Ordnung. Verena ist bei sich zuhause; allein." Heinz spürte eine Last von seiner Seele fallen. „Sie hat den Kollegen von der Streife erzählt, sie hätte sich beim Lido nicht zu erkennen gegeben, als sie gesehen hat, dass ein Fremder in deinem Wagen sitzt. Sie hat gewartet, bis er wieder weg war und ist dann nachhause gefahren.“

„Woher hat sie gewusst, wer mit meinem Auto gekommen ist, wenn sie schon im Lido war?“

„Sie hat am Parkplatz gewartet. Das Lokal hat geschlossen.“

„Das habe ich nicht gewusst.“

„Verena auch nicht.“

„Aber Raunjak offenbar.“

„Ja, offenbar. Jedenfalls war ihr das Ganze unheimlich, deshalb nimmt sie auch keine Anrufe mehr von deinem Handy entgegen, bis sie weiß, was los ist.“

„Gescheite Frau“, sagte Heinz anerkennend.

Sabine sah ihn unbestimmt von der Seite her an. „Und hübsch.“

Er erwiderte ihren Blick, wollte aber nichts mehr dazu sagen. Sebastian hatte außerdem gerade die Eingangstür zur Villa Werdfried aufgeschlossen und so folgten die beiden ihm und Frau Kaiser.

„Die Türen hier herinnen müssten alle unversperrt sein“, erklärte die Hausherrin, als die vier in der Empfangshalle standen. Ihre Stimme hallte wider. „Mit Strom kann ich leider nicht dienen, hätten Sie Ihren Besuch etwas früher angekündigt, hätte Sebastian dafür sorgen können, dass er vorübergehend eingeschaltet wird.“

Heinz versuchte, Frau Kaisers Gesicht im Dunkeln zu erkennen; er wollte wissen, ob sie das eben ernst gemeint hatte. Den Strom vorübergehend einschalten – war diese Frau tatsächlich so weltfremd? Sabine leuchtete mit fahrigen Bewegungen der Taschenlampe den Raum aus. Das Schloss stand völlig leer, an den Wänden zeichneten sich helle Flecken ab, wo früher einmal Bilder gehangen waren.

„Ist schon in Ordnung, Frau Kaiser, danke sehr", sagte Sabine.

Die Schlossherrin fröstelte. „Wir warten draußen. Ich halte all die Vergangenheit hier herinnen nicht aus."

Sabine signalisierte ihrem Bruder mit einer Kopfbewegung, ihr zu folgen, und ging voran die weit ausladende Treppe hinauf. Heinz versuchte sich auszumalen, wie es in diesem Schloss damals ausgesehen haben mochte, in den Neunzehnhundertsechzigern. Welche prächtigen Partys waren hier wohl gefeiert worden und welche bedeutenden Leute aus Politik, Wirtschaft, Sport und Kunst dieser Zeit hier wohl aus- und eingegangen waren? Gerade, als so etwas wie Ehrfurcht vor all dem Glamour Besitz von ihm ergreifen wollte, erinnerte er sich an die Fête Blanche, an seinen Vater, Othmar Wiener, Tom Schilling und all die anderen Gäste in der Wäscherei, die in der High Society Bedeutung hatten oder zumindest glaubten, sie zu haben. Im Grunde hatte sich nichts geändert, mit Ausnahme der äußeren Erscheinung.

Sie betraten das Dachgeschoss, das entlang der Außenmauer zu mehreren abgeschlossenen Wohneinheiten ausgebaut war, vermutlich Gästeunterkünfte. Eine Tür, die mit „Dachboden" beschriftet war, führte in einen riesigen Raum in der Mitte des Stockwerks, der bis in das hohe Dachgestühl hinauf offen war.

Sabine leuchtete mit der Taschenlampe durch den gesamten Raum – auch dieser war völlig leer. Sie wandte sich an ihren Bruder: „Deine Show."

Heinz rollte den Plan aus und Sabine sorgte für Licht. Die Orientierung fiel ihm schwer, weil ihm ein Bezugspunkt fehlte, bis er sah, dass Simone Bretgeber den Treppenaufgang eingezeichnet hatte. Er drehte sich so, dass die Ausrichtungen von Plan und Wirklichkeit übereinstimmten, und sagte Sabine, wohin sie jeweils leuchten sollte. Auf diese Weise konnte er alle auf dem Plan eingezeichneten baulichen Elemente im Raum ausmachen, obwohl die Zeichnung recht grob war und die Größenverhältnisse nicht stimmten. Als er sich schließlich orientiert hatte, deutete er mit dem Kinn in eine Richtung. „Dahin."

Sabine ging voran in die gezeigte Richtung und hielt an einem rechteckigen Maueraufbau, der sich mitten im Raum befand. Sie leuchtete ihm entlang nach oben und beide sahen, dass der Aufbau in das Dach mündete.

„Es ist ein Kamin", flüsterte Heinz und sah auf den Plan. Das Kästchen mit dem X, das er nicht hatte zuordnen können, war eindeutig dieser Kamin.

Sabine führte den Lichtstrahl vom Plan zum Maueraufbau. „Da soll die nächste Spur sein?"

„Ich ... ich verstehe nicht ganz ...", gab Heinz zu. Er nahm seiner Schwester die Taschenlampe aus der Hand und ging um den Kamin herum. Auf der Rückseite fand er, wonach er gesucht hatte. „Ich hab's, ich hab's!" Seine Stimme zitterte vor Aufregung. Er drückte Sabine, die ihm gefolgt war, Taschenlampe und Plan in die Hand und bückte sich.

Hier war auf halber Höhe ein etwa einen Meter hohes Türchen in den Maueraufbau eingelassen, eine Kamintür, die wahrscheinlich einmal rot gewesen, jetzt aber mit Rost bedeckt war. Heinz versuchte den Sperrriegel zu öffnen, doch dieser war angerostet. Er nahm Sabine nochmals die Taschenlampe ab und schlug mit dem Griffende einige Male dagegen, so dass es im Dachgestühl metallen widerhallte, dann sprang der Riegel auf. Heinz ergriff ihn und zog daran, doch auch das Türchen selbst schien angerostet zu sein. Er trat dagegen, um den Rost zu lösen, und zog mehrmals ruckartig am Riegel. Es wirkte. Bei jedem Versuch bröselten mehr Rost, Staub und Ruß aus dem immer größer werdenden Türspalt heraus und schließlich machte es einen Ruck und das Türchen war offen. Die beiden Geschwister traten zurück und warteten, bis sich der gröbste Staub gelegt hatte, dann leuchtete Sabine in die Öffnung.

„Da ist etwas drinnen“, flüsterte Heinz und führte den rechten Arm ein. Seine Hand ertastete einen Plastiksack, mit dem etwas Weiches, Schweres umhüllt war. Er zog daran, doch seine Finger rutschten vom Plastik ab. Es bedurfte einiger Versuche, bis er den Gegenstand fest genug in der Hand hatte, um ihn herausziehen zu können. Als er es geschafft und das Ding auf den Boden gestellt hatte, leuchtete Sabine mit der Taschenlampe darauf. Der Gegenstand war quaderförmig und hatte in etwa die Größe einer zu breit geratenen Werkzeugkiste. Das Plastik, in dem er steckte, entpuppte sich als schwarzer Müllsack, der mit einem Paketklebeband zugeklebt war.

Sabine sah Heinz aufgeregt an. „Jetzt bin ich aber gespannt.“

Kapitel 13

Montag, 23.30 Uhr

Heinz wischte den gröbsten Schmutz vom Plastiksack, nahm ihn an zwei Stellen und zog ihn so lange auseinander, bis das Material nachgab und eine Schicht aus Wellpappe freigab. Sie fühlte sich etwas feucht an und ließ sich leicht zerreißen. Darunter kam eine Kiste aus hellem Holz zum Vorschein, deren Deckel mit zahllosen Schnörkeln aufwändig verziert war und in dessen Mitte ein farbiges Porträt prangte; ein gemaltes Porträt des jungen Fidel Castro.

Heinz und Sabine begannen zu zittern und fielen einander in die Arme. Danach wischte sich Heinz die Tränen aus den Augen, befreite die Kiste vom restlichen Karton und näherte seine Hände dem Deckel.

„Sei vorsichtig", flüsterte Sabine hastig und er zischte ebenso hastig zurück: „Ich will sie ja nur aufmachen!"

Heinz ergriff den Deckel am linken und am rechten Rand. Er hob ihn behutsam an, spürte einen Widerstand und erhöhte sanft den Zug. Der Lichtstrahl der Taschenlampe in Sabines Hand vibrierte. Als der Deckel einen Spalt breit offen stand, sah Heinz, warum er so schwer war: Links und rechts an seinen Innenrändern war ein Hubmechanismus aus Messingschienen eingearbeitet, der mit dem Öffnen des Deckels mehrere übereinanderliegende Laden auffächerte. Als die Kiste zur Gänze geöffnet war, offenbarte sie vier stufenförmig angeordnete Laden, auf deren roten Samtbezügen jeweils zwölf lange, dicke Zigarren ruhten. Jede Einzelne von ihnen trug eine Banderole, die inmitten verschnörkelter, golden und silbern glänzender Verzierungen Fidel Castros Konterfei zeigte.

Auch wenn es seltsam anmutete: Für Heinz war dieser Moment so etwas wie eine Art Andacht. Es war ja nicht nur so, dass hier ein Stück Geschichte vor ihnen lag, ein echtes, noch dazu ästhetisch prachtvolles Unikat. Er und Sabine hatten auch viel bewegen und erleiden müssen, um hierher zu kommen und diesen Augenblick erleben zu dürfen.

Heinz entdeckte ein altes Hygrometer, das oben an der Deckelinnenseite angebracht war. Er sah genauer hin und erkannte, dass es nur noch knapp über fünfzehn Prozent Luftfeuchtigkeit anzeigte. Gerade in dem Augenblick näherte sich Sabines Hand den Zigarren. Heinz packte ihr Handgelenk und hielt es fest.

„Was ist denn?“, fragte sie.

„Jede Zigarre ist mehr als zwölftausend Euro wert“, flüsterte er. „Durch die lange Lagerung sind sie staubtrocken. Schau her“, er zeigte auf das Hygrometer, „eine gute Zigarre braucht zwischen sechzig und fünfundsiebzig Prozent. Wenn du sie jetzt angreifst, zerbröseln sie.“ Sabines Hand zuckte zurück, als sei sie von einer Schlange gebissen worden. Heinz schloss die Kiste vorsichtig und meinte: „Ich denke, wir bringen unseren Fund erst einmal in Sicherheit.“ Sabine nickte mit dem Gesicht eines folgsamen Kindes.

Sie ging mit der Taschenlampe voraus zu der Tür, durch die sie vom Wohnbereich in den Dachboden gekommen waren. Heinz folgte ihr und trug die Zigarrenkiste wie einen heiligen Gegenstand bei einer Prozession vor sich her. Kurz vor der Tür hielt Sabine inne, wandte sich um und fragte: „Haben wir die Tür vorhin nicht zugemacht?“

In dem Moment knisterte es im Türrahmen hinter ihr blau-weiß auf und Sabine stieß einen schrecklichen, langgezogenen Schrei aus, während sie in Krämpfen zuckte. Das Echo war noch nicht verklungen, als sie in die Knie sank, ihr die Taschenlampe aus den Fingern glitt und sie schließlich vornüber zu Boden kippte.

Heinz war nach der ersten Schrecksekunde zurückgewichen, sah sich hastig um, konnte in der Dunkelheit aber nichts erkennen. Die Taschenlampe rollte einen Halbkreis, wobei sie eine Spur im Staub des Bodens hinterließ. Als sie liegenblieb, warf sie einen hellen runden Fleck an die Wand.

Guido Raunjak beleuchtete seinen Weg mit dem Stroboskoplicht des Elektroschockers. Schein und Widerschein des dicken Blitzes erinnerten Heinz an ein Schweißgerät. Das zuckende Licht flackerte Raunjaks Gesicht von unten an und ließ seine starr blickenden Augen kalt blitzen, als er über Sabine hinwegstieg und auf Heinz zukam, geschmeidig wie eine Raubkatze und unaufhaltsam wie ein Panzer.

Heinz war panisch. Kurioserweise machte er sich mehr Sorgen um die Zigarren, als um sich selbst, und das verstellte ihm jeden Gedanken an einen Ausweg aus dieser Situation. Es schien ihm klar, dass es nur eine Option gab, nämlich Raunjak die Zigarren zu überlassen, weil der Versuch, sie zu verteidigen, sie in Gefahr bringen würde. Heinz hatte aber ohnehin keine Zeit dazu, sich eine andere Lösung zu überlegen, denn Raunjak kam viel schneller auf ihn zu, als er zurückweichen konnte, immerhin wollte Heinz nicht riskieren, im Dunkeln zu stolpern. Als Raunjak ihn fast erreicht hatte, setzte Heinz die Zigarrenkiste zwischen sich und dem Angreifer am Boden ab, doch die erhoffte Wirkung blieb aus. Heinz hatte damit gerechnet, Raunjak würde die dreizehn Jahre alte Beute an sich nehmen und wäre dadurch in seiner Bewegung eingeschränkt. Das hätte seine körperliche Überlegenheit etwas ausgeglichen und Heinz' Chancen verbessert – was immer er danach auch unternommen hätte. Stattdessen schritt er unbeeindruckt über die Zigarrenkiste hinweg und kam mit unverminderter Geschwindigkeit auf Heinz zu. Da erkannte dieser, dass seine Lage aussichtslos war. Er sprang seinen Gegner an und krallte sich an ihm fest. Schon zum zweiten Mal an diesem Tag vibrierte das grausige elektrische Zucken durch seinen Körper. Heinz war Raunjak so nahe, dass er dessen Schweiß riechen konnte und sah in dessen Augen, dass sein masochistischer Plan aufging: Durch den Körperkontakt ging der Stromstoß zum Teil auf Raunjak über. Doch auch wenn sein Blick nicht seine Verkrampfung verbergen konnte, der Ex-Häftling hielt dem Schmerz stand, ohne einen Ton von sich zu geben. Heinz hingegen hörte seinen eigenen Schrei so lange, bis er das Bewusstsein verlor.

Dienstag, 10.30 Uhr

Heinz war noch immer nicht richtig wach und sein Kopf brummte, doch er konnte nun endgültig nicht mehr schlafen. Um fünf Uhr früh waren sie zum Fiebermessen gekommen, um sechs Uhr wurden die Lichter eingeschaltet, um sieben Uhr gab es Frühstück, um acht Uhr kam die Putzfrau ... und auch wenn er dazwischen immer wieder eingeschlafen war und das Frühstück verweigert hatte, irgendwann fand er einfach nicht mehr die nötige Ruhe. Wenn er das gewusst hätte, hätte er den Transport ins Krankenhaus gestern Nacht abgelehnt und sich zuhause in sein eigenes Bett gelegt. Doch in seinem Zustand nach der Attacke war ihm ein Aufenthalt im Krankenhaus notwendig erschienen.

Als er und Sabine vergangene Nacht nicht mehr aus der Villa Werdfried herausgekommen waren, hatten die Streifenpolizisten vor dem Tor versucht, Sabine per Funk zu erreichen. Als sie wiederholt keinen Kontakt mit ihr aufnehmen konnten, suchten die beiden die Geschwister und fanden sie bewusstlos im Dachboden vor. Sie leisteten Erste Hilfe, was Sabine und Heinz weitgehend zu Bewusstsein brachte, und verständigten die Rettung. Nachdem die Sanitäter die Erstversorgung vorgenommen hatten, war Sabine wieder wohlauf, Heinz hingegen fühlte sich hundeelend. Kein Wunder, immerhin war er zweimal innerhalb nur weniger Stunden mit einem Elektroschocker betäubt und ihm dann noch auf den Schädel geschlagen worden. Die Anspannung und die Anstrengungen des vergangenen Tages hatten ein Übriges getan. Man brachte ihn ins Klinikum Klagenfurt, wo noch in der Nacht die wichtigsten Untersuchungen an ihm vorgenommen wurden; eine Reihe weiterer war für heute anberaumt.

Nach der Visite kam Sabine, um ihn zu besuchen. Sie wirkte, als hätte der gestrige Zwischenfall keine Spuren an ihr hinterlassen. Heinz ließ sich langsam aus dem Bett gleiten, und als er spürte, dass seine Beine ihn sicher trugen, ging er mit ihr in den Aufenthaltsraum. Da sie auf dem Weg dorthin kein Wort gesagt hatte und ihn jetzt mit einem schier unendlich erschöpften Gesichtsausdruck ansah, fragte er sie, was denn los sei.

„Raunjak ist schon wieder entwischt“, erklärte sie, „mit den Zigarren.“

Heinz spürte, wie ihm schwindlig wurde. „Wie … wie kann das sein?“

„Er hat einen Balken und die Flügel von einem Fenster im Erdgeschoss ausgehebelt und sich so Zutritt zur Villa verschafft. Er war wohl schon vor uns drin und hat nach seiner Beute gesucht.“

„Na super, und wir haben sie ihm geliefert.“

„Ja, sieht so aus. Offenbar hat er sich versteckt, als wir gekommen sind, und den richtigen Zeitpunkt abgewartet.“

„Und dann?“

Sabine vollführte eine unbestimmte Handbewegung. „Ist er wieder aus dem Fenster verschwunden, durch das er gekommen ist.“

„Und deine Super-Kollegen haben es nicht bemerkt.“

„Nein.“

„Vielleicht hat er sich im Schloss versteckt, bis alle weg waren, und ist dann erst abgehaut?“

„Nein, das nicht. Meine Leute haben die Villa Werdfried die ganze Nacht über umstellt und heute bei Tageslicht von unten bis oben durchsucht.“

Beide schwiegen, bis Heinz schließlich fragte: „Wo kann er sein?“

„Ich weiß es nicht. Ich habe eine Fahndung nach deinem Auto rausgegeben. Und nach dem grünen Pickup.“

„Na fein, kriege ich wenigstens mein Auto wieder, wenn sonst schon nichts“, brummte Heinz.

„Wie darf ich denn das verstehen?“

„Raunjak kann sich an einem Finger ausrechnen, dass die Polizei jetzt nach dem Auto sucht, das er mir geklaut hat. Das bedeutet, dass er es irgendwo abgestellt hat, wo es hoffentlich irgendein wachsames Auge entdecken wird. Ich hoffe nur, er hat es nicht im Wörthersee versenkt."

„He, horch einmal her", empörte sich Sabine, „so ein lahmer Haufen, wie du tust, ist die Polizei auch wieder nicht."

„In den letzten Tagen habe ich einen anderen Eindruck von euch bekommen." Heinz sah, wie Sabines Gesichtszüge hart wurden, doch als er erwartete, sie würde ihn heftig und autoritär anfahren, entspannte sie sich wieder.

„Ist schon gut, Heinz, wir sind momentan beide nicht in bester Verfassung."

Erstaunlicherweise entspannte diese Aussage auch ihn. „Was tun wir jetzt? Gibt es noch eine Spur, die wir verfolgen können?"

„Ich weiß keine."

„Super." Das Wort klang in seinen eigenen Ohren so, als wäre es direkt vor seinen Lippen verhallt. „Das war's dann mit meinem Auftrag. Und mit dem Geld. Damit hätte ich nach Jahren endlich wieder einmal auf Urlaub fahren können."

Wieder sah er einen ungehaltenen Ausdruck in Sabines Gesicht und wieder entspannte sich dieses gleich darauf. „Sieh es einmal so: Du bist weitgehend unbeschadet davongekommen, und deine Verena genauso. Es hätte weit schlimmer ausgehen können."

Heinz lachte verzweifelt, dann nickte er zustimmend. Sabine hatte Recht, doch das tröstete ihn nicht.

Dienstag, 13 Uhr

In den vergangenen Stunden hatte Heinz von einer Untersuchung auf die nächste gewartet, was ihm zumindest die Zeit gab, um über die Vorkommnisse des vergangenen Tages nachzudenken. Dabei tauchte eine Frage in ihm auf, die er sich bislang noch nicht gestellt hatte: Warum hatte Simone Bretgeber ausgerechnet die Villa Werdfried als Versteck gewählt? Solange Heinz sich an die Villa zurückerinnern konnte, war diese immer fest verschlossen gewesen. Abgesehen davon, war das Versteck in einem Kamin mit Zugang im Dachgeschoss zu speziell gewählt, um ein spontaner Einfall gewesen zu sein. Er fragte sich, ob Lieselotte Kaiser Simone Bretgeber gekannt hatte, und wenn ja, in welchem Verhältnis die beiden zueinandergestanden waren. Als Heinz das nächste Mal in sein Krankenzimmer kam, rief er Sabine an und ließ sich von ihr die Telefonnummer von Frau Kaiser geben, welche er gleich darauf anrief.

„Ah, Sie sind der charmante Bursche von gestern Abend“, sagte sie, nachdem er sich vorgestellt hatte. „Aber Ihr Abgang – schrecklich! Geht es Ihnen schon wieder gut?“

„Aber ja, Unkraut vergeht nicht“, Heinz kicherte verlegen und schaffte es tatsächlich, Frau Kaiser damit ein glucksendes kleines Lachen zu entlocken. „Ich wollte fragen, ob Sie eine halbe Stunde Zeit für mich hätten. Es haben sich noch ein paar Fragen ergeben, die Sie mir sicherlich beantworten können.“

„Aber das mach ich doch gerne.“ Ihre Stimme wurde von Gönnerhaftigkeit getragen. „In einer Stunde im Strandclub Velden?“

Heinz war etwas irritiert über die schnelle Zusage, außerdem hatte er kein Auto und musste erst einmal hier hinaus. „Geben Sie mir zwei Stunden, ich muss noch ein paar Dinge regeln.“

„Ich bin in einer Stunde dort und warte auf Sie. Wenn Sie da sind, sind Sie da.“

Als die zwei Stunden vorüber war, war Heinz stolz auf sich: Er hatte es in dieser Zeit geschafft, im Klinikum einen Revers zu unterschrieben, der es ihm erlaubte, sich auf eigene Gefahr der Obhut des Pflegepersonals zu entziehen, und sich in seinem Wohnbüro gründlich geduscht, rasiert und passend gekleidet. Dann hatte er bei Sabine im Sicherheitszentrum die Schüssel zu ihrer Wohnung abgeholt und war mit dem Bus dorthin gefahren, um ihren Golf GTI sowie dessen Schlüssel und Zulassungsschein zu holen. Dann war er nach Velden gefahren.

Vom Parkplatz des Casinos über den Kurpark zur Seepromenade, wo sich der Strandclub befand, ging er keine fünf Minuten. Lieselotte Kaiser saß im Gastraum, direkt an der Glasfront mit Blick auf die Seeterrasse und den dahinterliegenden See. Die Veldener Bucht wimmelte nur so von Segelyachten, Motorbooten mit Wasserschifahrern, Tretbooten und sonstigen Wasserfahrzeugen aller Art. Unter dem Geschrei mehrerer Möwen startete am äußeren Ende der Terrasse gerade ein Motorboot, schob sich rückwärts aus der Parkbucht und fuhr dann, das Wasser vor sich in zwei breite Bugwellen teilend, in Richtung Kap Wörth davon. Dabei musste es eine abrupte Richtungsänderung vornehmen, um einem anderen Motorboot auszuweichen, das eine riesige Gummiwurst zog, auf der eine Reihe von Kindern über die Wellen hüpfte. Frau Kaiser trug ein leichtes Sommerkleid in den Farben Grün und Gelb sowie eine übergroße Sonnenbrille, die Anfang der Siebziger ebenso modern gewesen war wie auch heute wieder. Als sie Heinz sah, umspielte ein Lächeln ihr Gesicht. Sie hielt ihm die Hand in gleicher Weise hin, wie am Vorabend, und Heinz deutet auch diesmal einen Handkuss an.

„Was für ein charmanter junger Mann, da vergesse ich doch glatt mein Alter“, raunte sie mit einer Stimme, die Heinz an eine schnurrende Katze erinnerte, und lachte anzüglich. „Jetzt erzählen Sie einmal, was ich für Sie tun kann, außer Ihnen einen Martini zu spendieren.“ Sie schwenkte das Martiniglas in ihrer Hand, so dass die Eiswürfel darin klingelten.

„Martini klingt sehr gut, ich danke Ihnen.“ Heinz setzte sich und überließ es ihr, mit ein paar Handbewegungen den Drink zu ordern. Er begann ohne Umschweife: „Es geht um Simone Bretgeber. Ich nehme an, Sie haben sie gekannt?“

Frau Kaiser verzog schmerzhaft das Gesicht. „Oh ja, das arme, unverstandene Kind!“

„Was meinen Sie?“

„Na, sie hat ganz jung ihren Papa verloren und ihre Mama, naja, die war ja nun wirklich nicht der Mensch, der ihr Anleitung hätte geben können. Verstehen Sie mich nicht falsch, sie war eine nette Person, aber sie hat ja nicht einmal sich selbst Halt geben können, geschweige denn ihrer Tochter.“ Sie trank einen Schluck.

„Wie haben Sie sie kennengelernt?“

„Ich bitt’ Sie, damals haben wir uns am Wörthersee alle gekannt. Zumindest in unseren Kreisen. Simones Vater war ein gutaussehender Mann und fast so charmant wie Sie.“ Sie schenkte Heinz einen vielsagenden Blick über den Rand ihrer Brille hinweg, die sie extra dafür ein wenig nach unten rückte.

Heinz lächelte sie weltmännisch an und meinte mit sonorer Stimme: „Aber Frau Kaiser, sie werden doch nicht mit mir anbandeln wollen. Sie wissen, ich hätte nicht den Hauch einer Chance, Ihnen zu widerstehen.“

Sie lachte hell auf und berührte Heinz am Unterarm. Der Kellner brachte den Martini und Lieselotte Kaiser bestellte gleich noch ein Glas für sich. Dann stieß sie mit dem letzten Schluck amüsiert mit Heinz an. „Ach, ich genieße diese leichten Flirts! Sie geben mir das Gefühl, wieder jung zu sein. Leider gibt es kaum noch Männer, die sich darauf verstehen. Aber wo war ich? Ja genau, bei Simone: Sie hat von klein auf meine Nähe gesucht, wissen Sie? Ich glaube, es hat sie fasziniert, wie ich mein Leben führe, so sorglos in den Tag und in die Nacht hinein. Na, aber ich war ein schlechtes Vorbild, weil, wer hat schon den Massel, den ich gehabt habe? Wer kann schon so ein Leben führen wie ich? Und als Ersatzmutter war ich völlig ungeeignet. Ich war für sie nur das Idol, das man vergöttert, das man aber nie erreicht." Heinz erkannte, dass Frau Kaiser jedes ihrer Worte ernst meinte und damit sogar Recht hatte. So wie sie es sagte, klang es aber nicht arrogant. „Ich weiß noch, irgendwann habe ich ihr erlaubt, mich anzurufen, wenn sie mich treffen will, und sie hat es tatsächlich getan. Das hat mich damals gewundert, weil sie ja noch so jung war, aber, wissen Sie, Simone war ein besonderer Mensch."

„In welcher Weise?"

„Sie war ... stark, hat die Intelligenz von ihrem Vater geerbt. Und sie war musisch sehr begabt, das hat sie wohl von ihrer Mutter mitbekommen. Und als sie älter geworden ist, hat sie es schnell verstanden, ihre Qualitäten so einzusetzen, dass sie bekommt, was sie will. Außer bei ihrer Mutter, aber Sie wissen ja, wie das in der Pubertät so ist. Da ist sie eben zu mir gekommen, wenn sie etwas gebraucht hat."

„Sie meinen Geld?"

„Aber wo!“ Lieselotte Kaiser machte eine wegwerfende Handbewegung und schnitt dabei ein Gesicht, als ginge es um etwas Ekliges. „Geld hat sie selbst genug gehabt, dank ihres Vaters. Nein, es ist um menschliche Ansprache gegangen, um eine Freundin, der man sich anvertrauen kann, weil sie nichts bewertet, was man sagt oder tut.“ Frau Kaiser wandte ihr Gesicht dem Wörthersee zu. Heinz sah im matten Spiegel ihrer Sonnenbrillengläser einen Parasailer vorüberziehen. „Und um einen Rückzugsort, an dem einen die Welt in Ruhe lässt.“

Heinz wurde hellhörig. „Einen Rückzugsort? Sie meinen die Villa Werdfried?“

„Ja. Ein echtes Schmuckstück, nicht? Schade, dass es so penetrant nach Vergangenheit stinkt.“ Sie leerte ihr Glas und gab es dem Kellner, der ihr soeben das neue brachte.

„Sie haben Ihr den Schlüssel zum Schloss gegeben?“

Lieselotte Kaiser zog mit den Zähnen die erste der drei Oliven von dem Metallspießchen, das im trichterförmigen Glas gelegen war. Dann winkte sie das Spießchen hin und her, als würde sie damit nein sagen, und antwortete, als sie die Olive gekaut und geschluckt hatte: „Sie hat sich den Schlüssel bei mir abgeholt, wenn sie allein sein wollte. Und danach hat sie ihn immer zurückgebracht. Ich mag wunderlich sein und weltfremd, aber dumm bin ich nicht. Ich weiß ganz genau, was ich getan hätte, hätte ich als Jugendliche eine leere Villa rund um die Uhr zur Verfügung gehabt.“ Sie zog die zweite Olive vom Spieß und lachte – ein bisschen schmutzig, wie Heinz fand. Sie kaute und schluckte, ehe sie fortfuhr: „Man kann die Jugendlichen nicht dafür verurteilen, dass sie so sind, wie sie sind. Aber man darf sie auch nicht in eine Falle locken, indem man ihnen ein Versprechen abnimmt, von dem man weiß, dass sie es nicht halten können, weil es nun einmal gegen ihre Natur ist.“

„Was hat Simone in der Villa gemacht?“

Frau Kaiser zuckte mit den Achseln. „Das dürfen Sie mich nicht fragen. Ich habe sie nicht kontrolliert, darum ist es ja gegangen.“

„Haben Sie denn nie nachgesehen, ob sie im Haus etwas verändert oder beschädigt hat? Vielleicht hat sie ja ein Drogenlager angelegt?“

„Ich bitte Sie!“ Die alte Frau klang so empört, als hätte Heinz sie soeben aufgefordert, sich nackt auszuziehen. „Ein Drogenlager! Ich fürchte, Ihr Beruf färbt auf Ihre Fantasie ab.“

„Wie man's nimmt, immerhin hat sie die gestohlenen Zigarren dort versteckt.“

Frau Kaiser schwieg für ein paar Sekunden, dann murmelte sie: „Zugegeben, aber das war ja auch eine Ausnahmesituation.“ Heinz sah sie an und lächelte, während sie die Lippen aufeinanderpresste und sich abwandte. „Um Ihrer Frage von vorhin nicht auszuweichen“, begann sie nach einigen weiteren Sekunden, „nein, ich habe nie nachgesehen. Ich war gestern zum ersten Mal da drin, seit, ich glaube, vierzig Jahren.“

Als er erkannte, dass sich die Schlossbesitzerin vorhin verplappert hatte, spürte Heinz, wie sich seine Nackenhaare aufstellten. Wenn Simone Bretgeber den Schlüssel zur Villa vor dem Raub bei ihr abgeholt und danach wieder zurückgebracht hatte, musste Frau Kaiser spätestens nach Simones Verhaftung zumindest einen Verdacht gehegt haben. In Heinz keimte ein ungeheuerlicher Verdacht auf. „Darf ich Sie etwas Persönliches fragen?“

Sie lachte wieder auf. „Ich habe schon gefürchtet, sie würden nicht."

„Gibt es außer Ihnen niemanden, der sich um die Villa kümmert? In Ihrer Verwandtschaft, meine ich?"

Lieselotte Kaiser sah Heinz für eine Weile an und schmunzelte hintergründig. Dann deutete sie mit wippendem Zeigefinger auf ihn und meinte: „Sie sind mir ein ganz Ausgekochter, Herr Sablatnig. So viel Charme und so viel Finesse. Wenn ich fünfzig Jahre jünger wäre ... Sie wären genau mein Fall."

Heinz verstand nicht, was sie meinte, nahm den Ball aber auf. „Ich fürchte, ich bin nicht in Ihrer Finanzklasse."

„Na, das werden Sie vielleicht noch, denn wenn ich Ihre Frage gerade richtig verstanden habe, wollen Sie wissen, ob ich Erben habe. Die Antwort lautet: Nein. Aber wenn Sie mich in meinen letzten Jahren gut pflegen, wer weiß, vielleicht adoptiere ich Sie?"

Dienstag, 16 Uhr

Als Heinz zu seinem Auto ging, war er tief in Gedanken versunken. Er kannte Frau Kaiser vom Hörensagen, solange er sich zurückerinnerte, doch bislang war er ihr nur bei offiziellen Anlässen, bei denen er seinen Vater begleitet hatte, begegnet. Was er über sie wusste, wusste er aus Erzählungen, also aus Gerüchten. Dass sie eine so wortgewandte und erfrischende Gesellschaft war, mit einem Witz, der stets an der Grenze zu irgendeinem Tabu kratzte, hätte ihr Heinz ebenso wenig zugetraut wie die Tatsache, dass sie sich ihrer Stellung in der Gesellschaft so illusionslos bewusst war. Genauso klar war dadurch aber auch, dass diese Frau über eine hohe Intelligenz verfügte. Hatte sie tatsächlich wegen ihrer quasi-mütterlichen Gefühle all die Jahre über ignoriert, dass Simone ihre Villa als Versteck für die Beute missbraucht hatte? Oder hatte sie ihr das Schloss gar als Versteck zur Verfügung gestellt? Diese Überlegungen waren der Grund für Heinz' Frage nach Frau Kaisers Verwandtschaft gewesen. Hätten andere Menschen die Möglichkeit gehabt, in der Villa Werdfried bauliche Veränderungen vorzunehmen, wäre sie kein sicheres Versteck mehr gewesen. Doch wenn es stimmte, dass Lieselotte Kaiser mit von der Partie war, warum hatte sie die Zigarren dann all die Jahre im Kamin gelassen?

Heinz spielte mehrere Denkvarianten durch, die für sich gesehen zwar schlüssig, im Gesamtzusammenhang aber unlogisch waren. Während er Sabine anrief, um mit ihr darüber zu sprechen, fragte er sich, was damals in Simone Bretgeber vorgegangen sein mochte, als sie sich dazu bereit erklärt hatte, Raunjaks Komplizin zu werden. War es Räuberromantik? Gut und schön, aber alle hatten sie als intelligente junge Frau beschrieben; spätestens nach dem fatalen Ende der Aktion mit zwei Toten und einem Schwerverletzten hätte sie zur Vernunft kommen und die Beute der Polizei ausliefern müssen. Aber vielleicht war es ja wirklich eine Art von Liebe gewesen, die ihr alles bedeutete; der sie alles unterordnete?

Sabines Mobilbox schaltete sich zu und Heinz unterbrach die Verbindung. Er dachte an Verena. Es stimmte schon, wenn ehrliche, tiefe Gefühle vorhanden waren, dann spielte Vernunft keine Rolle.

Als Heinz gerade Velden verließ, rief Sabine zurück. Ihre Stimme hatte diesen eigenen Klang, den sie immer hatte, wenn etwas passiert war. „Raunjak ist wieder aufgetaucht“, sagte sie, „er hält Tom Schilling in seiner Villa als Geisel.“

Heinz schoss die Hitze in den Kopf. Er fragte nach der genauen Adresse in Krumpendorf, beendete das Gespräch und trat aufs Gas.

Was, in Dreiteufelsnamen, wollte Raunjak von Schilling? Heinz schwirrte der Kopf von all den Wendungen in der vergangenen halben Stunde. Doch in seiner Verwirrung war ihm eines sonnenklar: Dies war möglicherweise die letzte Gelegenheit, um an Castros Zigarren heranzukommen.

Kapitel 14

Dienstag, 16.30 Uhr

Wer am Wörthersee ein Seegrundstück besitzt, der ist reich. Entweder, weil er das nötige Kleingeld hatte, um es zu kaufen, oder, weil er es geerbt hat und durch die Besitzübernahme vermögend wurde. Vor allem in den bekannten Ferienorten kann der Wert einer solchen Liegenschaft mitunter astronomische Höhen erreichen, umso mehr, wenn sich schöne Bauwerke in gutem Zustand darauf befinden.

Das Seegrundstück von Tom Schilling in Krumpendorf gehörte zweifellos zu diesen Liegenschaften: Die Villa stand in einer Reihe mit anderen Seevillen und war von seinem Vater im mediterranen Stil errichtet worden. Das Wohngebäude war auf einer Anhöhe gelegen, über eine Treppe im Inneren des Hauses gelangte man zu einer Saunalandschaft samt Pool, die sich im Hang darunter befand. Vom Pool aus hatte man freie Sicht auf den See, denn Thomas Schilling senior hatte anstelle einer Außenwand eine Glasfront einsetzen lassen, deren Segmente sich weitflächig öffnen ließen. Am Badestrand – natürlich mit Steg und Liegewiese – befand sich auch ein Bootshaus samt Motoryacht. Der Sand, über den man hier ins Wasser gelangte, wurde jedes Jahr auf Geheiß des Besitzers erneuert. Daneben gab es noch einen Schuppen, in dem sich Umkleidekabinen befanden, sowie Räumlichkeiten für die Gerätschaften des Personals. An beiden Seiten war das Grundstück durch Mauern von den Nachbarn abgegrenzt, im Wasser kennzeichneten mit Schilf bewachsene Flächen die Grundstücksgrenzen.

Wenn man sich der Liegenschaft von der Straße her näherte, so wie Heinz es gerade tat, sah man im Normalfall nur eine hohe Mauer mit einer breiten Einfahrt, die durch ein metallen glänzendes Schiebetor verschlossen war. Von der Villa selbst war nichts zu sehen, denn die Mauer umschloss das Gelände großräumig. Heute jedoch stand das Schiebetor offen und es wimmelte nur so von Polizisten. Es sah aus, als belagere eine Polizeiarmee eine moderne Burg.

Heinz parkte Sabines GTI am Straßenrand und ging zu der Polizeiabsperrung. Er stellte sich vor und erklärte, Chefinspektorin Oleschko würde ihn erwarten. Der Beamte fragte per Funk nach und verwies Heinz an einen Kollegen, der ihn zu seiner Schwester begleiten sollte. Hinter der Mauer, im Inneren des Grundstücks, hatte die Spezialeinheit Cobra das Kommando. Die harten Kerle waren mit Maschinenpistolen und Scharfschützengewehren in Stellung gegangen und kontrollierten jede Maueröffnung der Villa Schilling. Eine Gruppe mit Vollkörperpanzerung kauerte nahe der Eingangstür. Der Uniformierte an Heinz' Seite führte ihn der Mauer entlang um das Gebäude herum und dann über die Geländestufe nach unten, zum See. Auch hier lagen überall Männer in Stellung, die eher wie Soldaten als wie Polizisten aussahen. Auf dem See patrouillierten zwei Polizeiboote und den Luftraum über dem Szenario sicherte ein Hubschrauber des Innenministeriums, der wie eine Hornisse über einem Honigkuchen kreiste.

Am rechten Ende des Badestrandes, im Bootshaus, befand sich die Einsatzzentrale. Der Beamte brachte Heinz hinein und ging wieder, direkt hinter ihm wurde die Tür wieder geschlossen. Durch ein Fenster sah Heinz die Villa und die teilweise geöffnete Glasfront des Poolbereichs. Auch an der Häuserkante daneben lauerte ein Cobrateam in Einsatzmontur. Im Bootshaus herrschte ein Klima wie in einem Bienenstock. Zwar war man hier vor der Sonne geschützt, die auch heute wieder von einem wolkenlosen Himmel brannte, doch das Gedränge der vielen Beamten auf kleinem Raum heizte die Luft auf. Hier traf Heinz Sabine, die ihn zur Seite nahm. Sie standen auf einem Steg neben Tom Schillings Motoryacht, die von einer eigens dafür installierten Hebevorrichtung leicht aus dem Wasser gehoben worden war, damit der Wellengang sie nicht an die Stützpfeiler der Parkbucht schlug.

Sabine erzählte, was vorgefallen war: „Gegen vierzehn Uhr dreißig ist ein Notruf bei uns eingegangen. Tom Schillings Personalmanagerin hat gemeldet, ihr Chef werde von einem unbekannten Eindringling erwürgt. Es war nicht einfach, Details zu erfahren, denn, die Frau besitzt zwar ein resolutes Wesen, hat aber während des Anrufs kurzzeitig die Nerven verloren; keine sehr förderliche Mischung. Die Kollegen haben mich verständigt, weil sie wissen, dass ich an einem Fall dran bin, in den auch Schilling involviert ist. Ich habe den Kollegen von der Streife, die hier die Lage sondiert haben, ein Foto von Raunjak geschickt, das sie dann der Personalmanagerin gezeigt haben. Sie hat ihn sofort wiedererkannt."

„Schnell geschaltet, alle Achtung", sagte Heinz.

Sabine zuckte mit den Schultern. „Es war ein naheliegender Gedanke, auch wenn ich nicht ganz verstehe, was Raunjak von ihm will."

„Was ist dann passiert?"

„Das Übliche. Wir haben das Gelände gesichert und die Cobra verständigt. Seither halten wir hier die Stellung, aber es rührt sich nichts."

„Was meinst du, es rührt sich nichts?"

„Wir kriegen keinen Kontakt zu Raunjak.“

„Was?

„Rede ich so undeutlich?“, fuhr Sabine auf.

„Ihr seid seit anderthalb Stunden hier und habt noch nicht einmal hallo gesagt?“

„Seit einer Stunde, wenn du die Vorlaufzeit abziehst, und wir haben von Anfang an hallo gesagt, nur antwortet er nicht.“

„Ach du Sch... Und was heißt das? Wie geht es weiter?“

„Gerade vorhin hat der Cobra-Einsatzleiter den Befehl zur Stürmung der Villa ausgegeben. Jetzt machen sich alle bereit, in wenigen Minuten geht's los.“

„Ist das nicht gefährlich? Ich meine, für die Geisel?“

„Was willst du sonst machen? Wir wissen nicht, was da drinnen vor sich geht, und nichts zu tun ist für die Geisel genauso gefährlich.“

Plötzlich war von draußen ein Tumult zu hören. Scharfe Rufe hallten über das Gelände, zwei Schüsse peitschten. Da sich alle in der Einsatzzentrale an das einzige Fenster drängten, hatte Heinz nur noch Sicht durch einen kleinen Winkel. Er konnte Raunjak erkennen, der vom Pool schnurgerade auf das Bootshaus zu rannte. Die Männer von der Cobra am Häusereck zielten auf ihn.

„Runter“, schrie eine scharfe Stimme im Bootshaus, und als sich alle duckten und Heinz freie Sicht nach draußen hatte, blickte er direkt in die Mündungen der Maschinenpistolen der Einsatztruppe. Sein Herz setzte einen Schlag aus, doch da nahmen die Männer ihre Waffen auch schon wieder herunter. Offenbar hatten sie erkannt, dass sich ihre eigenen Leute in der verlängerten Schussbahn auf Raunjak befanden. Dieser hielt unverändert auf das Bootshaus zu.

„Der kommt da her!“ – „Spinnt der?“ Heinz hörte die Irritation in den Stimmen der Männer, die sich nun wieder erhoben. „Los, Männer!“ Mit einem Mal war die Luft erfüllt mit den Geräuschen von Pistolen, die aus Holstern gezogen und repetiert wurden.

Heinz’ Pulsschlag beschleunigte sich. Wenn Raunjak die Tür zum Bootshaus öffnete, war er ein toter Mann. Doch das schien ihm bewusst zu sein, denn er lief am Bootshaus vorbei und geriet so außer Sicht.

Heinz schmunzelte insgeheim, der Mann war genial! Er hatte gewusst, dass man nicht auf ihn schießen würde, solange er sich zwischen den Polizisten bewegte. Die Gefahr, dass sie im Kreuzfeuer einen der Eigenen treffen könnten, war ihnen viel zu groß.

Einer der Polizisten im Bootshaus stieß die Tür auf, sprang hinaus, legte in Hockstellung auf den Flüchtenden an und schrie: „Halt, stehenbleiben!“

Im nächsten Moment wurde er von etwas getroffen und kippte mit einem Laut der Überraschung nach hinten, wobei sich ein Schuss aus seiner Waffe löste. Er blieb regungslos auf dem Rücken liegen. Auch ein zweiter Polizist, der vom Hang herunter auf Raunjak anlegte, wurde aus dessen Richtung mit etwas beworfen, das wie ein faustgroßer, kugelförmiger roter Stein aussah; das Geschoss verfehlte sein Ziel aber. Heinz hörte direkt neben dem Bootshaus, dort, wohin Raunjak verschwunden war, platschende Geräusche. Der Flüchtende war offenbar ins Wasser gelangt und versuchte nun, durch das Schilf zu entkommen. Heinz wandte sich um und sah durch das offene Rolltor des Bootshauses auf den See hinaus. Die beiden Polizeiboote schwenkten in Raunjaks Richtung und beschleunigten auf ihn zu.

„Was bezweckt dieser Irre?“, fragte Sabine in den Raum. „Will er auf der Flucht erschossen werden? Ihm muss doch klar sein, dass er keine Chance hat.“

Als Heinz mit den anderen das Bootshaus verließ, hörte er von den Polizeibooten her eine blecherne Stimme aus einem Lautsprecher, die Raunjak zum Stehenbleiben aufforderte. Am Strand lief Heinz zu einerStelle, von der aus er freie Sicht hatte. Er sah Guido Raunjak, der mit erhobenen Händen aufrecht in einem Elektroboot kniete, das wenige Meter vor dem Schilf im Wasser schaukelte. Die Polizeiboote drehten gerade bei und einer der Uniformierten erteilte Anweisungen über das Megafon, die Raunjak mit langsamen Bewegungen befolgte. Er verschränkte die Hände im Nacken und legte sich mit dem Gesicht nach unten auf den Boden des Bootes. Zwei Wasserpolizisten kletterten hinein und legten Raunjak Handschellen an. Er leistete keinen Widerstand. Als er aufgehoben und auf eines der Polizeiboote bugsiert wurde, ging ein Johlen durch die Einsatzkräfte auf dem Villengelände. Auch jener Beamte, der vorhin vor dem Bootshaus zu Boden gegangen war, saß schon wieder aufrecht, ein Kollege hockte bei ihm. Aus einer stark blutenden Platzwunde über seiner Stirn rann Blut über das Gesicht herab. Das sah schlimm aus, doch Heinz kannte diese Art von Verletzungen, sie war nicht weiter bedrohlich. Er hob das Wurfgeschoss auf, das den Polizisten niedergestreckt hatte und unweit von diesem am Strand lag. Es war eine Billardkugel, die schwarze Acht, jene Kugel, die beim Poolbillard als letzte versenkt werden musste.

Das Spiel ist aus.

Auch wenn Raunjak gefasst war, so wich die Anspannung dennoch nicht aus den Gesichtern der Einsatzkräfte. Das Schicksal von Tom Schilling war weiterhin ungewiss, außerdem konnte niemand sagen, ob Guido Raunjak nicht einen Komplizen hatte, der sich noch in der Villa aufhielt. Folglich blieben die Sicherungsposten auch weiterhin in ihren Stellungen und warteten gespannt auf eine Meldung ihrer Kollegen, die das Wohngebäude gerade Zimmer für Zimmer durchsuchten und sicherten.

Heinz stellte sich zu Sabine an den Anfang des Steges.

„Sieht so aus, als würde Guido Raunjak uns jetzt nicht mehr entwischen", meinte sie.

Heinz nickte und erwiderte: „Ich hoffe nur, er hat Castros Zigarren nicht wieder versteckt, bevor er hierhergekommen ist." Während sie warteten, erzählte Heinz seiner Schwester von seinem Gespräch mit Lieselotte Kaiser und welchen Verdacht er seither hegte.

Sabine bekam große Augen. „Du meinst, die alte Kaiser hat den Raub damals in Auftrag gegeben? Aber das ergibt doch überhaupt keinen Sinn."

„Ich sage ja auch nicht, dass es so war, ich meine nur, es wäre möglich."

„Warum hat sie dann nie etwas unternommen? Warum die wertvollen Zigarren in einem Kamin verrotten lassen, wenn sie jederzeit Zugriff auf sie gehabt hätte?"

„Keine Ahnung", gestand Heinz, „vielleicht ist es ihr nicht ums Geld gegangen, vielleicht war es eine Art Vendetta mit dem alten Tom Schilling?"

„Verstehe ich nicht."

„Ich auch nicht, ich versuche nur, eine Erklärung dafür zu finden, warum sie Simone Bretgeber gedeckt hat; viele Jahre über deren Tod hinaus."

„Vielleicht wollte sie nur nicht, dass ein schlechtes Licht auf Simone fällt. Solange die Beute nicht gefunden war, hat Frau Kaiser immer die Ausrede vor sich selbst gehabt, Simone hätte tatsächlich nichts mit dem Raub zu tun gehabt; Verurteilung hin oder her."

Heinz verzog das Gesicht. „Hört sich für mich an den Haaren herbeigezogen an."

Sabine stemmte die Hände in die Hüften und musterte ihren Bruder empört. „Was glaubst du, wie sich deine Version in meinen Ohren anhört?"

Nach ein paar Minuten hörten sie aus dem Funkgerät eines Uniformierten in ihrer Nähe, dass die Villa gesichert sei und man Tom Schilling gefunden hätte. Ein Krankenwagen wurde für ihn angefordert.

Dienstag, 19 Uhr

Sabine rief Verena an und informierte sie darüber, dass Raunjak verhaftet und Heinz wieder im Besitz seines Handys sei, so dass sie ihn bedenkenlos anrufen könne. Das tat sie auch unverzüglich. Sie verabredeten sich zum Abendessen in der Innenstadt, wobei sie seinen Vorschlag, zur Osteria dal Conte in der Tabakgasse zu gehen, gerne annahm. Die Küche war vorzüglich und man konnte im Freien sitzen, was an lauen Abenden wie dem heutigen ein Muss war.

Als sie kam, saß er schon an einem der hölzernen Tische, auf dem ein Teelicht in einem Glas vor sich hin flackerte. Verenas Herz begann schneller zu klopfen, und auch wenn sich ihre eigene Wiedersehensfreude in seinen Augen wiederfand, so erkannte sie auch einen gewissen Vorbehalt in seinem Blick. Sie küssten sich zur Begrüßung auf die Wangen, wie immer, er rückte ihr den Stuhl zurecht, setzte sich, sah ihr in die Augen, sah wieder weg.

„Wie geht es dir?“, fragte sie, um kein unangenehmes Schweigen aufkommen zu lassen. „Bist du wieder ganz gesund?“

„Weiß ich noch nicht, ich habe mich heute selbst vorzeitig aus dem Klinikum entlassen. Morgen werde ich wieder hineinschauen und meine Untersuchungsergebnisse abholen.“

„Erzähl, was alles passiert ist“, forderte Verena ihn auf und erntete einen seltsamen Blick.

„Seit wann?“

„Ich weiß auch nicht ... seit ich die falsche SMS von deinem Handy bekommen habe.“

Heinz lächelte müde. „Ich fürchte, da muss ich etwas weiter ausholen, damit du verstehst, wie es dazu gekommen ist.“ Und dann erzählte er ihr von Simone Bretgebers letzten Tagen im Klinikum, von ihrem Gemälde, das eigentlich eine Spur war, von Raunjaks sinnloser Grabschändung und Bertis Erpressungsversuch. Dazwischen brachte der Kellner die Speisekarten, nahm die Getränkebestellung auf und kam mit den Getränken wieder – für sie ein Glas Aperol Spritz, für ihn ein kleines Bier. Verena bat den Kellner, mit der Aufnahme der Essensbestellung noch etwas zu warten. Sie wollte wissen, wie Heinz' Geschichte ausging, und dieser lächelte erneut und meinte, das Ende sei noch nicht in Reichweite, denn es ginge jetzt erst so richtig los. Und dann erzählte er weiter, wie er das Rätsel des Gemäldes hatte entschlüsseln können, das ihn zum Friedhof in Pörtschach und damit auf Raunjaks Fährte gebracht hatte. Er berichtete, wie er ihn bei der Engstler-Werft beschattet hatte, wie er auf die Ladefläche des Pick-ups gesprungen war, um die Spur nicht zu verlieren, und wie er dann von der Villa Werdfried nahe Saag mit dem Taxi zurückgefahren war, um die

Polizei auf dem Laufenden zu halten. Und erst da kam Verena ins Spiel. Heinz erzählte, wie er Sabines Anweisung missachtet und sich Zutritt zur Werft verschafft hatte und wie er dort von Raunjak überrascht und ausgeschaltet worden war, ausgerechnet in dem Moment, in dem er ihre, Verenas, SMS gelesen hatte. Er schilderte, wie Raunjak ihn misshandelt und damit gedroht hatte, Verena Gewalt anzutun, wie er ihn gefesselt zurückgelassen hatte und mit seinem Corrado – den man übrigens noch immer nicht gefunden hatte – losgefahren war, um Verena in die Falle zu locken.

Heinz legte eine Pause ein, in der beide die Speisekarten überflogen und Verena Caprese und Heinz Penne all'arrabbiata bestellte. Danach wollte er ihre Geschichte erfahren. Verena erzählte, wie mulmig ihr zumute gewesen war, als sie beim Lido angekommen und dieses dunkel und verschlossen vorgefunden hatte.

„Fängt die Geschichte nicht zwei Tage früher an?" Heinz bedachte sie wieder mit diesem seltsamen Blick.

Da wusste Verena, dass die Zeit gekommen war, die Dinge endlich zu klären. Sie räusperte sich, nippte an ihrem Aperol Spritz und begann: „Heinz, es ... es tut mir echt leid, was da am Samstag passiert ist." Sie wartete. Er wartete. „Was willst du denn von mir hören?"

„Keine Entschuldigungen", sagte er leise, „nur, was los war."

Verena biss sich auf die Unterlippe. „Das weiß ich nicht. Der Abend war so schön, bis ... bis ..."

„Ja?"

„Du warst plötzlich wie weggeknipst, wegen deinem Auftrag, und Ricardo, der lästige Typ, hat mich nicht in Ruhe gelassen."

„Das habe ich gesehen, aber warum bist du weggegangen? Mit ihm?"

„Ich ... ich weiß auch nicht, es war ... irgendwie bin ich wütend auf dich geworden, weil du mir nicht geholfen hast."

Heinz Gesichtsausdruck drückte Verblüffung aus. „Du hast mich damit bestrafen wollen?"

„Nein. Ja ... Vielleicht. Ich weiß nicht. Ich weiß echt nicht." Sie wünschte sich, Heinz würde etwas sagen. Doch er sagte nichts, er wartete. „Kannst du das irgendwie verstehen?"

„Dass du mit Ricardo weggehst, weil er dir lästig ist? Nein." Seine Worte waren schnell und hart, von einem Groll getragen, der sich anscheinend in ihm aufgestaut hatte. Heinz schien das selbst zu bemerken, denn er klang umgänglicher, als er weitersprach: „Du hast doch gewusst, dass ich wegen der Arbeit dort bin. Deshalb habe ich die Einladung doch überhaupt erst bekommen. Ich habe gedacht, das wäre dir klar."

„War es ja auch."

„Aber dann verstehe ich dich nicht. Es war wirklich ein schöner Abend und er wäre danach weitergegangen. Dass mein Gespräch mit Tom Schilling nicht länger als eine halbe, dreiviertel Stunde dauern würde, habe ich dir von Anfang an gesagt ... das kann dir doch nicht zu viel gewesen sein."

Verena blickte auf die Tischkante vor sich und sah, wie diese verschwamm. „Ich weiß wirklich nicht, was da los war, Heinz." Sie schniefte und kramte ein Taschentuch aus ihrer Handtasche, das sie an ihre Nase hielt. „Ich war gekränkt, das ist alles, was ich sagen kann. Aber das wäre nie und nimmer ein Grund gewesen, mit diesem schmierigen Ricardo abzuhauen. Vielleicht habe ich es getan, weil er so hartnäckig war. Vielleicht, weil ich gehofft habe, du würdest mir nachkommen und mich vor ihm retten ... der Märchenprinz, der seine Prinzessin rettet." Als sie zu Heinz aufsah, stand bittere Belustigung in seinem Blick.

„Im Märchen läuft die Prinzessin aber nicht mit ihrem Entführer davon. Eine Entführung ist es nur dann, wenn die Prinzessin es nicht will. Nur dann kommt der Prinz zur Rettung." Verena schluchzte, anstatt zu antworten. „Wo seid ihr eigentlich hingegangen?"

„In die Fabrik", brachte sie hervor. „Wir haben Prosecco getrunken und getanzt und dann ..." Ein heftiger Weinkrampf nahm ihr den Atem und die Sicht.

Sie hörte Heinz' misstrauische Stimme fragen: „Was dann?"

Es dauerte eine halbe Minute, bis sie sich so weit im Griff hatte, um wieder normal sprechen zu können. Sie putzte sich die Nase und richtete sich in ihrem Sessel auf, tupfte die Tränen aus ihren Augenwinkeln und sah ihn an. „Dann haben wir miteinander geschlafen. In seinem Auto, auf dem Parkplatz vor der Fabrik."

Heinz sagte nichts, er starrte sie nur an, eine gefühlte Ewigkeit lang. Seine Augen waren weit geöffnet, in seinem Blick lag gleichzeitig alles und nichts. Er öffnete die Lippen, als wollte er etwas sagen – doch stattdessen zitterten sie nur. Dann stand er auf, wortlos, und ging.

Verena spürte Panik in sich hochsteigen, fuhr herum und sah ihm nach; sah, wie er in die Eisengasse taumelte und damit aus ihrem Blickfeld verschwand. Sie sprang auf und lief ihm hinterher, blieb aber am Eingang der Gasse stehen. Heinz stützte sich an einer Mauer ab, während er davonstolperte. Verena hob beide Hände vor ihr Gesicht, so als könnte das verhindern, dass es in Tränen zerfloss.

Heinz schwankte davon, wollte weg, möglichst weit weg von diesem grausamen Schmerz und von Verena, damit sie ihn nicht einholte. Er wollte nicht, dass sie ihn so sah – er wollte nicht, dass ihn irgendwer so sah. In der Absicht, vom Dr.-Arthur-Lemisch-Platz aus in eine der Seitengassen zu verschwinden, schaffte er es irgendwie über die Kramergasse, doch am Brunnen mit dem Wörtherseemandl war sein Weg zu Ende. Der Schmerz in seiner Magengrube krümmte ihn so sehr, dass er über dem Bronzemännchen zusammenknickte, es umarmte, wie ein Betrunkener, der den Halt verloren hatte. Wahrscheinlich hielten ihn die Passanten für einen solchen, und was den verlorenen Halt betraf, stimmte es ja auch. Er schnappte verkrampft nach Luft, versuchte, diesen abscheulichen Schmerz in sich irgendwie auszuhalten. Dann, als seine Atemzüge zu zittern und die Tränen zu fließen begannen, war das Schlimmste überstanden. Was seinen Schmerz verursacht hatte, war jetzt tot.

Kapitel 15

Dienstag, 22 Uhr

Heinz war auf das Kreuzbergl gewandert, hatte sich auf halber Höhe auf eine Parkbank gesetzt und starrte seither auf die Dächer von Klagenfurt. Es war nicht leicht, die primitiven Regungen beiseitezuschieben, die aus seinem Inneren hochstiegen – Eifersucht, gekränkte Männlichkeit, Rachsucht –, doch er war lebenserfahren genug, um die Situation emotional in den Griff zu bekommen, mochte sie andauern, solange sie musste. Beim Anblick seiner Stadt, deren Lichter die des Himmels überstrahlten, kam mit der Zeit so etwas wie Frieden über ihn. Er fühlte sich matt, abgeklärt.

Was waren die letzten Tage verrückt.

Direktor Oberhofer von der Fiducia fiel ihm ein. Was würde der wohl sagen? Seinen Bonus konnte Heinz sich jedenfalls in die Haare schmieren, immerhin hatte er die Zigarren nicht beschafft. Er würde sogar um sein Honorar kämpfen müssen, und das nach all der Mühe, all der Opfer.

Verdammt, ich brauche das Geld!

Was, wenn es tatsächlich Lieselotte Kaiser war, die den Raub in Auftrag gegeben hatte? Wenn Heinz ihr das nachweisen konnte, hatte er noch Aussicht auf die Belohnung zur Ergreifung des Drahtziehers. Er konnte ihr aber nichts nachweisen, er hatte ja nicht einmal eine Idee für ein schlüssig klingendes Motiv der alten Dame.

Heinz schüttelte den Kopf und damit sich selbst aus seinen Gedanken. Das war doch alles Unsinn. Die Polizei würde Guido Raunjak vernehmen und wenn er nicht selbst erzählte, wo er die Zigarren versteckt hatte, würde Fredy Koren sie auf die richtige Spur führen, um seine Haut zu retten. Denn das Elektroboot, mit dem Raunjak heute Vormittag hatte fliehen wollen, hatte Heinz frappierend an jenes erinnert, das er gestern in einer der Fahrrinnen in der Werft hatte liegen gesehen. Raunjak war also nach der Durchsuchung durch die Polizei noch einmal in die Werft zurückgekehrt, was bedeutete, dass Koren ihn auch weiterhin gedeckt hatte. Um die Sache rundzumachen: Die Chancen, dass die Polizei Castros Zigarren diesmal finden würde, standen sehr gut, und wenn sie die einmal hatte, hätte Guido Raunjak keinen Grund mehr, seinen damaligen Auftraggeber zu decken. Somit wäre auch diese Geldquelle für Heinz versiegt.

Heinz starrte vor sich hin. Jetzt hätte er sich gerne eine Zigarre angezündet; eine von denen, die noch bei ihm zuhause lagen, die ihm Tom Schilling bei der Fête Blanche in die Brusttasche gestopft hatte.

Eine Niederlage zu feiern ist nicht die schlechteste Idee, um ihr etwas Gutes abzugewinnen.

Tom Schilling ... warum hatte Guido Raunjak Tom Schilling überfallen? Was, verdammt noch einmal, hatte Raunjak mit Tom ...

Heinz begann unvermittelt zu lachen. Er wusste jetzt, wer der Auftraggeber für den Zigarrenraub vor dreizehn Jahren gewesen war; der Drahtzieher, der all das Leid verursacht hatte, das bis zum heutigen Tag andauerte und mit diesem nicht enden würde.

So ein gieriger, kalter, berechnender Mensch!

Diese Erkenntnis mit all ihren Konsequenzen trieb ihm die Tränen in die Augen – denn eine der Konsequenzen war, dass sie ihm nichts bringen würde.

Mittwoch, 9 Uhr

Als die Ampel auf Grün schaltete, trat Sabine so fest in das Gaspedal, dass die Reifen ihres Dienstwagens aufkreischten. Sie nahm wieder etwas Druck vom Fuß, doch das war nicht einfach, denn sie war geladen wie eine Gewitterwolke. Kurz spielte sie mit dem Gedanken, das Blaulicht aufs Dach zu setzen, um auf der Sankt Veiter Straße stadtauswärts freie Fahrt zu haben und Vollgas geben zu können, doch das wäre unverhältnismäßig gewesen.

Als sie und ihre Kollegen gestern am frühen Abend damit begonnen hatten, Guido Raunjak zu verhören, war er bereit gewesen, alles zu gestehen. Offenbar hatte er erkannt, dass er verloren hatte, und war deshalb um Schadenbegrenzung bemüht. Mit anderen Worten: Je kooperativer er sich zeigte, desto milder würde später das Urteil des Richters ausfallen, hoffte er wohl.

Doch Sabine hatte ihre Zweifel, was die Milde anlangte: Abgesehen davon, dass eine vorzeitige Entlassung aus der Haft sofort wieder aufgehoben wurde, wenn der Begnadigte auch nur ein Feuerzeug klaute – womit Raunjak automatisch schon einmal für die nächsten fünf Jahre ins Gefängnis wanderte –, brummte man ihm etwaige Strafen für neu begangene Vergehen auf die bestehende Haftstrafe obendrauf. Und diese waren in Raunjaks Fall kein Pappenstiel: Freiheitsberaubung in mehreren Fällen, vorsätzliche Körperverletzung in mehreren Fällen, darunter an zwei Exekutivbeamten, gefährliche Drohung, Diebstahl, widerrechtliches Betreten fremder Anlagen, Störung der Totenruhe und, und, und ...

Sie ließen ihn reden. Raunjaks Aussagen deckten sich im Wesentlichen mit dem, was Sabine und Heinz ermittelt hatten. Wirklich interessant wurde es erst, als er von den Ereignissen erzählte, die sich nach der Entschlüsselung der Nachricht in der Statuette abgespielt hatten: „Ich hab die Anweisungen von der Simone wieder wörtlich genommen, das war nicht schwer zu verstehen. Ich hab die Farbe mit einer Spachtel vom Bild heruntergekratzt. War eine Scheißarbeit. Dann hab ich gesehen, dass der nächste Hinweis irgendwo in der Villa Werdfried ist, und wollt' mich dort einmal umschauen. Wie ich weggefahren bin, hab ich den tiefergelegten, schwarzen VW gesehen, der da am Gehsteig geparkt war. Eine Kieler Nummer. Mir war klar, dass der wegen mir da ist, weil wegen was sonst? Einen Gratiszugang zum See gibt's woanders bequemer, zum Spazierengehen ist da weit und breit nix und wenn zwei heimlich miteinander schnackseln wollen, werden sie das sicher nicht neben der Süduferstraße tun. Muss die Konkurrenz sein, hab ich mir gedacht, weil die Zivilstreifen haben vielleicht Wiener Autonummern, aber keine deutschen; außerdem haben die keine so getunten Autos. Da will mir einer die Zigarren abjagen, hab ich mir gedacht, und der kundschaftet mich jetzt erst einmal aus. Zuerst hab ich mich gefragt, wie der mich gefunden hat, aber dann hab ich mich erinnert, dass der Berti, dieser Volltokker, früher einmal mit so einem Piefke von irgendwo aus dem Norden zu tun gehabt hat. Und dass der Berti blöd genug ist, dass er sich mit einem Piefke zusammentut, traue ich ihm sofort zu. Der hat wahrscheinlich echt geglaubt, der Piefke wird mir die Zigarren abjagen und dann mit ihm teilen. Der tiefergelegte VW ist mir aber nicht nach Saag nachgefahren, deshalb hab ich mir gedacht, der nützt's aus, dass ich nicht da bin, und schaut sich derweil in der Werft um. Wahrscheinlich versteckt er sich dann irgendwo und wird mich überfallen, wenn ich zurückkomm. Ich hab mir gedacht, wenn ich ihn austricksen will, dann darf er mich nicht kommen sehen. Ich hab also den Fredy angerufen, dass er mir ein anderes Auto gibt. Zuerst war ich noch bei der Villa, aber da hab ich nix ausrichten können, weil ohne Brecheisen war da kein Reinkommen. Dann bin ich nach Schiefling gefahren, wo der Fredy wohnt."

Sabine trat auf die Bremse und musste sich zusammennehmen, um den dahinschleichenden Wagen vor sich nicht wütend anzuhupen.

Schiefling am See – von Saag aus führte der kürzere Weg dorthin über Velden, deshalb war der Pick-up nicht bei der Werft vorbeigekommen.

Als sie an Tom Schilling dachte, wollte sie am liebsten schreien!

Raunjak hatte genau ausgeführt, was bei Fredy Koren zuhause geschehen war: „Der Fredy war grantig, weil die Polizei alle fünf Minuten bei ihm anklopft, aber das war mir wurscht. Unser Deal war, dass er mir hilft und dafür einen Anteil an meiner Provision für die Zigarren kriegt, und zwar keinen kleinen. Er hat auf die Schnelle kein anderes Auto auftreiben können, deshalb hat er mir das von seiner Frau gegeben. Die ist deswegen ausgezuckt wie eine Furie, ich weiß nicht, wie's der Fredy mit der aushält. Ich hab nur geschaut, dass ich von dort wegkomm. Ich wollt mit dem Piefke Tabula rasa machen und dann mein Werkzeug zusammenklauben, damit ich in die Villa hineinkomm."

Sabine stand an der letzten Ampel in der Sankt Veiter Straße stadtauswärts und blinkte nach rechts. Ihre Daumen trommelten auf das Lenkrad. Diesen Schilling würde sie jetzt durch den Fleischwolf drehen! Möglich, dass er von nichts gewusst hatte, aber heute einfach abzuhauen, das schlug dem Fass den Boden aus.

„Der tiefergelegte VW war noch da und keiner ist dringesessen“, hatte Raunjak weiter ausgeführt. „Ich bin unten im Wald über den Zaun geklettert und habe mich angeschlichen, damit er mich nicht bemerkt. Bevor ich die Tür aufgesperrt hab, hab ich durchs Fenster geschaut, ob wohl keiner im Vorraum ist. Und wie ich drin war, im Gang, und gesehen hab, dass Licht in meinem Zimmer ist, und gehört, dass da wer herumräumt, war der Fisch für mich eh schon gebissen. Nachdem in der Werft sonst alles ruhig war, war mir klar, dass der Typ alleine arbeitet, und dass er harmlos war, hab ich auf den ersten Blick gesehen. Das war einer von denen, die schon ein schlechtes Gewissen kriegen, wenn sie einmal bei Rot über die Kreuzung fahren. Die haben sich nie den Respekt mit einem Messer verdienen müssen und sich nie im Bau mit harten Typen herumgeschlagen. Ich hab ihn fertiggemacht, mein Werkzeug zusammengeräumt und schon einmal vor die Tür gestellt. Dann hab ich ihn aufgeweckt und gefragt, was er von mir will. Zuerst wollt' er den Schweigsamen spielen und dann hat er mir so ein armseliges Geschichterl aufgetischt. Außerdem war er kein Piefke, das hörst ja beim Reden. Aber zumindest hat er ein bissel Feuer gefangen, wie ich ihm gesagt hab, dass ich mich mit seiner Freundin treffen werd. Das hat er nicht ganz vertragen.“

In einer Verhörpause hatte Sabine im Klinikum angerufen und sich nach Tom Schillings Befinden erkundigt. Man hatte ihr mitgeteilt, dass er heute nicht mehr vernehmungsfähig sei und sie sich morgen wieder melden solle.

Morgen, morgen! Sabine hatte genau das getan: Sie war um neun Uhr im Klinikum auf der Matte gestanden, und das, obwohl ihr gestriger Arbeitstag erst weit nach Mitternacht geendet hatte. Mit welchem Erfolg? Der freundliche Herr Schilling hatte auf eigenen Wunsch hin ausgecheckt und niemand auf der Station hatte es der Mühe wert befunden, sie darüber zu informieren. Da sie ihn telefonisch nicht erreichen konnte, war sie über Umwege an seine Personalmanagerin, diesen Besen, geraten, welche ihr schließlich verraten hatte, wo er sich aufhielt.

Als die Ampel auf Grün schaltete, trat Sabine wieder aufs Gas, diesmal etwas vorsichtiger. Sie fuhr durch die abenteuerlich steile Unterführung und achtete dann darauf, keine der alten Damen niederzufahren, die zwischen dem Zentralfriedhof und dem Blumengeschäft die Straße kreuzten. Doch danach gab sie Gas, um endlich, endlich zum Flughafen zu kommen.

„Ich wollt natürlich, dass die Kleine zutraulich ist, deshalb hab ich das Auto von dem Spinner genommen“, hatte Guido Raunjak seine Geschichte weitererzählt. „Keine Ahnung, warum der mit einer deutschen Nummer herumfährt. Dass das Lido zu ist, hab ich gewusst, ich hab mir gedacht, ein dunkler Parkplatz, wo kaum Leute vorbeikommen – besser geht's gar nicht. Ich bin ein bissel später hingefahren, damit sie schon dort ist. Weil, wenn sie an der Straße wartet, fahr ich zu ihr hin, Tür auf und schnapp. Alles Weitere ergibt sich dann.“

Sabine lenkte den Wagen schwungvoll in die Kurzparkzone direkt vor dem Flughafeneingang und schleuderte das „Polizei“-Schild auf die Konsole unter der Windschutzscheibe. Dann eilte sie im Laufschritt in das Gebäude und über die breite Wendeltreppe hinauf in den ersten Stock.

Raunjak hatte so emotionslos gewirkt, als erzählte er eine Geschichte, die ihn nichts anging: „Aber die Kleine ist nicht aufgetaucht. Vielleicht hat sie den Braten gerochen oder vielleicht wollt sie mit dem Typ spielen, wer weiß schon, was in den Köpfen von den Weibern vorgeht. Mir war's wurscht, weil der Kleine, den ich in der Werft an den Sessel gefesselt hab, der war eh keine Konkurrenz. Ich bin zur Villa gefahren, aber bei der Einfahrt zum Wald sind Bullen gestanden. Ich hab den VW hinter der nächsten Kurve geparkt und mein Werkzeug genommen. Wie der Lageplan gefehlt hat, den die Simone für mich gezeichnet hat, ist mir erst wieder eingefallen, dass ich den im Auto vom Fredy seiner Frau liegen gelassen hab. Wie ich dort ausgestiegen bin, hab ich ja da nicht damit gerechnet, dass ich mit einem anderen Auto weiterfahren werde. Aber ich hab eh ungefähr gewusst, wo ich suchen muss, und außerdem wollt ich deswegen nicht den ganzen Weg zurückfahren. Ich hab mich durch den Wald angeschlichen, am Hang unten, nahe beim Wasser, und bin auf der Seite über die Mauer geklettert. Ich hab ja nicht gewusst, was die Bullen auf der Straße draußen wollen, da wollt ich kein Risiko eingehen. Deshalb bin ich auch an der Rückseite der Villa eingestiegen, hab mit dem Brecheisen die Scharniere von einem Fensterladen ausgehebelt und nachher noch zweimal das Gleiche mit den Fensterflügeln; es war so ein altes Doppelfenster.

Drinnen bin ich in den Dachboden hinaufgegangen und hab mich umgeschaut. Aber das war sinnlos, aber komplett! Ich hab den Plan zwar grob im Kopf gehabt, aber wennst dort bist und nicht weißt ... und dann noch so eine Funzel von einer Taschenlampe hast ... Ich hab noch eine Weile herumgesucht, bis ich gehört hab, dass wer die Tür unten aufsperrt. Da hab ich mir gedacht, das ist kein Zufall, die kommen sicher wegen der Zigarren. Wahrscheinlich hat sich der Typ in der Werft befreit und die Bullen gerufen und die haben meinen Plan im Auto vom Fredy seiner Frau gefunden. Ich hab mich in einem von den Räumen gegenüber vom Dachbodeneingang versteckt. Ich hab mir gedacht, wart einmal ab, was passiert, vielleicht kommst ja doch noch zum Zug. Und, wie Sie ja gesehen haben, hab ich Glück gehabt."

Sabine hatte diesen Seitenhieb auf ihre Person ignoriert und jene Frage gestellt, deren Antwort Licht in die letzte dunkle Facette des Falles bringen würde: „Warum haben Sie Tom Schilling überfallen?" Guido Raunjak hatte sie so verdutzt angesehen, dass sie sich dazu veranlasst gefühlt hatte, zu verdeutlichen: „Hat sich ihr damaliger Auftraggeber von seinem ursprünglichen Angebot zurückgezogen? Wollten Sie deshalb Geld von Herrn Schilling erpressen, dafür, dass Sie ihm die Zigarren zurückgeben?"

Raunjak war in schallendes Gelächter ausgebrochen. „Sie haben aber echt von nix eine Ahnung", hatte er gerufen und dann die Hintergründe erzählt.

Fuchsteufelswild stürmte Sabine die Dachterrasse des Flughafenrestaurants. Sie marschierte schnurstracks auf Tom Schilling zu, der am unteren Ende der Terrasse wie ein riesiger Topfenknödel in einem der Liegestühle lehnte. Neben einem knabenhaften Begleiter war auch seine Personalmanagerin anwesend, eine Matrone von eins achtzig Höhe und achtzig Breite, die sich Sabine nun in den Weg stellte; ihre dickrandige Brille und die eng anliegende Frisur verstärkten die Strenge ihres Blicks noch zusätzlich. Sabine setzte ihre gesamte Körperkraft ein, um sie zur Seite zu stemmen, und ging, den lautstarken Protest der Person ignorierend, an ihr vorbei.

„Was fällt Ihnen ein, einfach so abzuhauen?", herrschte sie Schilling an.

Während sich sein Begleiter lautlos aus der Schusslinie stahl, starrte der Angesprochene sie kurz perplex an, bevor er auffuhr: „Na hören Sie einmal, ich bin nicht Ihr Gefangener."

„Aber Sie sind der Kronzeuge. Bevor Sie nicht Ihre Aussage gemacht haben, fliegen Sie nirgendwohin."

„Das haben Sie nicht zu bestimmen."

Sabine hielt inne, wechselte die Strategie. „Vor was flüchten wir denn?"

Tom Schilling lachte schrill auf. „Na, vor Ihnen sicher nicht."

„Warum dann der überstürzte Aufbruch im Morgengrauen, ohne Bescheid zu geben?"

„Erlauben Sie einmal, man hat mich gestern in meinem eigenen Haus als Geisel gehalten. Ich bin traumatisiert, ich brauche Erholung."

„Ach ja? Und so eine Flugreise bucht sich so einfach von einer Minute auf die andere?" Sabine schnippte einige Male mit den Fingern.

„Ja. Wenn man einen Privatjet besitzt, genügt ein Anruf."

„Herr Schilling, ich habe anstrengende Tage hinter mir, vor allem die vergangene Nacht hat mir einiges abverlangt. Aber es hat sich gelohnt, denn ich habe den

Schwerverbrecher Guido Raunjak verhört und der hat mir einige interessante Dinge erzählt."

Schilling bekam einen harten Gesichtsausdruck. „Schön für Sie", meinte er schnippisch und vollführte eine Handbewegung, als wolle er eine Fliege verscheuchen. „Und jetzt gehen Sie mir aus der Sonne, mit Ihnen spreche ich nur noch über meinen Anwalt."

Sabines Seele wurde hart. Es fühlte sich an, als erstarrte im Inneren ihres Brustkorbs alles zu Stein. „Herr Thomas Schilling, im Namen des Gesetzes nehme ich Sie hiermit fest wegen Flucht- und Verdunkelungsgefahr."

„Was is?" Schilling verzog das Gesicht, als hätte er Sabine nicht verstanden.

„Kommen Sie freiwillig mit mir, oder soll eine Polizeistreife Sie in Handschellen abführen?"

Er kontrollierte ein paar Sekunden lang das Gesicht der Kriminalpolizistin, dann sagte er: „Ein bisschen übertrieben, Ihr Scherz, nicht wahr?"

Sabine zog ihr Mobiltelefon, wählte eine Nummer und bestellte einen Einsatzwagen zum Flughafenrestaurant. Im Nachsatz sagte sie: „Und sorgen Sie dafür, dass die Kollegen Handschellen und Pfefferspray mithaben, der zu Verhaftende ist renitent." Damit wandte sie sich ab und ging, unter den überraschten und aufmerksamen Blicken der anderen Restaurantgäste, in Richtung Ausgang. Die Kollegen von der Streife hatten immer Handschellen und Pfefferspray dabei, doch Sabine wollte, dass Tom Schilling Panik bekam. Sie war noch keine vier Meter weit gekommen, als er ihr nachrief: „Warten Sie."

Über die Schulter hinweg sagte sie abschließend: „Ich habe genug von Ihnen. Soll sich der Untersuchungsrichter mit Ihnen herumschlagen."

„Aber ich habe doch nichts verbrochen.“ Er klang jetzt ängstlich.

Sabine blieb zögernd stehen. Langsam drehte sie sich zu ihm um. „Und was ist mit Versicherungsbetrug? Fällt das für Sie in die Kategorie Kavaliersdelikt?“

„Was, Versicherungsbetrug? Ich habe doch gar nicht ... ich habe ja gar nicht gewusst ...“

Sabine ging nun doch zurück. Sie hatte erreicht, was sie wollte, und die anderen Gäste als Publikum gewonnen. Ein extrovertierter Egozentriker wie Tom Schilling scheute nichts mehr, als in der Öffentlichkeit bloßgestellt zu werden. Indem sie genau das inszeniert hatte, war sichergestellt, dass er mit ihr kooperieren würde, um eine Wiederholung dieser Szene zu vermeiden.

Als Sabine einen Sessel heranzog, ließ sie dessen Metallbeine laut über die Kieseloberfläche der Bodenfliesen rattern. Dann setzte sie sich Tom Schilling gegenüber und begann: „Ihr Vater selbst hat Guido Raunjak und Markus Meißler vor dreizehn Jahren den Auftrag gegeben, die Zigarren zu rauben. Er wollte die Versicherung abzocken und Raunjak und Meißler sollten einen Anteil von der Versicherungssumme bekommen, sobald sie ihm die Zigarren zurückbrachten. So hätte Ihr Vater den Großteil der Ersteigerungssumme zurückbekommen und die Zigarren trotzdem besessen.“

„Ja, aber was hat das mit mir zu tun?“

„Sie sind der legitime Nachfolger Ihres Vaters, oder? Sie haben all seine Geschäfte übernommen, stimmt’s oder stimmt’s nicht?“

„Ja, ja, Geschäfte, aber doch keine Verbrechen.“

Sabine zog eine Schnute. „Jetzt sagen Sie nur noch, Ihr Papa hätte Ihnen den Deal mit Raunjak und Meißler verschwiegen.“

Tom Schilling starrte sie an, sein Blick war unsicher. „So ist es.“

„Das glauben Sie ja selbst nicht.“

„Aber wenn ich es Ihnen doch sage. Gestern ruft mich plötzlich dieser brutale Kerl an und sagt, er müsse mit mir reden. Und keine Stunde später steht er auch schon vor meiner Haustür.“

„Wenn Sie tatsächlich nichts von der Sache gewusst haben, warum haben Sie dem Treffen dann zugestimmt?“

Schilling leckte sich die Lippen, seine Augen wanderten ziellos umher. „Weil ... weil ...“

„Weil?“

„Na, weil ... ich wollte die verdammten Zigarren haben. Wenn die Polizei unfähig ist, sie aufzutreiben, und die Volldeppen von der Versicherung nichts weiterbringen, dann ... dann kaufe ich sie eben von dem zurück, der sie geraubt hat.“

„Von Zurückkaufen war da aber nicht die Rede, oder?“ Sabine hatte den Vorteil, dass sie die Geschichte bereits bis ins kleinste Detail kannte, Guido Raunjak hatte ihr alles erzählt. Er hatte nicht gewusst, dass Thomas Schilling senior, sein Auftraggeber, mittlerweile dement und entmündigt war. Deshalb hatte er sich an dessen rechtmäßigen Nachfolger gehalten, seinen Sohn.

„Er war ... er war einfach zu gierig.“

Raunjak hatte auf den ursprünglich vereinbarten Betrag gepocht, doch Tom Schilling wollte ihn mit einem Taschengeld abspeisen. Dann hatte Schilling noch den Fehler begangen, ihn erpressen zu wollen, indem er drohte, die Polizei einzuschalten, sollte Raunjak sein Angebot nicht annehmen.

„Ich glaube eher, Ihnen war nicht klar, mit wem Sie es zu tun haben“, entgegnete Sabine deshalb. „Haben

Sie tatsächlich geglaubt, ein Mann, der nach dreizehn Jahren Haft in der Justizanstalt Stein sein Leben riskiert, um eine alte Abmachung einzuhalten, lässt sich von Ihnen beeindrucken? Von Ihnen?“ Die letzten beiden Worte hatte sie in einer Art nachgelegt, als wäre allein schon der Gedanke, überhaupt jemand könne von Tom Schilling beeindruckt sein, skurril. Das saß. Schillings Mund ging auf und zu, doch es kam nichts heraus. Sabine fuhr fort: „Und das Märchen, Sie hätten nichts von dem Deal zwischen Ihrem Vater und den Räubern gewusst, können Sie Ihrer Großmutter erzählen. Das ist doch der Grund, warum Sie abhauen wollen, Sie wollen sich der österreichischen Rechtsprechung entziehen.“

Sabine wusste, dass das nicht stimmte. Raunjak hatte ihr bestätigt, dass weder er noch Meißler noch der alte Schilling irgendjemandem von ihrer Vereinbarung erzählt hatten. Nicht einmal Tom Schillings Mutter hatte davon gewusst, sie hatte während des Überfalls Todesängste ausstehen müssen. Allein schon deshalb war es für Sabine ein Jammer, dass der Alte nicht mehr zur Verantwortung gezogen werden konnte. Er war bereit gewesen, über Leichen zu gehen – und die hatte es dann ja auch gegeben. Raunjak war übrigens um keinen Deut besser gewesen; sowohl er als auch Meißler hatten Simone die Abmachung mit Schilling senior verschwiegen, allerdings aus Sicherheitsgründen, wie Raunjak es nannte. Denn sollte die Sache schief gehen, hätte Simone auf die Idee kommen können, sich mit dem alten Schilling zu einigen und Raunjak und Meißler im Knast verrotten zu lassen.

Der Grund, warum Sabine Tom Schilling junior dennoch den Vorwurf der Mitwisserschaft an den Kopf geworfen hatte, war, dass sie ihn gefügiger machen wollte. Sie brauchte seine Aussage – und außerdem hasste sie das arrogante Gehabe dieses Möchtegernplayboys, dessen größte Leistung es war, als Sohn eines reichen Vaters auf die Welt zu kommen.

„Frau ... Frau Hauptkommissarin, ich ... das, also das stimmt nicht."

„Ich bin Chefinspektorin."

„Entschuldigung."

„Warum dann die Flucht?"

„Aber ich fliehe doch gar nicht, ich will nur relaxen. Ein paar Tage auf meiner Yacht vor Barcelona ... das ist doch nicht zu viel verlangt, nach dem, was ich gestern durchgemacht habe, oder?"

Sabine presste die Lippen aufeinander. Jetzt hatte sie ihn dort, wo sie ihn haben wollte. „Ich mache Ihnen einen Vorschlag: Sie kommen mit zu mir ins Sicherheitszentrum, ich nehme Ihr Protokoll auf und dann dürfen Sie fliegen, wohin Sie wollen, einverstanden?"

Sie sah, wie die Anspannung von ihm wich. Er nickte so heftig, dass sein Doppelkinn schwabbelte.

Kapitel 16

Donnerstag, 11 Uhr

Als Sabine im Eingangsbereich des Pörtschacher Bestattungsunternehmens „Requiescat In Pace“ niemanden antraf, ging sie weiter in den Schauraum für Sargmodelle. Auch hier sah sie niemanden und wollte es schon im nächsten Raum probieren, als sie ein Rascheln hörte.

„Hallo?“

Nahe der Wand, hinter einem schräg aufgestellten Sarg mit Kärntner Motiven, tauchte der Kopf einer alten Frau auf. „Ja bitte?“

„Entschuldigen Sie“, Sabine ging näher an die Frau heran, „ich habe den Rudi gesucht, den Geschäftsführer.“

„Der ist leider außer Haus. Kann ich Ihnen helfen?“ Sie lächelte herzlich.

„Sind Sie ... Sie sind seine Mutter, stimmt’s?“, die Frau beäugte Sabine skeptisch. „Ich bin’s, Sabine ... die Tochter vom Bürgermeister.“

Das Gesicht der Alten hellte sich auf. „Die Sabine? Mei, dich habe ich ja nicht mehr gesehen, seit du so groß warst.“ Sie deutete mit der Hand hinter dem Sarg eine Höhe an, die Sabine nicht sehen konnte. „Du arbeitest bei der Bahn, gell?“

Sabine lachte. „Fast. Nein, bei der Polizei.“

„Ah, Polizei. Ich habe gewusst, es war irgendwas mit Uniform.“

Sabine widerstand dem Reflex, der Mutter des örtlichen Bestatters zu erklären, dass Kriminalpolizisten keine Uniformen trugen. Stattdessen kam sie auf den Grund ihres Besuchs zu sprechen. „Ich habe gehört, das Grab von Simone Bretgeber wird neu eingesegnet?“

Das Lächeln auf dem Gesicht der alten Frau verschwand. „Ja, das ist notwendig nach dem, was passiert ist. Schrecklich, nicht wahr? Sogar das Begräbnis ihrer Mutter ist verschoben worden, damit wir sie neu beisetzen können."

„Deshalb bin ich hier."

Der Blick der Alten wurde fragend. „Aha?"

Simone ging zu ihr hin und überreichte ihr eine kleine Schachtel. „Ich hätte gerne, dass dieser Gegenstand zu seinem rechtmäßigen Besitzer zurückfindet."

Die Frau öffnete die Schachtel und zog eine Kette hervor, an der Simones Medaillon baumelte. „Meine Güte, so etwas Schönes", flüsterte sie.

„Simone Bretgeber hat es bei ihrer Taufe von einer Tante bekommen. Sie hat es ihren Lebtag lang getragen, und als sie gestorben ist, hat ihre Mutter entschieden, dass sie es auch nach ihrem Tod behalten soll."

Die Miene der Alten hellte sich auf. „Davon habe ich gehört! Ach, und das ist das Stück, das bei der Leichenfledderei gestohlen worden ist?" Ihr Gesichtsausdruck bekam etwas Ehrfurchtsvolles und dann, als sie Sabine ansah, einen besonderen Glanz. „Ich bin ganz gerührt von dieser Geste. Sabine, Entschuldigung, Frau ..."

„Sabine ist schon in Ordnung."

„... ich verspreche Ihnen, ich werde persönlich dafür sorgen, dass unsere Simone ihr Erbstück zurückbekommt."

Die beiden Frauen lächelten einander an; ihre Augen schimmerten feucht.

* * *

Heinz nickte der Dame am Informationsschalter des Klinikums freundlich zu, als er an ihr vorbeiging, den

Weg zur Station für Pulmologie kannte er ja inzwischen. Unter dem Arm trug er ein in Packpapier gehülltes, auf einen Rahmen gespanntes Bild in der Größe von etwa einhundert Mal siebzig Zentimetern; er war hier, um ein Versprechen einzulösen.

Gerade vorhin erst hatte er seinen Corrado am Polizeiparkplatz des Sicherheitszentrums abgeholt. Man hatte ihn nach Raunjaks Geständnis zwar gestern schon gefunden, Sabine hatte aber sicherheitshalber die Spurensicherung mit einer Routineuntersuchung des Fahrzeugs beauftragt, man wusste ja nie. Dass er bei der Engstler-Werft gestanden war, dort, wo Heinz ihn zuletzt abgestellt hatte, lag daran, dass Guido Raunjak ihn am Dienstag dort geparkt hatte, um mit dem Elektroboot, das in der Werft stand, zu seinem Treffen mit Tom Schilling zu fahren. Raunjak dachte, der Seeweg würde ihm eine bessere Fluchtmöglichkeit bieten, weil etwaige ungebetene Gäste eher mit seiner Flucht zu Lande rechnen würden; zumindest hatte er das Sabine im Verhör erzählt. Das machte durchaus Sinn, immerhin war er von einer Einigung mit Tom Schilling ausgegangen, womit der Fluchtplan nur für den Fall der Fälle gedacht war. Hätte er geahnt, Polizeikräften im Ausmaß einer halben Kompanie gegenübertreten zu müssen, hätte er sich wohl mehr einfallen lassen, als einen Elektrokutter im Schilf. Nachdem er Tom Schillings Überheblichkeit nichts außer Gewalt entgegenzusetzen gehabt hatte, war die Lage eskaliert und er zu improvisieren gezwungen gewesen. Selbst in dieser Situation hatte er das Boot als Ausweg angesehen und die Kugeln von Schillings Billardtisch mitgenommen, um Verwirrung zu stiften und einzelne Polizisten davon abzuhalten, auf ihn zu schießen. So gesehen, war er ohnehin weit gekommen, noch dazu unversehrt.

Vor dem Zugang zur Station blieb Heinz kurz stehen und atmete einmal tief durch. Er hatte vor, Stationsschwester Winter zu einem Becher Kaffee einzuladen und ihr dabei die wahre Geschichte von Simones Gemälde zu erzählen, das dreizehn Jahre lang auf ihrer Station gehangen war, ohne je sein Geheimnis preisgegeben zu haben. Und weil das echte Bild mittlerweile ausgeschnitten, abgeschabt und zerknittert worden war und in dieser Form als Beweismittel für Raunjaks Prozess dienen musste, hatte Heinz ein Foto davon in Originalgröße ausdrucken und auf einen Rahmen spannen lassen. So konnte er das Versprechen halten, das er Frau Winter gegeben hatte, so gut es eben ging.

Montag, 10 Uhr

Dass Landesdirektor Armin Oberhofer und Heinz Sablatnig nebeneinandersaßen, war nicht ihre Idee gewesen. Tom Schilling hatte ihnen die Plätze auf einem teuren Ledersofa zugewiesen, die inmitten des weitläufigen Wohnzimmers in seiner Villa in Krumpendorf stand. Schilling selbst saß ihnen in einem Couchsessel gegenüber. Ein riesiger, niedriger Tisch mit einer Glasplatte trennte Gastgeber und Besucher voneinander. Im Gegensatz zu seinen Gästen grinste Schilling junior, redete unentwegt und gestikulierte dabei ausladend mit beiden Armen. In dem Sessel, den er trotz seiner Geräumigkeit gut ausfüllte, wirkte er wie ein Pascha.

„Es war mein Glück, dass meine Personalchefin so hysterisch geworden ist", erzählte er gerade von seinem Erlebnis am vergangenen Dienstag, „denn das hat Raunjak von mir abgelenkt. Er hat von mir abgelassen und ist ihr nachgerannt. Gott sei Dank war ihr

Vorsprung so groß, dass er die Verfolgung bald abgebrochen hat, aber sie hat ihn lange genug beschäftigt, dass ich mich habe verstecken können. Nicht ohne die Zigarren, wohlgemerkt." Er lachte überlegen. Es schien ihn nicht zu interessieren, ob Heinz oder Oberhofer sein Gewäsch hören wollten oder nicht, er ließ ihm einfach freien Lauf und tat so, als lachten alle mit ihm. Dabei war Heinz überhaupt nicht zum Lachen zumute.

Vor diesem Gesprächstermin hatte Direktor Oberhofer ihn zu sich zitiert und ihm mit seiner unvergleichlich herablassenden Art klargemacht, dass er nicht die Absicht hatte, Heinz mehr zu bezahlen als dessen Auslagen, und selbst das auf dem Kulanzweg. Heinz hätte immerhin weder die Zigarren beschafft noch den Drahtzieher ausfindig gemacht, denn das ginge alles auf das Erfolgskonto der Polizei. Heinz war – wie bei diesen Gesprächen mit Oberhofer üblich – aus der Haut gefahren und hatte ins Treffen geführt, dass die Polizei ohne seine Hilfe Raunjak nicht einmal zu Gesicht bekommen hätte. In Folge wären die Zigarren niemals gefunden worden, und schon gar nicht hätte man den Drahtzieher ausfinden machen können. Wie gewohnt, hatte der Direktor aber auch das nicht gelten lassen. „Was zählt, ist das Ergebnis, Sablatnig", hatte er gesagt, „und das Ergebnis ist, dass die Polizei Raunjak festgenommen und die Zigarren sichergestellt und an den rechtmäßigen Besitzer übergeben hat. Die Ermittlung des Drahtziehers in Raunjaks Verhör war eine direkte Folge aus seiner Verhaftung."

Heinz kannte den Versicherungsmann mittlerweile gut genug, um zu wissen, dass dies nicht sein letztes Wort sein konnte, ansonsten hätte er ihn wohl kaum zu dem Gesprächstermin mit Tom Schilling beordert.

Oberhofer ging es darum, seinen Frust an irgendwem abzulassen, und in seiner Welt tat man das an jemandem, den man bezahlte, weil sich ein solcher erfahrungsgemäß nur wenig wehrte, wenn überhaupt. Und dass der Landesdirektor Frust schob, lag in der Natur der Dinge, denn so, wie die Fakten lagen – so stellte er es zumindest Heinz gegenüber dar – würde auch die Fiducia durch die Finger schauen: Immerhin hatte Raunjak selbst die Zigarren gebracht, womit die Vereinbarung zwischen der Versicherungsgesellschaft und Tom Schilling hinfällig war.

Heinz wusste, dass es so nicht gehen würde, denn durch den nachgewiesenen Versicherungsbetrug von Thomas Schilling senior war die Auszahlung der Versicherungssumme vor dreizehn Jahren nicht rechtens gewesen. Er hätte seinen Corrado darauf verwettet, dass ein solcher Fall nicht zum ersten Mal vorkam, deshalb gab es dafür auch mit Sicherheit eine gesetzliche Handhabe.

Tom Schilling schwadronierte mittlerweile darüber, wie er sich mit der Zigarrenkiste in seiner Speisekammer eingesperrt hatte, weil diese über eine besonders massive Tür verfügte. Dort hätte er zwar keine Angst vor dem Verhungern haben müssen, sich aber halt auch nicht in die Hose machen wollen – haha! Raunjak hätte zunächst das halbe Haus abgesucht, bis er auf die versperrte Tür gestoßen sei, die er mit Gewalt aufbrechen wollte. Tom Schilling hätte Blut geschwitzt vor Angst, bis Raunjak irgendwann aufgab und zu verhandeln versuchte. Damit hätte er sich jedoch auf Tom Schillings Terrain begeben, auf dem dieser quasi unbesiegbar sei.

Heinz kannte eine andere Version dieser Geschichte, nämlich die, die Raunjak Sabine erzählt hatte: Ihr zufolge wäre Schilling in der Speisekammer so hysterisch gewesen, dass er auf vernünftige Ansprache nicht mehr reagiert, und Raunjak seine Belagerung aufgegeben hätte, als er erkannte, dass die Villa von Polizeikräften umstellt war. Dass Tom Schilling bei seiner Befreiung durch die Cobra die Hose tatsächlich voll gehabt hatte, war Sabine aus erster Hand vom Einsatzchef zugetragen worden.

„Aber kommen wir zum Grund für diese Audienz“, gab sich der Hausherr nun geschäftsmännisch.

„Audienz“, echote Direktor Oberhofer tonlos und schickte einen Blick wie einen Pfeil zu Schilling hinüber, den dieser entweder nicht wahrzunehmen oder einfach zu ignorieren schien.

„Ich nehme an, es geht um unsere Vereinbarung betreffend der Wiederbeschaffung meiner Zigarren. Kurz und knapp: Sie haben die Zigarren nicht beschafft, folglich die Vereinbarung nicht eingehalten, also kriegen Sie von mir auch kein Geld, so einfach ist das.“

„Es ist sogar noch viel einfacher.“ Der Landesdirektor ließ seinen lauten Bass von der Kette: „Wie sich im Laufe unserer Ermittlungen herausgestellt hat, wurde die Versicherungssumme seinerzeit zu Unrecht ausgezahlt, weil der Versicherungsnehmer selbst den Raub seiner Zigarren in Auftrag gegeben hat. Das bedeutet im Klartext: Sie als Rechtsnachfolger des Versicherungsnehmers schulden uns dieses Geld, und zwar mit Zins und Zinseszins für dreizehn Jahre.“

Tom Schilling lachte schrill auf. „Der war gut, echt jetzt.“

Direktor Oberhofer sprach weiter, als hätte Schilling nichts gesagt: „Sie können das entweder in aufrichtiger Weise und ohne großes Tamtam erledigen, oder sich von einem Gericht dazu zwingen lassen. Unter den

Augen der gesamten Regenbogenpresse übrigens und unter Inkaufnahme hoher Anwalts- und Gerichtskosten."

„Tsss!" Schilling unterstrich seinen Laut mit einer wegwerfenden Handbewegung. „Geld habe ich genug."

Der Versicherungsmann fixierte den Millionär schweigend und ließ ihn eine Zeit lang auf seine kindische Art abfällig lachen. Dann begann er mit ruhiger Stimme erneut:

„Herr Schilling, seien wir uns doch einmal ehrlich: Wir können die Dinge drehen und wenden, wie wir wollen, wir können uns einen monate- und jahrelang andauernden Prozess liefern, von dem niemand profitiert, außer unseren Anwälten – aber am Ende gibt es kein Szenario, in dem Sie das Versicherungsgeld behalten werden dürfen."

Heinz erkannte mit Erstaunen, dass Schilling Oberhofer ernsthaft zuhörte. Offensichtlich hatte er das selbst schon durchgedacht und sich eingestehen müssen. „Was schlagen Sie vor?"

„Wir", nach einem schnellen Seitenblick zu Heinz präzisierte der Landesdirektor, „das heißt, wir von der Fiducia, kommen Ihnen insofern entgegen, als wir auf die Zinsen und Zinseszinsen verzichten, wenn Sie unsere vor dreizehn Jahren getätigte Versicherungsleistung in vollem Umfang innerhalb von sieben Tagen zurücküberweisen."

Tom Schilling blickte zwischen Oberhofer und Heinz hin und her und kaute auf seiner Unterlippe. Dann fragte er: „Warum so generös, Herr Direktor?" Es klang nicht ehrerbietig, wie er den Funktionstitel aussprach, sondern unpassend kumpelhaft.

Oberhofer ging gönnerhaft darüber hinweg: „Sie tragen keine Schuld an der Misere. Außerdem gilt, was ich vorhin gesagt habe: Wenn die Sache auf einen Rechtsstreit hinausläuft, kostet uns das ungleich mehr als Zins und Zinseszins für dreizehn Jahre."

„Pure Menschengüte also." Tom Schilling lachte meckernd.

Oberhofer nickte nur. „So wie immer, in Geldangelegenheiten."

„Das ist ein Wort." Schilling sprang auf und reichte die Hand über die breite Tischplatte hinweg. Direktor Oberhofer bewegte sich spiegelgleich, so dass die Hände der beiden über der Mitte der Tischplatte ineinandergriffen. Tom Schilling wurde lebendig, er meckerte noch einmal und begann wieder zu plappern: „Na, dann will ich auch nicht nachtragend sein. Wissen Sie was, Herr Direktor? Ich werde die Zigarren wieder bei Ihnen versichern; gegen Diebstahl, Feuer – alles, was Sie im Programm haben. Und jetzt trinken wir einen."

Oberhofer hob zögernd die Hand. „Nein, danke, ich ...", doch Schilling fiel ihm ins Wort: „He, kneifen gilt nicht. Ich bin gleich wieder zurück." Damit eilte er aus dem Raum.

Heinz, der noch immer saß, sah den Landesdirektor von der Seite her an, bis dieser seinen Blick erwiderte und mürrisch fragte, als sei Heinz ein quengelndes Kind: „Was ist denn, Sablatnig?"

„So, wie es aussieht, hat fast jeder bekommen, was er wollte."

„Von was haben Sie die letzten zehn Minuten geträumt? Beide Seiten müssen sich mit einem Kompromiss begnügen."

„Mit einem solchen Kompromiss würde ich mich auch begnügen."

„Sablatnig ..." Oberhofer schloss die Augen und rieb sich die Stirn. Heinz ärgerte dieses theatralische

Gehabe, das ihn in die Rolle eines bettelnden Hundes versetzte, dennoch zwang er sich, seinen optimistisch-freundlichen Gesichtsausdruck zu behalten. Endlich ließ sich der Versicherungsmann doch dazu herab, nachzugeben: „Na schön, von mir aus, weil Sie sich wirklich mit Leib und Leben eingesetzt haben, auch wenn es nichts gebracht hat."

„Was?" Heinz formulierte die Frage so, als hätte er Oberhofer nicht verstanden, und nicht so, als wäre er auf dessen Entscheidung neugierig. Doch ebenso, wie Heinz nicht auf das Spiel des Landesdirektors einstieg, ging dieser auch nicht auf Heinz' Spiel ein.

„Ich will ja wirklich, dass wir in gutem Einvernehmen bleiben, aber eins sage ich Ihnen schon: Das nächste Mal werde ich dafür Sorge tragen, dass unsere Vereinbarung nicht ganz so lasch zu Ihren Gunsten formuliert wird."

Heinz konnte sich ein Grinsen nicht verkneifen und fiel mit der Tür ins Haus: „Wenn ich Sie jetzt richtig verstanden habe, bekomme ich den Bonus von einem Prozent des damaligen Auszahlungswerts?"

„Aber ohne Zins und Zinseszins, damit wir uns klar verstehen."

„Zuzüglich meines üblichen Honorars samt Spesen?"

„Eine dritte Frage werde ich nicht mit Ja beantworten."

„Darf ich Sie küssen?"

Es war wahrscheinlich das erste Mal, dass Heinz Direktor Oberhofer laut und ehrlich lachen hörte, und für die Dauer dieser wenigen Sekunden war er ihm richtig sympathisch.

Als Tom Schilling wiederkam, hatte er einen Angestellten im Schlepptau, der Champagner servierte.

Schilling selbst schob einen stummen Diener vor sich her, über den ein schwarzes Seidentuch gebreitet war. Darauf thronte der Schatz: Fidel Castros Zigarren.

Heinz bekam nichts vom ununterbrochenen Geplapper des Millionärs mit, denn seine Freude über den bevorstehenden Geldsegen raubte ihm vorübergehend die Konzentration. Erst als der Angestellte den Champagner entkorkt, die vollen Gläser verteilt und Schilling einen humorigen, oberflächlichen Trinkspruch von sich gegeben hatte, weckte ihn das Geräusch anstoßender Gläser aus seiner seligen Trance. Er nippte, während Oberhofer nur so tat. Schilling hingegen trank das Glas in einem Zug halb leer, dann verkündete er mit vor Begeisterung glühenden Augen: „Ich muss jemanden bei mir haben, wenn ich meine Schatztruhe öffne, jemanden, der diesen Augenblick zu würdigen weiß." Er stellte sein Glas ab, hauchte in seine hohlen Hände, rieb sie, streckte sie kurz und führte sie dann vorsichtig an beide Ränder des Deckels. Nach einer Spannungssekunde, in der er in einem kurzen, dramatischen Stoß ausatmete, klappte er den Deckel mit einem einzigen, sanften Schwung auf, so dass sich die drei beweglichen Laden gemeinsam mit der untersten, unbeweglichen zu einer vierstufigen Treppe formten. Tom Schilling hauchte wieder in seine Hände und gab Laute der Ehrfurcht und Freude von sich. Dann hob er nacheinander die dünnen Holzdeckel von zwei Hohlräumen an, die rechts und links der Zigarren auf der untersten Ebene eingelassen waren. Darin befand sich je ein Schwamm. „Eingebauter Humidor", flüsterte er mit gespielter Ehrfurcht, „die Luftbefeuchter sind Naturschwämme!"

Heinz war ehrlich begeistert von der Schönheit und Sorgfalt, mit der die Zigarren und die Kiste in jedem

Detail gestaltet und gefertigt waren, doch Schillings Verhalten lenkte ihn zu sehr ab. Es war eine Selbstinszenierung: Nicht die Zigarren standen im Vordergrund, sondern ihr Besitzer.

„Es ist ja nicht so, dass ich dieses Ritual nicht schon ein Dutzend Mal gemacht hätte“, raunte dieser, „aber es ist noch einmal so schön, wenn man Zuseher hat.“

Heinz musterte den Millionär. Er versuchte herauszufinden, was dieser wirklich brauchte. War es Anerkennung? War es Applaus? Anbetung? Er hatte ihnen seinen wiedergewonnenen Schatz nicht gezeigt, um sie an etwas Wertvollem teilhaben zu lassen, er hatte ihn ihnen vorgeführt, damit sie ihn, Tom Schilling, bewunderten – weil er sich dadurch besser fühlte. Wusste er eigentlich wirklich, was er in diesen Zigarren besaß?

Gerade lachte er aus vollem Herzen wie ein amerikanischer Weihnachtsmann und sagte: „Warten Sie nur auf die Gesichter von all den Wichtigtuern, wenn ich mir in ihrer Gegenwart eine von den Zigarren anzünde. Ich, Tom Schilling, mit einer Privatzigarre von Fidel Castro!“

„Augenblick.“ Oberhofers Stimme war so nüchtern, dass sie Schillings Traumwelt problemlos mit diesem einen Wort zerstörte. „Wenn Sie die Zigarren bei uns gegen Feuer versichern, wird die Versicherung nur schlagend, wenn Sie sie ausreichend gegen Feuer schützen. Wenn Sie sie selbst anzünden oder zulassen, dass sie angezündet werden ...“

„Aber ja, sicher, freilich“, fiel Schilling ihm ins Wort. „Machen Sie sich einmal keine Sorgen, Direktor. Ich weiß schon, was ich tue. Und eines können Sie mir glauben, ich habe nicht vor, Fidels Zigarren zu rauchen.“ Direktor Oberhofer war dieselbe Irritation ins Gesicht geschrieben, die auch Heinz ergriffen hatte. Tom Schilling schloss die Zigarrenkiste und hob sie behutsam auf den Wohnzimmertisch. Dann nahm er das schwarze Tuch, das den stummen Diener bedeckte, und zog es mit der schwungvollen Geste eines Magiers weg. So entblößt, gab der Wagen den Blick auf eine zweite Zigarrenkiste frei, die im unteren Fach stand und der ersten wie ein Ei dem anderen glich.

Heinz war baff. Wie sehr, erkannte er erst, als er wieder zu Schilling hinsah und erkannte, wie dieser sich am Anblick seiner beiden Besucher ergötzte.

„Was ... was hat das zu bedeuten?“, fragte Oberhofer.

„Das sind Repliken.“ Tom Schilling konnte kaum sprechen, so breit grinste er. „Ich habe ja nicht gewusst, ob ich Fidels Zigarren jemals zurückbekommen werde, deshalb habe ich mir schon vor Jahren diese Duplikate herstellen lassen.“ Er stellte auch die zweite Kiste auf den Wohnzimmertisch, direkt neben das Original.

Der Landesdirektor stellte sein Champagnerglas ab, kam näher und sah sich beide Zigarrenkisten genau an. „Unglaublich“, flüsterte er, „sogar die Abnutzungsspuren sind identisch. Wie ist das möglich?“

Der Millionär grinste noch immer, er aalte sich förmlich in dem Erstaunen des Versicherungsmannes. „Das Auktionshaus, das die Zigarren damals zur Versteigerung gebracht hat, hat ein Gutachten über sie anfertigen lassen. Ein sehr akribisches Gutachten, ein sehr, sehr akribisches Gutachten. Nicht nur die Geschichte der Zigarren und der Kiste, inklusive aller Namen, die jemals irgendetwas damit zu tun gehabt haben, ist genauestens dokumentiert, sondern auch jede einzelne Zigarre, jedes Detail der Kiste. Darin steht, auf welche handwerklich-künstlerische Tradition die Verschnörkelungen auf dem Kistendeckel zurückgehen, mit welcher Drucktechnik und Farbe man die Banderolen hergestellt hat, aus welchem Papier sie bestehen, wo die Zedern wachsen, aus denen das Holz der Kiste besteht, welche Tabake aus welchen Regionen mit welchen Techniken fermentiert und gerollt worden sind, und, und, und. Ist ja klar, bei dem Wert, den das ganze Ding hat, will der, der es ersteigert, natürlich sicher sein, dass er das Original kauft. All das ist mit Fotografien belegt, das heißt mit anderen Worten: Dieses Gutachten ist so etwas wie eine Bauanleitung für Repliken." Tom Schilling legte eine theatralische Pause ein, in der er breit grinsend das Staunen von Heinz und Oberhofer gleichsam in sich aufsog. „Ich habe keine Kosten gescheut, um die besten Torcedores, Humidor-Tischler, Künstler, Drucker und was es sonst noch alles gebraucht hat ausfindig zu machen, aber ich glaube, die Mühe hat sich gelohnt."

Heinz lächelte. Tom Schilling hatte nichts anderes gemacht, als das Original zu verwässern, um immer wieder damit protzen zu können. Er würde allen weismachen, die echten Zigarren des kubanischen Diktators zu rauchen, sich stattdessen aber die Fälschungen anzünden. Das richtete zwar keinen Schaden an, aber ehrlich war es nicht. Heinz wusste, der Gedanke war bösartig, doch er drängte sich nun einmal auf: Tom Schilling war nichts weiter als ein Betrüger. Wie der Vater, so der Sohn.

Direktor Oberhofers Hände näherten sich dem Deckel der Replik. Kurz davor hielt er inne und sah Schilling an. „Darf ich?"

„Nur zu." Der Millionär machte eine großzügige Geste und lachte dabei. „Es ist doch nur eine Fälschung."

Der Landesdirektor klappte den Deckel auf und auch Heinz trat nun näher, um sich das Innenleben der zweiten Kiste anzusehen. Er konnte keinen Unterschied zur ersten entdecken. Diese Wahrnehmung bestätigte sich, als Schilling auch das Original öffnete, um den direkten Vergleich zu bieten. „Wahnsinn", hauchte Heinz.

Als der Augenblick der Ehrfurcht vorüber war und sich alle wieder aufrichteten, schloss Tom Schilling die beiden Kisten und verkündete feierlich: „Direktor, ich bin so froh, dass diese leidige Angelegenheit zwischen uns beiden aus der Welt ist. Ich möchte Ihnen diese Zigarrenkiste schenken. Sie ist zwar nicht so viel Wert wie das Original, aber die Herstellung dieser Kopie hat trotzdem eine Unsumme verschlungen. Das bedeutet, dass die Zigarren darin immer noch zu den teuersten der Welt gehören. Nehmen Sie sie als Bonus und als Einstandsgeschenk für unsere zukünftige, gute Zusammenarbeit."

Heinz beobachtete Oberhofers Gesicht und musste sich ein Lachen verkneifen. Die Miene des Direktors spiegelte eine ganze Sinfonie von Gefühlen wider, von denen kein einziges auch nur annähernd positiv war. Es überwogen Ablehnung, Ärger und sogar Ekel.

„Keine Sorge", legte Schilling nach, „das ist nicht die einzige Replik. Ich habe mir damals gleich ein paar davon anfertigen lassen, damit es sich auszahlt."

„Nein danke, ich ..." Er wand sich und Heinz verstand sofort. Oberhofer wollte von Schilling kein Geschenk annehmen müssen, weil er ihn nicht ausstehen konnte. Andererseits konnte er ein so wertvolles Geschenk aber auch nicht ausschlagen, weil er den Millionär damit vor den Kopf stoßen würde – und das wollte der Versicherungsmann in Hinblick auf das lukrative Geschäft mit ihm keinesfalls riskieren.

„Oh, ich bestehe darauf", meinte Tom Schilling mit einer Selbstverständlichkeit, in der Heinz erkannte, dass er das Zögern des Direktors als höfliche Bescheidenheit interpretierte. Es schien, als wäre es dem Millionär gar nicht möglich, auch nur zu denken, jemand könnte ihn nicht mögen.

Oberhofer lächelte geschlagen und sagte: „Na gut, ich ... ich danke Ihnen für Ihre ungewöhnliche Großzügigkeit, aber ich rauche nicht ... auch keine Zigarren. Wenn ich Sie nicht damit beleidige, würde ich die Kiste gleich an Herrn Sablatnig weiterverschenken."

Heinz starrte den Landesdirektor ungläubig an. Oberhofer schenkte ihm einen kurzen Seitenblick, der alles verriet: Indem er diesen Schritt setzte, musste er das Geschenk nicht ablehnen, brauchte es aber auch nicht wirklich anzunehmen. Heinz fragte sich, ob das heute sein Glückstag war.

Tom Schilling zuckte indessen mit den Achseln. „Ihr Geschenk. Machen Sie damit, was Sie wollen."

Kapitel 17

Montag, 17 Uhr

Eine Zigarre ist ein seltsames Ding. Sie kostet eine Menge Geld, ist schnell verbraucht und hat keine Funktion, außer dem Genuss. Okay, das trifft auch auf andere Luxusartikel zu, aber keiner davon vereinigt diese Eigenschaften in dieser Weise.

Heinz saß auf seinem Balkon und zog an einer der dicken, langen Zigarren, die er heute, sozusagen als Sonderbonus, bekommen hatte. Die Markise hatte er eingefahren, denn eine hochliegende Wolkendecke hatte sich seit vergangener Nacht über das Klagenfurter Becken geschoben und verbarg die Sonne, wodurch die Temperatur auf eine angenehme Wärme abgesunken war.

Nach dem Termin mit Tom Schilling hatte Heinz zuerst seinen Schatz nachhause gebracht und war dann noch einmal aufgebrochen, um ein paar spezielle Einkäufe zu erledigen.

Auch ein teurer Wein, ein Sportwagen und ein Diamant kosten eine Stange Geld. Aber den Wein kann ich mit anderen Menschen teilen, den Sportwagen kann ich immer wieder verwenden und der Diamant ist, auch wenn er keine schöne Frau schmückt, doch zumindest eine Wertanlage.

Eine Zigarre mit einem anderen Menschen zu teilen ist eher unüblich, ich kann sie nur einmal verwenden, sie schmückt keine Frau und eine Wertanlage ist sie auf gar keinen Fall – zumindest nicht, wenn ich sie rauchen will. Das macht sie zum wahrscheinlich einzigen ausschließlichen Luxusartikel der Welt.

Neben kubanischem Rum, Cola, Limetten und ein paar Lebensmitteln, hatte er sich einen Zigarrenschneider gekauft, einen Zigarrenaschenbecher, ein Bündel Zedernhölzchen und ein Feuerzeug. Früher einmal, vor vielen Jahren, hatte er diese Accessoires schon einmal besessen, doch heute wusste er nicht mehr, wo die Dinge geblieben waren. Wenn er so darüber nachdachte, war es tatsächlich schon lange her, dass er in einiger Regelmäßigkeit Zigarren geraucht hatte, doch ihn überkam das Gefühl, dass er jetzt wieder damit anfangen würde. Freilich, er würde nicht die teuren wegrauchen, die er heute bekommen hatte, sondern sich handelsübliche kaufen. Aber heute war mit der Feier des abgeschlossenen Falls und dieses speziellen Tages der Anlass für eine der wirklich teuren Havannas gegeben. Dazu trank er Cuba Libre, er fand, das passte.

Eine Zigarre ist ein einhundertprozentiges Luxusgut – und trotzdem leben eine Menge Menschen von ihr: die Tabakpflanzer, die Zigarrenroller, die Mitarbeiter von Verpackungs- und Vertriebsfirmen, von Zigarrenzubehörherstellern, von Betrieben der Werbewirtschaft, von Fachzeitschriften, und, und, und.

Heinz betrachtete die glosende Spitze seiner Havanna, auf der sich ein leichter grauer Aschenflaum bildete.

Vielleicht symbolisiert die Zigarre sogar die Spitze der menschlichen Zivilisation. Denn worum geht es in unserem Leben eigentlich? Wir rackern uns Tag für Tag ab, um unseren Lebensunterhalt zu verdienen. Das, was nach dem Bezahlen des Lebensnotwendigen übrig bleibt, investieren wir in Luxusgüter – weil Luxus unser Leben überhaupt erst lebenswert macht.

Heinz lehnte sich zurück, blickte über die Dächer Klagenfurts und atmete tief durch. Apropos Luxus: Mit seinem Bonus würde er sich den Urlaub finanzieren, den er mittlerweile bitter nötig hatte. Das Geld reichte für eine Fernreise; vielleicht nach Südamerika? Dort war er schon lange nicht mehr gewesen. Er formte die Lippen zu einem O und blies den Rauch stoßweise aus, so dass er in Ringen davonschwebte. Dann nahm er die Bauchbinde, die er von der Zigarre genommen hatte, und sah in die starren Augen Fidel Castros. Vielleicht nach Kuba?

Die Türglocke riss Heinz aus seinen schönen Gedanken, doch er war heute viel zu guter Laune, um sich davon gestört zu fühlen. Sein Nachbar Alfred stand vor der Tür, mit Heinz' Mixer in der Hand.

„Alf, schön, dich zu sehen, komm rein!"

Alfred zögerte, trat dann aber doch näher. „Ich wollte dir nur den Mixer zurückbringen, ich wollte dich nicht stören."

„Du störst nicht. Komm, ich feiere gerade, da kommt mir Gesellschaft gerade recht."

Alfred wurde neugierig. „Du feierst? Was denn?"

Während Heinz den Mixer in die Küche trug und für Alfred einen Cuba Libre zubereitete, erzählte er in kurzen Worten von seinem Fall und den Urlaubsplänen. Er reichte seinem Nachbarn den Longdrink und ging voraus auf den Balkon. Alfred setzte sich neben ihn und fing mit den Lippen umständlich das obere Ende des Trinkhalms ein. Nach einem Schluck meinte er:

„Mm, ein Rüscherl."

Heinz nahm die Zigarre wieder auf und zog daran. „Wie hat deiner Mama dein Kuchen geschmeckt?"

„Trocken."

„Tut mir leid."

„Sag einmal, was ... was rauchst du da?" Alfred wedelte mit der Hand vor seinem Gesicht.

„Das ist eine echte Havanna."

„Eine Havanna?"

„Ja, willst du auch eine haben?"

Alfred lächelte bescheiden. „Ich bin mehr der Zigarettenraucher, weißt du? Aber die habe ich jetzt nicht mit ..."

„Koste einmal eine Zigarre." Ohne einen Widerspruch abzuwarten, ging Heinz in sein Büro, wo er die Kiste abgestellt hatte, öffnete sie und hielt inne. Sein Blick fiel auf die leere Mulde in der obersten Lade, in der die Zigarre gelegen war, die er vorhin für sich herausgenommen hatte.

Eine von achtundvierzig ...

Er brachte es nicht übers Herz. Alfred würde dieses Geschenk nicht zu schätzen wissen, selbst dann nicht, wenn er dessen wahren Hintergrund kannte – den er im Übrigen nie erfahren würde. Heinz klappte die Kiste wieder zu und suchte stattdessen eine der Cohibas, die Tom Schilling ihm in der Wäscherei in Pörtschach aufgedrängt hatte. Auch diese Zigarre war im Handel nicht unter zwanzig Euro zu kriegen und damit ein wertvolles Geschenk.

Zurück auf dem Balkon beschnitt er die Zigarre und sein Nachbar kommentierte: „Ach, die sind noch gar nicht fertig, wenn du sie kaufst?"

Heinz zündete zwei Zedernhölzchen an, ließ sie anbrennen und drehte dann die Zigarrenspitze in der Flamme. Alfred sah ihm aufmerksam zu, sagte jedoch nichts.

„So, jetzt musst du daran ziehen und sie dabei drehen", wies ihn Heinz an und steckte sie Alfred fast in den Mund. Dieser gehorchte, während Heinz ihm die Flammenspitze unmittelbar vor das Zigarrenende hielt. Schon nach den ersten paar Zügen begann Alfred fürchterlich zu husten. Heinz lachte. „Nicht auf Lunge, nur paffen."

„'Tschuldigung." Nach einigem Hin und Her glomm die Zigarrenspitze endlich. Alfred zog immer wieder kurz, hustete und sah die Cohiba schließlich skeptisch an. „Du, aber ... gut ist die nicht!"

„Du darfst sie nicht auf Lunge rauchen", wiederholte Heinz, „dazu ist sie viel zu stark."

„Ja, klar, Filterlose halt."

„Der Geschmack entfaltet sich im Mund. Das Nikotin nimmst du über die Schleimhäute auf." Nachdem sich Alfreds Husten etwas beruhigt hatte, wechselte Heinz das Thema. „Ich überlege gerade, ob ich nicht nach Kuba fliegen soll."

„Aha, all inclusive?"

Heinz zuckte mit den Achseln und lächelte. „Möglich."

„Meine Mama war voriges Jahr in Mallorca. Nicht in der Hauptsaison, vorher. War schön, hat sie gesagt."

Heinz schwieg. Er mochte Alfred, weil er ein freundlicher, bescheidener Mensch war, und hatte immer wieder versucht, ein Gespräch mit ihm zu führen, doch es war sinnlos. Es schien, als sprächen sie unterschiedliche Sprachen. Heinz paffte an seiner Havanna, Alfred tat es ihm nach und hustete; sein Gesicht nahm eine gelbliche Färbung an. Fast bereute Heinz es, ihm das angetan zu haben.

Das Klingen seines Handys brachte wieder Leben in Alfred. Er sprang auf, zog es hervor und sagte, noch bevor er das Display kontrolliert hatte: „Das ist wichtig, tut mir leid, Heinz, ich muss gehen." Er zog gehetzt am

Trinkhalm, schluckte krampfhaft und schüttelte Heinz eilig die Hand. „Danke für das Rüscherl", sagte er und war zur Tür hinaus.

Heinz blickte ihm verwundert hinterher und lachte. Dann seufzte er, lehnte sich zurück und sah in den Himmel. Er zog an seiner Zigarre und pflichtete seinem Nachbarn bei: So richtig gut war auch seine nicht. Die lange Lagerung in Karton und Plastik bei geringer Luftfeuchtigkeit im Kamin der Villa Werdfried hatten dem Geschmack nicht gut getan. Aber die Qualität der Zigarren war die denkbar beste weltweit; ein paar Wochen oder vielleicht Monate im nun wieder aktiven Humidor der Kiste würden ausreichen, um ihren ursprünglichen Geschmack wiederherzustellen.

Heinz hatte gewusst, dass Tom Schilling der Tausch nicht auffallen würde. Als sich der Millionär von Direktor Oberhofer verabschiedet hatte, hatte Heinz die Originalkiste genommen und die Replik an deren Stelle geschoben. Die Fiducia würde eine Fälschung weit über ihren Wert versichern, Tom Schilling sie in seinen Tresor sperren und niemandem würde es auffallen, weil keiner Verdacht schöpfte. Heinz hegte außerdem keinen Zweifel daran, dass selbst die besten Spezialisten die Kiste nicht als Fälschung erkennen würden. Wie auch? Sie war in jedem noch so kleinen Detail nach den Angaben in jenem Gutachten angefertigt worden, das die Echtheit des Originals bestätigte.

Heinz wusste genau, was er getan hatte, doch er fühlte sich kein bisschen schuldig. Einem oberflächlichen Snob wie Tom Schilling war der kulturgeschichtliche Wert von Castros Zigarren völlig egal, er wollte nur mit ihnen protzen. Das konnte er auch mit den Repliken, solange er nicht wusste, dass es Repliken waren. Heinz hingegen würde seine Originale als Imitate ausgeben – und damit war allen gedient und er der einzige Mensch auf der Welt, der die Wahrheit kannte. Die „echte" Wahrheit, denn alle anderen glaubten zu wissen, dass Fidel Castros Zigarren in Tom Schillings Safe sicher vor sich hin schlummerten; teuer versichert durch die Fiducia.

Heinz blies an die Spitze seiner Havanna, so dass sie aufglomm. Dann lachte er darüber, wie verrückt diese Welt oft war, schloss die Augen und nahm einen weiteren, langen Zug von einer der teuersten Zigarren der Welt.

Roland Zingerle
Ein Mord am Wörthersee
Kärnten-Krimi
280 Seiten, € 12.95
HAYMON taschenbuch 199
ISBN 978-3-7099-7827-6

Heinz Sablatnigs erster Fall: Beim Ironman in Klagenfurt kommt es bereits zum zweiten Mal in Folge zu einem mysteriösen Todesfall. Auf der Radstrecke bricht ein Athlet zusammen und ist auf der Stelle tot. Beide Verunglückten entstammen derselben Familie, sind beim selben Arzt in Behandlung und haben dieselbe Lebensversicherung abgeschlossen. Ein Zufall?

Nun will auch noch der dritte männliche Spross der Familie beim Ironman an den Start gehen. Berufsdetektiv Heinz Sablatnig wird damit beauftragt, das Umfeld der Verunglückten genauer unter die Lupe zu nehmen. Und bringt damit einen gefährlichen Stein ins Rollen ...

Mit großer Raffinesse verwebt Roland Zingerle in seinem Krimi-Debüt das Flair der Kärntner Landeshauptstadt und deren mondänen Wörthersee-Gesellschaft mit einem spektakulären Kriminalfall: originell, abgründig und spannend bis zur letzten Seite!

Wilhelm Kuehs
Der letzte Rock hat keine Taschen
Ein Kärnten-Krimi
304 Seiten, € 12.95
HAYMON taschenbuch 181
ISBN 978-3-7099-7804-7

Todessturz im Kärntner Hüttenberg: Ein Mönch verunglückt auf dem Gebetspfad des Tibet-Zentrums. Der Landeshauptmann und sein Pressesprecher befürchten schlechte Publicity und versuchen, die Angelegenheit als Unfall abzutun. Journalist Ernesto Valenti hat jedoch seine Zweifel. Rasch stößt er zum einen auf dubiose politische Verstrickungen, zum anderen auf mögliche Motive für einen Mord – und damit auch auf Tatverdächtige: ein Biobauer, ein Oligarch und eine Pfarrerskköchin ...
Wilhelm Kuehs spielt ein teuflisches Spiel mit Abgründen: jenen der Kärntner Landespolitik, jenen der menschlichen Seele und den ganz realen Abgründen der Alpen.

„Kärntens literarischer Shooting Star“
Bezirksblätter, Franz Waditzer

Wilhelm Kuehs
Wer zuletzt lacht
Ein Kärnten-Krimi
336 Seiten, € 12.95
HAYMON taschenbuch 197
ISBN 978-3-7099-7824-5

Der Villacher Bürgermeister kippt während des alljährlichen Faschingsempfangs kopfüber in einen Teller Heringssalat – und stirbt. Ernesto Valenti ist rasch vor Ort. Ebenso wie die Polizei vermutet er einen Giftmord. Stammt der Mörder aus dem privaten Umfeld oder war es einer von vielen politischen Gegnern? Während Major Steinkellner recht schnell einen Tatverdächtigen im Visier hat, hält Ernesto die Augen nach allen Seiten offen.
Bei seinen Recherchen taucht Ernesto immer tiefer in die dubiosen Machenschaften hinter den Kulissen des Villacher Faschings ein. Freunderlwirtschaft, Korruption, Prostitution – blickt man hinter Kärntens lustige Masken, stößt man auf wüstes Treiben ...

Hervorragend recherchiert und spannend erzählt: Wilhelm Kuehs verbindet brisante Themen und mitreißende Krimihandlung – eine fesselnde Lektüre mit Tiefgang.